La fougue d'un baiser

*

Ce secret à conserver

SUSAN CARLISLE

La fougue d'un baiser

Traduction française de
JULIETTE BOUCHERY

BLANCHE

HARLEQUIN

Collection : Blanche

Titre original :
THE DOCTOR'S SLEIGH BELL PROPOSAL

Ce roman a déjà été publié en 2017

HARPERCOLLINS FRANCE
83-85, boulevard Vincent-Auriol, 75646 PARIS CEDEX 13
Service Lectrices — Tél. : 01 45 82 47 47 - www.harlequin.fr
ISBN 978-2-2804-7895-3 — ISSN 0223-5056

Composé et édité par HarperCollins France.
Imprimé en octobre 2022 par CPI Black Print (Barcelone)
en utilisant 100% d'électricité renouvelable.
Dépôt légal : novembre 2022.

FSC
www.fsc.org
MIXTE
Papier issu de sources responsables
FSC® C159065

Pour limiter l'empreinte environnementale de ses livres, HarperCollins France s'engage à n'utiliser que du papier fabriqué à partir de bois provenant de forêts gérées durablement et de manière responsable.

1.

Le Dr Chance Freeman tendit l'oreille. Un véhicule approchait ; il reconnut le moteur du camion. Enfin, ses trois nouveaux équipiers arrivaient ! Ils auraient dû être là la veille au soir, mais le mauvais temps les avait retardés. L'ancienne équipe étant partie dans la matinée, il ne restait plus que Michael et lui pour assurer les consultations et ils ne s'en sortaient pas.

Marco était au volant. Véritable pilier du dispensaire, il cumulait les fonctions de secrétaire, d'interprète et d'intendant général, mais, s'il avait un défaut, c'était la décontraction terrifiante avec laquelle il roulait sur les pistes défoncées du Honduras. Le camion entra à la va-vite dans la clairière où le dispensaire mobile était installé pour la journée et s'arrêta brutalement. Une jeune femme sauta à terre. Chance, les mains toujours posées sur le bébé hondurien qu'il auscultait, eut une grimace amère. Ce T-shirt vert ajusté, ce bandana jaune, ce pantalon de toile élégamment accroché aux hanches… Les défilés de mode dans la jungle, il avait déjà donné !

À l'époque, Alissa s'habillait à peu près de la même façon. Ils venaient juste de se marier. Leur couple n'avait tenu que quelques mois.

Mais que venait faire une femme avec une allure pareille dans la forêt tropicale ! En dix ans de médecine humanitaire, il avait appris à reconnaître au premier coup d'œil ceux qui tiendraient le coup. Celle-ci ne tiendrait pas. Urbaine, gâtée pourrie…

Malgré tout, l'intensité de sa réaction le surprit. Ils n'avaient pas encore échangé un mot qu'il la rangeait déjà dans une case ? Ce n'était pas parce qu'elle lui rappelait son ex-femme qu'il ne devait pas lui donner sa chance ! Oui, d'accord, il était injuste, mais il n'avait ni le temps ni l'énergie de dorloter qui que ce fût. Ce n'était pas une colonie de vacances, et il avait un besoin criant d'assistants compétents.

S'abritant les yeux de la main, la nouvelle venue jeta un regard à la ronde. Leurs regards se croisèrent…

Puis une femme plus âgée s'adressa à elle, et elle se détourna pour lui répondre.

Il parvint à secouer la fascination qui l'avait gagné. Contrarié, il se concentrait de nouveau sur son petit patient quand un brouhaha s'éleva. Cris, exclamations, bruit de course… Quoi, encore ?

Il eut bientôt la réponse. Deux hommes firent irruption sous la tente des consultations ; ils en portaient un troisième, qui saignait abondamment. Chance remit vivement le bébé à sa mère et balaya d'un geste les objets posés sur la table d'examen.

— Allongez-le ici. Que s'est-il passé ?

Les deux hommes installèrent le blessé en se lançant dans des explications embrouillées. Chance parlait très bien espagnol, mais ses interlocuteurs se coupaient, se contredisaient, parlaient si vite qu'il avait du mal à les suivre. Il finit par saisir que l'homme avait été attaqué par un jaguar en essayant de sauver sa chèvre.

— Dites-moi ce que je peux faire.

Une voix de femme.

Campée au pied de la table, la nouvelle venue attendait les ordres de Chance. Un parfum délicat lui parvint ; instinctivement, il faillit se pencher vers elle. C'était si féminin, si différent des odeurs de sueur qui l'entouraient ! Dommage, ici le parfum attirait les insectes, il faudrait le lui dire.

Il bascula dans un regard bleu, aussi limpide que le plan d'eau au pied de sa cascade préférée. Elle avait retiré son chapeau, une longue tresse blonde lui tombait sur l'épaule. Sa peau très claire ne tarderait pas à brûler, dans ce climat.

— Commencez par découper ses vêtements, fit-il.

La protection en papier de la table était déjà imprégnée de sang. Avec des lacérations aussi profondes, l'homme serait défiguré à vie. Chance vit blêmir la nouvelle et lui lança entre ses dents serrées :

— Par pitié, ne vous évanouissez pas. Michael, viens là. Vous, passez à côté.

D'un signe de tête, il la renvoya à l'autre table d'examen. Elle alla aussitôt prendre la place de Michael et se pencha sur son patient. Pourquoi une médecin aurait-elle été incapable d'affronter une blessure ? Chance n'eut pas le loisir de s'interroger, il avait plus urgent à faire. C'était la première fois qu'il allait devoir poser autant de points de suture sur un seul patient. Le pauvre homme se préparait une sacrée convalescence !

— Un coup de main ! lança Michael à la cantonade un instant plus tard.

Délaissant son patient dont le cas n'avait rien d'urgent, la nouvelle les rejoignit aussitôt.

— Je croyais vous avoir dit…, maugréa Chance.

Cette fois, il se heurta à un regard déterminé.

— J'en suis capable. Que dois-je faire ?

— Un pansement au fur et à mesure que je suture, répondit Michael.

À gestes calmes et sûrs, elle prit la solution saline, des carrés de gaze, et entreprit de nettoyer la zone indiquée. Médusé, Chance découvrit ses ongles vernis rose vif et se retint de lever les yeux au ciel. Une manucure, ici ! Il secoua sèchement la tête et s'attaqua à une autre lacération.

Attirer de bons médecins au fin fond du Honduras n'était pas facile. Ceux qui proposaient leurs services étaient souvent pleins de bonnes intentions, des idéalistes qui voulaient sauver le monde, mais qui n'avaient ni les compétences ni le bon sens nécessaire pour travailler dans des conditions aussi rudimentaires. Le dispensaire mobile faisait le tour des petits villages autour de La Ceiba. Dans ce pays, l'accès aux soins était malaisé, la violence, endémique ; la population hésitait souvent à faire appel aux équipes médicales. Une attaque de jaguar, ce n'était pas courant, mais ils voyaient régulièrement des blessures. Le dispensaire avait besoin de collaborateurs capables de faire face à l'inattendu, au macabre. Quelques années plus tôt, Chance aurait sans doute apprécié la façon dont la nouvelle avait surmonté son premier mouvement de recul, mais il faisait ce travail depuis trop longtemps. Il avait vu passer trop de collègues.

Au fond, il s'en rendait compte tout à coup, sa vie était jalonnée de départs, à commencer par celui de sa mère quand il avait sept ans. Son père, un chirurgien de réputation mondiale, était souvent absent. Dans l'espoir d'attirer son attention, Chance s'était mis à faire des bêtises ; résultat, il avait été expédié en internat. Là, il avait eu la chance de tomber sur un proviseur intelligent, qui s'était intéressé à ce garçon pétri d'angoisses et de colère. À l'inverse de son père, ce vieux monsieur bougon avait pris le temps de l'écouter, il avait cru en lui. Pour lui, Chance avait changé d'attitude. Il s'était concentré sur ses études, avait voué sa vie à aider les autres. En ce qui concernait les rapports humains, en revanche, il n'avait jamais trouvé le mode d'emploi. À force, il avait renoncé.

Pourquoi ces souvenirs remontaient-ils soudain ? Parce que la nouvelle lui rappelait tant son ex-femme ? Alissa était partie, elle aussi, mais il avait depuis longtemps fait son deuil de cette histoire. Son seul souci, désormais, était la survie du dispensaire.

Il s'arrêta un instant pour changer de gants et en profita pour regarder l'inconnue. Apparemment remise de sa première émotion, elle travaillait vite et bien, terminait son deuxième pansement, s'attaquait au troisième. Marco entra, assez affolé, sous la tente et poussa un gros soupir de soulagement.

— Je ne savais pas où vous aller, dit-il à la femme. S'il vous plaît, ne plus partir sans dire. Danger, ici !

Elle leva un instant les yeux et se concentra de nouveau sur son pansement en répondant :

— Désolée. Il y avait urgence.

— Tout va bien, Marco, dit Chance. Tu t'occupes des deux autres ?

— *Si*, Docteur Chance.

L'air toujours soucieux, il ressortit rapidement. Chance se retourna vers la nouvelle.

— Ne repartez pas sans que nous nous soyons parlé.

— D'accord. Au fait, fit-elle avec un sourire cordial, je m'appelle Cox. Dr Ellen Cox. Comme « Bond, James Bond ».

Elle plaisantait ? Il n'était pas sûr d'apprécier. Il acheva de soigner le blessé et l'envoya en camion à l'hôpital de La Ceiba, il irait le voir à son prochain passage en ville. Il changea de nouveau de gants et passa à la patiente suivante, une femme âgée avec une piqûre d'insecte infectée. Un abcès s'était formé, il fallait drainer la poche. Avant d'entamer la procédure, il se tourna vers la table voisine. Michael s'était absenté ; assise sur la table, une petite de cinq ans environ, manifestement inquiète, attendait son retour. Il plongea la main dans sa poche, en sortit un bonbon, qu'elle prit avec un beau sourire. Il réprima un soupir. Ce petit bonheur ne pesait pas lourd au regard de la détresse de la population !

Il se retournait vers sa vieille dame quand Ellen Cox le rejoignit. Très bien ! Puisqu'elle tenait à travailler dans la jungle, il la mettrait à l'épreuve.

— Nous allons avoir besoin de points de suture, de gaze et de pansements, dit-il. Dans la camionnette.

Il désigna le vieux véhicule, garé en partie sous la tente pour le protéger de la pluie quotidienne, et dans lequel ils transportaient leur matériel. Ellen Cox revint très vite avec les fournitures demandées.

— Je rapporte un bassin, dit-elle dans un murmure en repartant.

En attendant, il s'employa à rassurer sa patiente. Quand Ellen Cox revint, il aida la vieille dame à s'allonger. Avec un sourire amical, Ellen ouvrit le kit de sutures et disposa des papiers bleus stériles sur la jambe infectée, encadrant la zone.

Quand Chance lui tendit le scalpel, elle le prit sans hésiter. Au même moment, Michael lança de sa table d'examen :

— Chance ? Tu veux bien jeter un coup d'œil ?

— Allez-y, tout va bien, murmura Ellen.

Il hésita un instant avant de s'éloigner. En règle générale, il supervisait ses nouveaux équipiers les premiers jours, le temps de s'assurer qu'ils comprenaient ce qu'on attendait d'eux, et aussi qu'ils se comportaient correctement avec les gens du cru — mais cette procédure était très simple. Ellen Cox était médecin, elle devait pouvoir s'en sortir.

La patiente paraissait alarmée qu'il s'éloigne. Il entendit Ellen lui parler dans un drôle de sabir, composé davantage d'anglais que d'espagnol, mais qui sembla apaiser son inquiétude, et même la faire rire. Le temps qu'il revienne, le soin était fait, la vieille dame prête à partir. Il s'occupa du patient suivant, et Ellen l'assista ; ils terminaient quand Marco revint lui présenter les deux autres nouveaux, Pete Ortiz et Karen Johnson, tous deux infirmiers. Comme Pete parlait couramment espagnol, Chance l'envoya gérer la file d'attente et trier les patients par ordre d'urgence. Karen resta près de lui pour l'assister, et Ellen retourna aider Michael.

Depuis huit ans que Chance travaillait régulièrement au Honduras, il n'avait vu aucune amélioration des conditions sanitaires de la population. Plutôt le contraire ! Les premiers temps, il croyait réellement pouvoir changer la donne, mais son dispensaire n'y suffisait pas, ces gens avaient besoin d'un vrai maillage de centres médicaux, des bâtiments en dur avec des équipes permanentes. Lui ne pouvait leur proposer que des médecins de passage qui ne restaient le plus souvent que quelques semaines.

Le lendemain, ils iraient s'installer dans un autre village, la population viendrait faire la queue, certains patients attendraient toute la journée avant d'être soignés. Une journée identique à celle-ci. Il y avait toujours trop à faire.

Il aimait ce pays, ces gens qui n'avaient rien mais dont les sourires avaient touché son cœur dès son premier voyage. En retour, il offrait aux Honduriens ce centre de soins itinérant qui était son idée, son projet ; il se battait pour le faire vivre, mais le financement était un casse-tête perpétuel.

Une ou deux fois dans le courant de l'après-midi, il des rires résonnèrent. Michael et la nouvelle semblaient bien s'entendre. C'était ce qu'il avait pensé quand sa femme avait commencé à assister Jim, son collègue de l'époque. Ils s'étaient si bien entendus qu'ils étaient rentrés ensemble aux États-Unis.

Quand il renvoya le dernier patient, le soleil rasait la cime des arbres. Michael aussi terminait. Il ne leur restait plus qu'à tout démonter, charger les camions et rentrer prendre une bonne douche. Appuyé sur sa table d'examen, il griffonnait une dernière note dans le dossier du patient. Derrière lui, quelqu'un toussota.

— Docteur, pardon, je voudrais plier la table.

Surpris, il se retourna. Ellen Cox le toisait en rejetant sa tresse en arrière d'un air impatient. Médecin qualifiée, elle devait avoir au moins 28 ans, mais, vu du haut de ses propres 41 ans, elle ressemblait à une adolescente. Une adolescente qui faisait du zèle !

— Marco et son équipe s'en occupent, fit-il.

— Si je peux aider…

Il baissa la voix et articula sèchement :

— Bien sûr que vous pouvez, mais ils prennent leur travail et leur rôle au sérieux. Vous les insulteriez.

Elle eut l'air si horrifiée qu'il faillit éclater de rire.

— Oh ! Je n'y avais pas pensé.

— Maintenant, vous savez. Il va falloir faire attention, docteur Cox. Informez-vous sur les habitudes, la culture et la sécurité avant de partir au quart de tour. Prenez garde à vous. Je ne sais pas d'où vous venez, mais nous ne sommes ni à Los Angeles, ni à New York.

Un éclair jaillit dans son regard bleu, et s'éteignit si vite qu'il n'eut pas le temps de l'identifier.

— New York, dit-elle.

Il la contempla un instant et soupira, radouci :

— Il y a des fauves de la jungle, comme vous avez pu le constater. Il y a aussi des cartels de drogue. Ni les uns ni les autres ne plaisantent, et ils ne laissent pas de seconde chance. Ne vous éloignez jamais seule, même dans les villages, même dans le périmètre du dispensaire.

— Vous essayez de me faire peur ?

Stupéfait, il haussa les sourcils. Elle se croyait au Club Med ? Il ravala une réponse trop vive.

— Non. Je veux assurer votre sécurité. Ici, si vous ne suivez pas les règles, vous ne restez pas longtemps.

Elle serra les lèvres avec un regard vers le groupe d'hommes qui démontait la tente du dispensaire.

— Je suis désolée d'avoir contrarié Marco en arrivant. J'ai vu la file d'attente et j'ai voulu me mettre au travail.

— Vous ne les aiderez pas si vous vous mettez en danger.

— Compris.

— Chance ? demanda Michael de la camionnette.

— J'arrive ! N'oubliez pas, fit-il en s'éloignant.

Une demi-heure plus tard, le dispensaire était démonté, le matériel rangé dans les véhicules, et le convoi s'engageait en brinquebalant sur la route de terre qui menait à la côte. Chance était à sa place habituelle, à l'avant de la camionnette de matériel conduite par une de leurs recrues locales, Michael dans la cabine du camion, et les nouveaux à l'arrière, assis sur le plateau avec les hommes de Marco. En un sens, le trajet d'une heure jusqu'au centre de vacances où ils logeaient était le moment le plus rude de la journée. À vol d'oiseau, ce n'était pas très loin, mais, vu l'état des routes, le retour semblait interminable. Le plus souvent, Chance s'efforçait de dormir.

Aujourd'hui, bizarrement, ses pensées se tournèrent vers la nouvelle. Elle avait travaillé dur. Elle ne pourrait sûrement pas dormir à l'arrière du camion, mais, si elle se plaignait, il ne pourrait que lui dire que c'étaient les conditions de leur travail. Pour aider, il fallait accepter l'inconfort.

La tête d'Ellen heurta un des montants qui ceinturaient le plateau du camion. Impossible de se reposer ; elle sortit une veste de son sac de voyage, et la cala en guise d'oreiller contre le montant métallique.

Un fabuleux paysage défilait sous ses yeux. Une végétation incroyablement luxuriante. Était-il seulement possible d'avancer dans ce fouillis de verdure ? Ces fleurs, ces couleurs, elle n'avait jamais rien vu de pareil. Là, un hibiscus ! Un hibiscus rose en pleine nature !

Dans la matinée, au moment de l'atterrissage, elle avait été éblouie par la beauté de la côte, le sable blanc, l'eau bleu-vert. New York, ses gratte-ciel, le centre médical des quartiers difficiles où elle avait un poste auraient aussi bien pu se trouver sur une autre planète. Là-bas, elle soignait surtout des adolescentes enceintes et des bébés enrhumés. Les pathologies qu'elle avait rencontrées pendant cette première journée étaient passionnantes, la sensation d'aider une population déshéritée exaltante… Ne l'avait perturbée que le moment où elle avait vu, dans le blessé attaqué par le jaguar, le visage de sa mère mourante piégée dans la voiture défoncée.

Elle écarta résolument cette pensée. Ici, elle se rendrait utile. C'était pour cela qu'elle était devenue médecin. Après l'accident, pendant ses longues semaines d'hospitalisation, elle avait découvert l'importance de la qualité des soins, de leur humanité. Le personnel s'était mis en quatre pour réconforter la petite fille qui avait tant perdu et elle, elle avait décidé que, plus tard, elle ferait ce métier. Plus tard, elle offrirait à d'autres ce qu'elle avait reçu.

Son père n'avait pas du tout le même point de vue sur la question ! Il lui avait d'abord déconseillé de faire médecine. Mis devant le fait accompli, il s'était consolé en l'imaginant à la tête d'un service prestigieux, dans une structure reconnue — d'où sa panique en apprenant qu'elle acceptait un poste dans un centre de soins des bas-fonds de la ville. Ellen, inquiétée par un individu assez louche qui rôdait autour de chez elle, avait finalement compris qu'il s'agissait d'un garde du corps envoyé par son père pour veiller sur elle. Puis un soir, lors d'une conférence de collecte de fonds, elle avait entendu le Dr Freeman parler de son travail au Honduras. Le lendemain, elle postulait pour rejoindre son équipe.

Cette fois encore, son père l'avait accusée de foncer sans réfléchir. Elle avait mis six mois à décrocher une mission, mais elle y était parvenue. Sa tête heurta de nouveau le montant. Elle revit le visage fermé, hostile, du Dr Freeman à son arrivée et réprima un petit sourire ; en fin de journée, c'était du respect qu'elle avait lu dans son regard.

Le camion s'arrêta dans un crissement de pneus. Ces parterres, cette pelouse parfaitement soignée… Mais où étaient-ils ? Les autres descendaient. Elle sauta à son tour à terre et regarda autour d'elle. On se serait cru dans un hôtel de luxe. Deux des Honduriens de l'équipe déchargeaient ses bagages ainsi que ceux de Pete et de Karen, ses nouveaux collègues rencontrés dans l'avion ; Pete était un homme charmant désireux de tourner la page après un divorce difficile, Karen, une femme d'une cinquantaine d'années qui voyageait de mission humanitaire en mission humanitaire. Ils lui avaient tout de suite plu.

Les deux médecins permanents vinrent rejoindre leur groupe. Si elle trouvait Michael Lange charmant, avec son humour décontracté, elle ne pouvait pas en dire autant du Dr Freeman ! À la Fondation qui portait le projet du dispensaire, on ne tarissait pas d'éloges sur son dévouement et ses qualités de médecin, mais pour l'amabilité il pouvait repasser ! S'il voulait attirer des collaborateurs, il aurait peut-être dû travailler son accueil. Il n'avait même pas pris la peine de se présenter ! Cet homme, d'une chaleur irrésistible lors de sa conférence, se révélait sur le terrain un homme bourru qui semblait avoir vu trop de souffrances et ne pas savoir déposer le fardeau. En même temps, il était vraiment très séduisant avec ses épais cheveux bruns, son corps athlétique, sa présence imposante… Il dégageait un tel magnétisme que, tout au long de l'après-midi, elle avait su, même sans se retourner, exactement où il se trouvait.

Une réaction surprenante : habituellement, les hommes ne lui faisaient pas cet effet.

— Je montre son logement à Ellen, dit Michael.

— Mais non, elle est juste à côté de moi, fit Freeman. Occupe-toi de Pete et…

Haussant les sourcils, il se tourna vers l'infirmière.

— Karen, c'est cela ?

— C'est cela, répondit celle-ci en soulevant son sac.

— Parfait. Nous nous retrouvons à 19 heures pour le dîner, dans la salle à manger privée derrière le restaurant. Vous venez, docteur Cox ? J'ai un coup de fil à passer aux états-Unis…

Il se dirigeait déjà vers un petit sentier qui s'ouvrait entre deux palmiers. À l'entrée, un poteau de bois hérissé de flèches indiquait les différentes installations du centre de vacances. Le grand Dr Freeman était-il un peu goujat ? Il n'avait pas proposé à Ellen de porter ses bagages. Pas de problème, elle se débrouillerait sans lui ! Elle passa la lanière de son sac de marin à son épaule et trotta pour le rattraper.

Des aras bleus et jaunes jacassaient dans les arbres, le sentier serpentait à travers une végétation sage, très différente de la jungle qu'ils venaient de traverser. Le côté luxuriant sans la démesure ! C'était si beau qu'elle ralentit sans s'en apercevoir. Époustouflant ! Elle n'avait jamais rien vu de semblable.

— Docteur Cox…

Freeman parlait avec une patience exagérée, comme un père obligé de gronder une enfant étourdie.

— Ellen, répondit-elle, agacée.

— Venez, Ellen. J'ai encore beaucoup de travail.

Il lui tourna le dos et repartit à grands pas. Perplexe, elle trottina dans son sillage. Il avait déjà une grosse journée de travail derrière lui, que voulait-il faire de plus ?

— J'arrive, chef ! fit-elle.

Il s'arrêta de nouveau pour la toiser de tout son haut.

— Le *chef* n'est franchement pas nécessaire.

— Vous vous comportez comme un adjudant, lança-t-elle innocemment, je réponds sur le même registre.

— Je ne suis pas connu pour mon sens de l'humour, vous allez vous en rendre compte.

Et il reprit son chemin comme s'il se fichait qu'elle le suive ou pas.

— Je m'en serais doutée, fit-elle pour elle-même.

Elle pressa de nouveau le pas et remonta la lanière de son sac sur son épaule ; quelques instants plus tard, ils débouchèrent dans une petite clairière. Un paradis ! La pelouse, épaisse, formait un écrin vert vif autour des deux cabanes qui se dressaient de part et d'autre d'un immense figuier banian. Des cabanes au toit de chaume, avec des vérandas de bois sombre équipées de fauteuils aux coussins fleuris. Un endroit de rêve pour des vacances en amoureux !

— C'est stupéfiant, dit-elle. Je m'attendais à coucher sous la tente et à utiliser des douches communes.

— Nous travaillons dur, le conseil d'administration estime que nous serons plus productifs si nous sommes bien logés. Le centre de vacances nous fait un prix.

Il tendit la main vers la cabane de gauche.

— Vous êtes ici. Suivez les panneaux en sens inverse pour trouver la salle à manger. Si vous avez besoin de quoi que ce soit, composez le zéro sur le téléphone fixe.

Sur ce, il disparut dans sa propre cabane. Bien ! Elle ne compterait pas sur lui pour jouer les voisins serviables. Lentement, elle grimpa les trois marches qui menaient à la véranda. Le cadre était franchement sublime, un hamac se balançait doucement dans la brise du soir. Un peu intimidée, elle poussa la porte. Quel contraste avec la tente étouffante qui abritait les consultations ! Elle découvrit une grande pièce aérée et confortable, un coin salon d'un côté, un lit de l'autre. Sous les poutres du toit, un ventilateur brassait tranquillement la brise qui entrait par les fenêtres, un tapis vivement coloré égayait le parquet sombre et luisant entre le canapé et les deux fauteuils. Et la chambre, avec son grand lit à baldaquin d'acajou à colonnes torsadées ! Si jamais elle cherchait un endroit fabuleux pour sa lune de miel…

Enfin, une lune de miel n'était pas d'actualité. Deux fois déjà, elle avait failli se marier ; dès que cela devenait sérieux, son père s'en mêlait et, sans comprendre comment, elle changeait d'avis. C'était une des raisons de sa présence au Honduras. Ici, au moins, elle se libérerait de son influence ; elle prendrait ses décisions par elle-même.

Elle posa son sac et releva la tête, surprise. Mais… Et la salle de bains ? Elle ne voyait pas de porte, aucun recoin. Elle finit par ressortir et trouva une douche de plein air, protégée par des cloisons de planches. Encore une nouvelle expérience ! Au départ, elle fut assez gênée, mais céda vite au plaisir. Se doucher comme cela, entourée de parfums, de couleurs, de chants d'oiseaux… C'était un enchantement.

Une demi-heure plus tard, changée, délassée, ses affaires rangées dans son nouveau foyer, elle partit à la recherche de la salle à manger. Les sentiers formaient un vrai dédale, elle se demandait si elle avait pris la bonne direction quand elle déboucha devant une fabuleuse piscine aux bords biscornus cernés de fougères. Étendu sur une chaise longue en T-shirt et bermuda, des tongs de cuir aux pieds, le Dr Freeman parlait au téléphone. Un tableau charmant, mais, à sa voix, sa décontraction n'était qu'apparente. Cet homme ne se détendait donc jamais ?

— Écoutez, il nous faut ce matériel… Dans ce cas, à vous de lever les fonds nécessaires.

Il se tut un instant et ajouta :

— Je ne peux pas être partout à la fois. Vous allez devoir vous en occuper. Et les équipiers que vous m'envoyez… J'en ai ma claque du court terme, il me faut des gens qui resteront plus de six semaines. Les Honduriens ont besoin d'un dispensaire permanent et… Ne quittez pas.

Il la toisait, les sourcils haussés. Assez gênée, elle le salua d'un signe de tête et continua son chemin vers le grand bâtiment au toit de chaume qui se dressait un peu plus loin ; avec un peu de chance, c'était celui qu'elle cherchait.

— Vous écoutez les conversations privées, docteur Cox ?

La voix de Freeman. Elle se retourna à demi.

— Mais non ! répondit-elle avec un soupçon d'impatience. Je cherche la salle à manger, et je vous ai déjà dit que je préférais qu'on m'appelle Ellen. Vos « Dr Cox » sont très condescendants !

— Désolé. Ellen.

Ah ! Elle aurait mieux fait de ne pas insister : sa voix grave au timbre chaud donnait à son prénom une connotation très intime. Elle préféra ne pas analyser sa réaction et déclara tout net :

— J'ai faim.

— La salle à manger est par là, dit-il en lui indiquant le bâtiment.

Il échangea encore quelques mots avec son interlocuteur, puis coupa la communication et se leva. Ensemble, ils entrèrent dans un grand espace lumineux jalonné de piliers massifs ; à l'accueil, un employé Hondurien les salua d'un geste cordial. Au-delà du foyer et de ses fauteuils d'osier s'ouvrait un restaurant très chic, aux nappes blanches et à la lumière tamisée. Freeman traversa la salle et poussa une petite porte.

— Refermez derrière vous.

Elle obéit. Une longue table et un buffet bien garni étaient disposés dans la pièce. Les autres membres de l'équipe, déjà installés, bavardaient gaiement, mais personne ne s'était servi. Freeman fronça les sourcils.

— Je pensais que vous auriez commencé.

— Pas sans toi, patron, répondit Michael en riant.

— Cela ne rime à rien de m'attendre. Bon appétit !

Il prit une assiette sur la pile. Les autres se levèrent et formèrent une sorte de queue ; comme elle ne connaissait ni le protocole ni la place de chacun, Ellen rejoignit le bout de la file. Quelques minutes plus tard, armée d'une assiette de poulet et de fruits tropicaux, elle se retourna vers la table.

— Ici, près de moi, lui dit Michael.

Elle s'approcha en souriant. À sa grande surprise, Freeman, en face d'elle, plissa les yeux d'un air contrarié. Pourquoi ?… Un instant plus tard, elle avait déjà oublié sa réaction. Elle avait vraiment très faim et Michael faisait tout pour la mettre à l'aise.

— Ta cabane te plaît ? Au fait, tout le monde : nous nous

tutoyons ici, d'accord ? Quand on patauge dans le pus et les sanies toute la journée, on ne peut pas vraiment continuer à se donner du « vous ».

Un brouhaha approbateur lui répondit. Satisfait, il se tourna de nouveau vers Ellen.

— Et qu'est-ce qui t'amène dans un trou pareil ?

— Je voulais me rendre vraiment utile, répondit-elle, un peu gênée.

— Parce que tu ne te sentais pas utile à ton dernier poste ? demanda le Dr Freeman.

Prise de court, elle leva les yeux, la fourchette en suspens.

— Si, mais les gens d'ici n'ont vraiment aucun recours. Je suivais des mères adolescentes et leurs bébés. Mon travail était nécessaire, il me plaisait, mais j'avais besoin de faire davantage. D'autres personnes peuvent aider ces jeunes filles, mais ici…

— Comment as-tu entendu parler de nous ? questionna Michael.

— J'ai assisté à une conférence du Dr Freeman… Et j'ai su que c'était ici que je voulais être.

— Tu vois, Chance ? Tu auras au moins fait une convertie.

Chance se remit à manger sans répondre. Sans se démonter, Michael demanda :

— Et le bilan de ta première journée ?

— C'était… différent ! En fait, j'ai adoré.

Presque malgré elle, elle tourna la tête vers Freeman qui lâcha sans la regarder :

— Tu changeras peut-être d'avis après quelques jours de travail non-stop en pleine chaleur.

— Ne l'écoute pas, dit Michael en riant. Le grand Chance Freeman a vu repartir tant d'équipiers qu'il est devenu un peu cynique. C'est vrai : l'engagement minimum est de six semaines, et beaucoup de nouveaux ne restent pas jusqu'au bout. Certains ne tiennent que quelques jours. Il y a de quoi être un peu désabusé.

Freeman eut un rictus.

— Je ne partirai pas de sitôt, docteur Freeman, dit Ellen en le regardant en face.

— « Docteur Freeman » ? répéta Michael, amusé. Les prénoms, Ellen ! Surtout après les heures de travail.

— Tout à fait, dit l'intéressé.

Il y eut un silence, puis Michael se tourna vers Pete et Karen. Ellen se concentra sur son repas, assez soulagée que le Dr Freeman — enfin, Chance — ne s'occupe plus d'elle. Michael fit rire toute la tablée avec une anecdote, puis Chance fit tinter son verre avec sa fourchette pour demander le silence.

— Bon, parlons de demain. Nous serons du côté de Tooca, près de la rivière. Comme c'est notre première visite, il faudra être au top. Tout le monde aux camions à 4 heures du matin, je vous prie ! Couchez-vous tôt et préparez-vous à une très longue journée.

Le groupe se sépara peu après. Ellen sortit avec Karen, qui était logée dans la même direction qu'elle. Il faisait nuit noire, mais elles s'orientèrent à de faibles lumières cachées dans la végétation. Elles hésitèrent un peu avant de trouver la cabane de Karen ; Ellen la laissa à sa porte et continua seule. En débouchant dans sa clairière, elle remarqua des lampes allumées dans les vérandas des cabanes jumelles. Un employé du centre avait dû passer pendant qu'ils dînaient.

D'un seul coup, elle prit conscience de sa fatigue. Le voyage, les consultations, tant de rencontres et de nouvelles sensations… Elle venait juste de se glisser dans son lit quand on éclaira à côté, chez Chance, et sa silhouette passa devant la fenêtre. Perplexe, elle repensa à la conférence qui l'avait amenée au Honduras. Le dévouement de cet homme, son engagement total dans l'œuvre qu'il bâtissait ici avaient emporté sa décision. Il avait besoin de médecins et d'infirmières pour l'aider dans sa mission, alors… Pourquoi cet accueil glacial ? Il semblait tout faire pour la décourager de rester !

2.

Quand le convoi de trois véhicules se gara dans une clairière près de la rivière Sico, le premier rayon de soleil dorait à peine la cime des palmiers. Le chef du village s'avança pour accueillir l'équipe et Chance descendit de la jeep de tête pour parler avec lui. Marco s'affairait déjà à monter la tente avec son équipe. En revenant, Chance chercha Ellen des yeux. Souriante, pleine d'entrain, elle demandait à la ronde comment se rendre utile. L'heure matinale ne semblait pas la déranger. Rien n'atteignait donc cette femme ?

Dix heures de voyage la veille, cinq heures de consultations éprouvantes, un réveil avant l'aube, un long trajet à bord d'un camion inconfortable et elle était encore de bonne humeur. Quand elle finirait par craquer, elle tomberait de haut ! Car il en était certain, personne ne pouvait garder longtemps une attitude aussi positive.

En même temps… Ne pas apprécier Ellen devenait difficile. D'autant qu'elle était agréable à regarder. Beaucoup trop agréable, même.

Marco et son équipe installèrent le dispensaire en un temps record. Chance guidait le chauffeur de la camionnette pour l'engager à moitié dans la tente quand Ellen vint se camper près de lui.

— Michael m'envoie vous demander ce que je fais aujourd'hui.

— Vous avez bien dormi ?

La question sembla la surprendre.

— Comme une souche, merci.

— Parfait, la journée sera longue. Vous avez vu hier comment nous fonctionnons : nous parons au plus urgent, au fur et à mesure. Les médecins s'attellent à des tâches qu'on laisserait ailleurs aux infirmières. Vous pouvez commencer par déposer un petit stock de pansements, kits de suture, solution saline et antiseptiques sur chaque table. Les fournitures de base.

— J'y vais.

— Les médicaments sont dans la malle cadenassée derrière le siège de la camionnette. Ne l'ouvrez jamais sans ma permission. Il y a un sérieux problème de drogue ici, nous devons faire très attention à ce qu'on ne nous vole pas des produits. Il n'y a qu'une clé, la mienne. Si vous avez besoin de quelque chose, demandez-moi.

— Entendu.

— Voilà les premiers patients. Quand vous aurez terminé avec les stocks, je vous demanderai de trier les malades par ordre d'urgence.

Tout au long de la matinée, une file ininterrompue de patients défila sous la tente. Chance faisait équipe avec Karen, une excellente recrue, efficace et imperméable au stress. Il n'eut guère l'occasion de voir comment Ellen s'en sortait ; la première fois qu'il la regarda, elle se penchait pour écouter un patient avec attention ; la seconde, elle s'était accroupie devant un enfant et parlait avec sa mère.

Vers midi, le défilé des patients se tarit. Sous la tente, la chaleur était difficilement supportable et Chance sortit chercher un peu de fraîcheur.

— Nous avons terminé ? demanda Ellen en venant à sa rencontre.

Il s'essuya le front, chassa une mouche et se campa à l'ombre avec un gros soupir de soulagement. Avec un temps de retard, la question lui arracha un petit rire sardonique.

— Loin de là ! Ici, tout s'arrête à l'heure du déjeuner, mais, dans une heure, deux fois plus de patients vont arriver. Marco a dû nous préparer le repas. Mangez, buvez surtout, et prenez le temps de vous reposer.

Du dos de la main, elle repoussa une mèche collée à son front. Une autre lui barrait la joue ; il esquissa un geste pour l'écarter et se retint de justesse. Pas question de baisser sa garde, même pour un geste aussi innocent.

— Vous pouvez vous rafraîchir derrière la tente, dit-il. Ne vous éloignez pas.

Il tourna les talons et alla rejoindre Michael qui sortait à son tour de la tente.

— La nouvelle équipe est du tonnerre, dit celui-ci avec satisfaction.

— Ouais.

— Ellen est particulièrement compétente.

— Elle ne tiendra pas longtemps.

— Pourquoi ? Parce qu'elle est blonde, jolie ? demanda Michael d'un ton ironique.

— Rien à voir.

— Bien sûr que si ! Elles ne sont pas toutes Alissa, tu sais ? Je crois que celle-ci va te surprendre.

Chance poussa un soupir excédé.

— Et alors ? Elle fera ses six semaines, elle repartira, et nous devrons former quelqu'un d'autre. Arrange-toi juste pour ne pas trop t'attacher.

— M'attacher, aucun risque, répondit Michael en riant. Mais partager quelques bons moments, je ne dirais pas non.

— Tant que cela n'affecte pas le dispensaire…

Michael était un véritable ami et un médecin formidable, et Chance ne voulait surtout pas que des embrouilles affectives perturbent son équipe. Les triangles amoureux, il connaissait. Quand sa femme avait pris un collègue pour amant, ils avaient frôlé la catastrophe. Il avait perdu toute son équipe. Il s'en était fallu de peu, le projet entier avait failli couler. Chance s'en était sorti en fonçant de l'avant, en consacrant chaque instant de liberté à décrocher de nouveaux financements…

— J'ai déjà laissé une jolie fille perturber mon travail ? lui demanda Michael en souriant.

Non. Les jeunes et jolies équipières qui débarquaient au dispensaire tombaient souvent dans les bras de Michael, mais cela se passait sans tensions et sans larmes. Curieusement, l'idée qu'Ellen suive le même chemin déplut à Chase.

— Allons manger, fit-il pour changer de sujet. Tiens, tu as vu la flottille de pirogues ? À l'avenir, on devrait s'installer plus souvent près des cours d'eau, les patients pourront nous rejoindre plus facilement.

— Il faudrait surtout trouver des financements vraiment sérieux pour bâtir un réseau de dispensaires en dur, répondit Michael, sérieux tout à coup.

— Je sais bien. Je vais devoir retourner aux États-Unis lever des fonds.

C'était la partie de son travail que Chance appréciait le moins. Il détestait faire le guignol pour récolter des dons, mais avait-il le choix ? Quand il animait une soirée, l'argent affluait.

— Je sais que cela te coûte, dit Michael avec compassion.

— J'aime mieux soigner que mendier.

— Le comité devrait chercher quelqu'un pour s'en occuper à plein temps.

Chance haussa les épaules avec lassitude. Ils avaient essayé, cela n'avait pas fonctionné. Michael le savait aussi bien que lui.

— Je fais un inventaire avant de déjeuner, dit-il d'une voix éteinte.

Lorsqu'il entra sous la tente, Ellen reconstituait les stocks des tables.

— Tu ne devais pas déjeuner et te reposer ? demanda-t-il d'une voix peu amène.

— Marco n'a pas encore servi. Je vérifie les fournitures et je prépare les postes pour cet après-midi.

— J'apprécie, mais le burn-out arrive vite, sous ces latitudes. J'en sais quelque chose !

Elle leva la tête avec ce regard franc et direct qui le troublait.

— Je peux t'assurer que je suis très loin du burn-out.

— On ne le sent pas forcément venir.

Elle le toisa, pensive, et le foudroya d'une question :

— C'est ce qui t'est arrivé ?

— Comment ?

— Tu veux soigner les Honduriens, mais tu réserves un accueil épouvantable à ceux qui viennent t'aider. Tu as essayé de me faire fuir dès l'instant où je suis arrivée.

La colère l'éblouit quelques secondes… et retomba. Il la dévisagea, atterré. Laissait-il vraiment le passé l'affecter à ce point ?

— Moi ? Pas du tout. Nous sommes déjà en sous-effectifs, je ne vois pas pourquoi je découragerais…

— Je me posais la même question.

— Je voulais simplement te montrer la réalité de notre travail. Tu ne sembles pas du tout avoir les épaules pour…

Elle le coupa sans cérémonie.

— Et tu as vu cela à quoi, ma tenue, la couleur de mes yeux, mes chaussures ?

— Ton âge, déjà. Ta beauté. Ton attitude. Je sais d'expérience que si une femme comme toi vient dans un endroit pareil, c'est sur un coup de tête ou pour fuir une difficulté. Pour vivre une aventure ou pour prouver qu'elle ose le faire.

À son mouvement de recul, il sut qu'il avait vu juste.

— Impressionnant ! s'écria-t-elle. Ce doit être tellement agréable, de tout savoir. Cher docteur Freeman, c'est la misogynie qui parle, rien d'autre. Mais ce que tu crois n'a aucune importance. La vraie question, c'est de savoir si, jusqu'ici, mon travail t'a posé problème.

Comme la réponse était négative, il préféra se taire.

— C'est bien ce qu'il me semblait, dit-elle comme pour mettre un point final à la discussion. Maintenant, puisque selon toi je suis censée avoir faim, je vais aller manger.

Elle s'éloigna à grands pas. Il la suivit des yeux, impressionné par son aplomb. La jolie blonde avait du répondant ! S'était-il réellement montré si peu accueillant ? si injuste ? Elle faisait son travail, elle avait assez de cran pour lui tenir tête. Peut-être devrait-il lui faire un peu plus confiance.

Le temps qu'il arrive à table, elle avait terminé son repas et se dirigeait vers l'avant du dispensaire.

— Ne t'éloigne pas, dit-il machinalement, reste dans notre champ de vision.

— Je suivrai vos conseils, docteur, fit-elle sans s'arrêter.

Troublé, il se laissa tomber à sa place habituelle. La manière dont il réagissait commençait à l'inquiéter. Il se sentait responsable de toute l'équipe, mais quelque chose le poussait à en faire davantage pour la protéger, elle. Peut-être parce qu'elle semblait… naïve ? Par le passé, des nouveaux qui n'avaient pas pris ses avertissements au sérieux s'étaient retrouvés dans le pétrin.

De sa place, il la vit s'asseoir à l'ombre sur une couverture. Bientôt, des gamines du village s'approchèrent. Elle leur parla joyeusement, s'interrompant de temps en temps pour chercher le mot juste. Les filles semblaient de plus en plus à l'aise ; bientôt, l'une d'elles lui prit timidement la main pour toucher son ongle verni. Souriante, Ellen lança une question, la petite hocha la tête avec enthousiasme ; encouragées, les autres touchèrent à leur tour ses ongles, pouffant et échangeant leurs impressions à voix basse.

— Ne bougez pas ! Je reviens !

Ellen se leva souplement, courut vers le camion et, grimpant sur le pare-chocs, tira un sac à dos vers elle. Elle revint, un petit flacon à la main. Les filles se rassemblèrent de nouveau autour d'elle, elle tapota la couverture pour les inviter à s'asseoir et ouvrit le flacon.

Chance, stupéfait, assistait à la scène. Du vernis à ongles dans la jungle ? Et voilà qu'elle prenait une main menue sur son genou, appliquait le premier coup de pinceau. Il entendit une exclamation unanime d'émerveillement. Avec des sourires lumineux, les filles, grandes et petites, se serrèrent autour d'elle, impatientes d'avoir leur tour. La tête blonde d'Ellen émergeait d'un cercle de têtes brunes, les gamines riaient, admiraient leurs ongles roses, les montraient à leurs copines. Ellen riait aussi ! Un rire de femme, un son si rare dans la jungle et pourtant aussi naturel que le chant des oiseaux.

Chance s'approcha. Il fallait reprendre les consultations ou certains patients ne seraient pas vus avant la fin de la journée.

— Tu as ton petit succès, murmura-t-il en s'arrêtant devant le groupe.

Ellen lui lança un large sourire et sauta sur ses pieds en lançant gaiement :

— Toutes les filles ont envie de se pomponner un peu !

Elle avait mal jugé son mouvement. Elle vacilla, il saisit son coude pour la soutenir... et un éclair de désir le transperça. Un désir comme il n'en avait pas ressenti depuis des années. C'était excitant, troublant. Pour masquer sa réaction, il demanda :

— Même si elles ne revoient pas de vernis à ongles avant des années ?

— Surtout si c'est unique, répondit-elle avec un regard agacé. Un moment de plaisir, c'est mieux que rien.

Partager un moment de plaisir... La pensée jaillit d'elle-même, inattendue, incroyablement déplacée. Le soleil avait dû taper fort, aujourd'hui ! Ellen faisait partie de son équipe, elle était jeune, idéaliste... Il lâcha son bras comme si elle l'avait brûlé.

— Nous y retournons, dit-il. Tu seras avec Michael cet après-midi. Je te dirai quand tu pourras voler en solo.

Il recommençait ! Furieuse, elle lui tourna le dos et s'éloigna à grands pas vers la tente. Elle ne travaillerait pas avec lui cet après-midi ? Tant mieux ! Avec Michael, tout était clair, simple et facile, mais aussi un peu... ennuyeux ? Non, bien sûr que non, Michael était charmant et c'était tout de même mieux de travailler avec lui que de se faire rembarrer par Chance ! Pourtant, malgré son attitude détestable, *l'intensité* de ce dernier l'intriguait.

Le soir de sa conférence, elle avait vu un homme plus grand que nature. Un héros ! Sa compassion pour les déshérités du Honduras vibrait dans chacun de ses mots. En direct, il était vraiment trop autoritaire. Elle ne s'était pas battue pour imposer ses choix et retomber sous la coupe d'un homme qui voulait tout régenter.

L'une des petites filles aux ongles vernis prit son tour sur la table d'examen de Chance. Ellen, qui leur tournait le dos, entendit celui-ci s'écrier :

— Oh ! les jolis ongles !

Elle sourit. Il avait un cœur, en fin de compte ?

Tout au long de l'après-midi et jusqu'au crépuscule, les patients défilèrent : plaies ouvertes, maladies virales, piqûres d'insectes, abcès, malformations congénitales… À la tombée du jour, le tonnerre gronda au loin et un vent brutal fit claquer la tente.

— Dès que vous pouvez, commencez à ranger, dit Chance à la cantonade. Il faut prendre la route avant l'orage.

Il achevait de nettoyer la blessure au pied de son dernier patient, un homme d'un certain âge. Ellen, déjà libérée, commença à rapporter les fournitures inutilisées dans la camionnette. Comme elle passait devant lui, il lui tendit la clé de la malle en lui demandant de sortir un antibiotique. Au contact de sa main, elle éprouva un frisson bizarre. Troublée, elle grimpa très vite à l'arrière du véhicule. Pourquoi cette réaction, pourquoi avec *lui* ? Elle ne cherchait pas une histoire d'amour, ne s'attendait pas à en vivre une en venant ici…

Le ciel s'était nettement assombri, on n'y voyait pas bien au fond de la camionnette. Elle se faufila dans l'étroit passage entre les casiers de matériel, s'agenouilla devant la malle métallique fixée au châssis et chercha à tâtons la serrure du cadenas. La clé n'entrait pas ; elle sortit une petite lampe torche de sa poche et la posa en équilibre sur une caisse, le rayon dirigé vers la malle.

Le grincement aigu de la portière avant lui fit lever la tête. Abasourdie, elle vit un jeune homme maigre et très brun bondir sur le siège, un couteau à la main. Elle ouvrait la bouche pour appeler quand il se pencha par-dessus le siège en plaquant la lame contre sa gorge.

— *Tranquillo.*

Risquant un regard rapide vers l'arrière de la camionnette, elle garda le silence. Personne ne les voyait, personne ne se rendait compte… Que faire ? Protéger les autres, mais comment ? La pointe du couteau lui piquait la peau, elle sentait l'odeur de sueur de son agresseur. La scène se déroulait à la fois très vite et très lentement.

— Qu'est-ce que vous voulez ? demanda-t-elle à mi-voix.

— Les médicaments, répondit-il dans un souffle. Ouvre la boîte.

La panique la prit à la gorge. Impossible de lui donner ce qu'il réclamait, impossible de refuser…

— Ellen ?

La voix de Chance ! Déchirée entre le soulagement et la terreur pour lui, elle leva la tête.

— Ne dis rien, cracha l'homme en se coulant derrière le siège.

Le couteau était toujours plaqué sur sa peau. Elle devait trouver un moyen de prévenir Chance.

Pourquoi Ellen ne revenait-elle pas ? Agacé, Chance demanda à son patient de l'attendre et se dirigea vers la camionnette. Dès qu'il aurait administré l'antibiotique, ils pourraient plier boutique et prendre le chemin du retour. Un brouhaha le fit se retourner. Un tout jeune homme, soutenu par un autre garçon du même âge, entrait sous la tente, un chiffon ensanglanté noué autour du bras. Michael et Karen s'étaient déjà portés à leur rencontre ; Marco et un gars de son équipe remontaient en quatrième vitesse la table d'examen qu'ils venaient de plier. Ils avaient la situation en main ; à lui de voir ce que faisait Ellen.

L'arrière la camionnette bâillait, ouvert, dans la pénombre. Toutes les lampes étaient braquées sur les tables de soins ; il faisait presque nuit, avec l'orage. En s'approchant des portières ouvertes, il vit un mince rai de lumière, sûrement la torche d'Ellen.

— Tu ne trouves pas ? lança-t-il.

Il distinguait sa silhouette, à genoux près de la malle. Lentement, elle tourna la tête vers lui ; malgré l'éclairage trompeur, il lut la peur dans son regard. Un mouvement derrière elle ! Ne le quittant pas des yeux, elle secoua très légèrement la tête. Il répondit d'un petit signe un menton et dit à haute et intelligible voix :

— Dépêche-toi, il me faut ces médicaments.

— Oui, monsieur.

Monsieur ? Cette fois, c'était sûr, elle avait un problème. Prudent, il recula. Les autres étaient toujours groupés autour du jeune blessé. Il passa devant eux en trombe, sortit ; en contournant la tente, il faillit se heurter à Marco. À voix basse, il le prévint qu'Ellen était en difficulté et lui demanda de compter jusqu'à dix et de se précipiter sous la tente en appelant au secours. Toujours aussi pragmatique, Marco approuva de la tête sans poser de questions inutiles. Le cœur battant, Chance s'arrêta lorsqu'il put voir la portière du chauffeur. Elle était ouverte, il distinguait la silhouette d'un homme sur le siège, de dos, un pied à l'extérieur. Une angoisse affreuse l'envahit. Ce type braquait Ellen.

Heureusement, l'orage approchait, le tonnerre roulait en continu. Chance chargea et rabattit la portière de toutes ses forces sur la jambe de l'intrus qui se retourna d'un bond en hurlant. Chance saisit la portière au vol, la rabattit de nouveau. L'homme s'était penché pour saisir sa cheville ; cette fois, la portière le heurta à la tête. Il s'effondra comme une masse ; un couteau tomba dans la poussière.

— Ellen ! hurla Chance. Ellen, ça va ?

— Oui… Je n'ai rien.

Sa voix tremblait un peu. Marco surgit de nulle part, Chance lui laissa l'agresseur et bondit dans la camionnette. Ellen était assise par terre, la tête dans les mains.

— Il t'a fait mal ?

Elle ne répondit pas. Impressionné, il lui posa la main sur l'épaule et répéta d'une voix radoucie :

— Il t'a fait mal ? Son couteau…

Lentement, elle releva la tête.

— Non, lança-t-elle dans un souffle.

Elle ouvrit la main, lui montra ses clés et ajouta tout bas :

— J'ai un bon point. Je ne l'ai pas laissé prendre les médicaments.

— Pour l'amour du ciel, il valait mieux qu'il prenne tout...

Il vit ses lèvres pâles se retrousser dans un sourire.

— Ciel, vous m'aimez bien.

— Il y a un problème ? fit la voix de Michael.

— Un gars qui essayait de voler des médicaments, répondit Chance d'une voix forte. Il a menacé Ellen avec un couteau.

La camionnette tangua brusquement, Michael grimpait à bord. Il marcha droit sur Ellen et la serra dans ses bras. Bizarrement, Chance, en la regardant presser son front contre le torse de Michael, regretta qu'elle ne se soit pas tournée vers lui. Il redescendit par l'avant pour voir où en était Marco. L'intrus, étroitement ligoté, avait déjà repris ses esprits. Interrogé, il admit sans difficulté qu'il était arrivé avec deux comparses : le blessé soigné par Michael s'était délibérément entaillé le bras pour faire diversion et s'assurer que tout le monde serait occupé au moment de l'attaque. Chance l'écouta attentivement, mais ses pensées étaient toujours auprès d'Ellen.

Avant de terminer le démontage, il fallut tout expliquer en détail à l'équipe. Les questions, les commentaires fusaient, mais Chance voyait surtout le bras de Michael qui enserrait toujours les épaules d'Ellen. Marco se proposa pour aller remettre le captif à la police et faire rechercher ses deux complices. Aucun d'eux ne risquait grand-chose : le Honduras avait des problèmes de drogue autrement sérieux que de petits joueurs comme eux. Le temps de se remettre à la tâche, la nuit était tombée.

— Ellen ? Monte avec nous, dit Michael de la cabine du camion. Tu es encore secouée.

Elle refusa d'un geste cordial de la main et prit sa place habituelle, sur le plateau avec Karen et Peter. Une fille solide ! Chance ne put s'empêcher de l'admirer. Elle s'était accordé quelques instants d'émotion dans les bras de Michael, puis elle s'était remise au travail comme tout le monde. Remarquable !

Ce soir-là, à la fin du dîner, Michael se leva en faisant tinter son couteau sur son verre.

— Nous avons quelques félicitations à décerner ce soir, annonça-t-il. En premier lieu, au célèbre Dr Freeman, pour son utilisation originale d'une portière pour appréhender un dealer.

Avec un large sourire, il plaça un second dessert devant lui en lançant :

— À Chance, notre héros !

Chance se prêta au jeu et se leva pour saluer mais, intérieurement, il trouvait la plaisanterie de mauvais goût.

— Et ensuite, à notre vaillante Dr Ellen Cox, qui a tenu le coup sous la pression et n'a pas lâché la clé de la malle aux médicaments !

Michael leva son verre à l'intention d'Ellen et lui offrit une superbe fleur exotique cueillie dans le bouquet qui décorait la table. Elle lui sourit, mais Chance trouva son sourire bien terne. Le choc avait été plus rude qu'elle ne voulait le montrer !

— Chance mérite la médaille, dit-elle. Je n'ai rien fait.

Son regard franc se posa sur lui.

— Merci pour le sauvetage ! lança-t-elle.

Quand il repensait à la terreur qui l'avait envahi en la sachant en danger… Il préférait ne pas examiner la question de trop près ! C'était une réaction à vif, trop violente — aussi violente que son soulagement lorsqu'il avait compris qu'elle n'avait rien. Une satisfaction subite gonfla sa poitrine, une sensation qu'il n'avait pas éprouvée depuis longtemps. Les yeux dans ceux d'Ellen, il hocha la tête. Il lui venait une envie subite de tambouriner sur son torse comme un grand mâle dominant.

Ellen se retourna sur l'autre flanc. Cela faisait des heures qu'elle essayait de dormir. Le doux tapotis de la pluie sur le toit de chaume aurait dû la bercer, le choc encaissé la vider de ses forces, mais pas moyen de se détendre.

Elle se frottait compulsivement le cou. Elle sentait encore la piqûre du couteau, le souffle chaud de l'homme sur sa peau, l'affreux sentiment d'impuissance, la peur éprouvée pour les autres. La même peur que le jour de l'accident. Dire que cela avait commencé par une sortie toute simple : sa mère l'emmenait faire les boutiques pour lui acheter une robe. Une belle journée, beaucoup de circulation ; en arrivant à un feu, sa mère avait enfoncé l'accélérateur pour passer à l'orange. Un instant plus tard, Ellen était la tête en bas dans l'habitacle éclaboussé de sang. « Ton père dit toujours que je prends trop de risques… », avait dit sa mère, et elle était morte. Et Ellen avait dû attendre qu'on vienne la tirer de là.

Elle rejeta brusquement le drap, saisit la couverture légère au pied du lit et se leva avec fougue en l'enroulant autour d'elle. Elle fit quelques pas dans la pièce, hésita… ouvrit la porte et sortit sur la véranda. Regarder tomber la pluie l'apaiserait peut-être ?

La pluie s'arrêtait, la pleine lune se montrait par instants entre les nuages, sa douce lueur faisait miroiter les gouttes d'eau sur les fougères. Elle prit une profonde inspiration pour s'imprégner de l'ambiance paisible.

— Tu n'arrives pas à dormir ?

Muette de saisissement, elle se retourna vers la cabane de Chance au moment où celui-ci émergeait de son hamac, uniquement vêtu d'un bermuda accroché très bas sur ses hanches. Malgré le choc, elle ne put s'empêcher d'apprécier le tableau.

— Tu étais là ?

— Ouais.

— Tu aurais pu dire quelque chose !

— Il m'a semblé qu'il te fallait un moment pour toi. Ce qui est arrivé aujourd'hui… Tu as été très courageuse, mais c'est assez dur à assumer.

Elle se sentit fondre. En une seule phrase, il venait d'effacer tous ses commentaires désobligeants.

— Oui, avoua-t-elle. Je suis assez remuée, en fait.

Il descendit son perron et s'avança vers elle.

— Le contraire serait inhumain, et tu es très humaine.

Le cœur battant, elle regarda cet homme superbe, presque nu, venir vers elle. Il gravit les marches et reprit d'une voix pensive :

— Je crois bien que tu es l'un des médecins les plus empathiques que j'aie jamais croisés. Tu ressens les choses plus fortement que les autres. Tu as forcément été bouleversée.

— N'importe qui le serait.

Comment en savait-il autant sur elle ? Ils ne se connaissaient pas !

— N'importe qui serait remué, reprit-il en s'arrêtant à deux pas d'elle, mais j'ai eu le sentiment que tu n'avais pas peur seulement pour toi. Tu pensais à nous tous, et même à ce que deviendrait ce pauvre type si tu lui donnais les médicaments. Tu as le cœur trop tendre pour ce travail.

— Il me semblait que c'était justement l'ingrédient indispensable pour travailler ici : du cœur.

— En un sens, oui, mais c'est aussi ce qui fera de toi une éternelle victime potentielle.

Outrée, elle se cabra.

— Tu sais quoi ? Pendant une minute, j'ai vraiment cru que tu venais me réconforter. J'aurais dû me douter que c'était le contraire !

— Non, tu as été formidable. Tu as tenu le coup. Je ne vois pas qui aurait pu faire mieux. Cela te va, comme encouragement ?

Son indignation retomba aussitôt. Elle rit même.

— C'est mieux. Pas tout à fait sincère, mais mieux. Et au fait, je te suis vraiment reconnaissante pour le sauvetage.

— C'est ce que je fais, je sauve les gens.

Cette amertume dans sa voix… Surprise, elle insista :

— Tu dis ça comme si ce n'était rien, mais, pour les gens d'ici, ça compte. Pour moi aussi.

— Dans ce cas, de rien, dit-il en s'inclinant avec un brin d'ironie. Espérons que je n'aurai pas à recommencer.

— Je préférerais, répondit-elle, sincère.

— Nous nous levons tôt demain, lança-t-il avec un soupir en se détournant. Il faut te recoucher.

Il s'en allait ? Confusément, elle chercha que dire pour le retenir.

— Désolée de t'avoir réveillé.

Debout en bas des marches, il leva la tête vers elle.

— Pas de souci. Le tableau valait largement la peine.

Comme elle le dévisageait sans comprendre, il précisa :

— Une femme en nuisette au clair de lune, à peine cachée par une couverture ? À ce régime, je veux bien me réveiller toutes les nuits. Va dormir, tu auras besoin de toutes tes forces demain.

Mais bien sûr ! Comme si elle allait pouvoir dormir après cela !

Deux jours plus tard, Ellen jetait encore régulièrement des regards méfiants à la ronde. Le plus discrètement possible : si Chance s'en rendait compte, il essayerait de la renvoyer, elle en était persuadée. Alors qu'elle voulait absolument continuer ce travail.

Curieusement, après leur conversation nocturne elle s'était endormie comme une masse. Il avait réussi, et c'était un exploit, à détourner ses pensées de la tentative de braquage. Sa dernière phrase… Elle se demandait toujours s'il était sincère ou s'il ne cherchait qu'à lui changer les idées.

Malgré elle, elle jeta un regard vers la table voisine. Chance était extraordinaire avec les patients. Malgré ses tendances quelque peu autocratiques, il s'entendait bien avec tout le groupe. Elle avait découvert son rire, un rire communicatif, ample et joyeux. En apparence, il ne la traitait pas différemment des autres, et pourtant elle percevait quelque chose… Bon, il ne l'appréciait pas, c'était tout, elle n'avait plus qu'à se résigner. Il l'envoyait presque toujours faire équipe avec Michael. Au fond, cela lui convenait, cela la dispensait de gérer ses humeurs à lui, comme sa propre envie, absurde, de mieux le connaître.

Si un autre siège était libre, il ne s'asseyait jamais près d'elle aux repas. S'ils retournaient à leurs cabanes en même temps, il ne faisait jamais le chemin avec elle. Qu'il soit venu la rejoindre sur sa véranda le soir de l'attaque était une sorte d'anomalie. Elle en arrivait presque se demander si elle avait rêvé la scène. Depuis, il gardait ses distances. Elle lui aurait volontiers demandé quel était son problème, mais à quoi bon ? Cela ne changerait rien. Elle était venue au Honduras pour travailler, pas pour s'intéresser au grand Dr Freeman !

Et elle travaillait. Elle travaillait d'arrache-pied et cela lui donnait une énergie folle. Les journées étaient longues, la satisfaction au rendez-vous. Elle se sentait comme libérée d'une cage. Son choix se confirmait chaque jour : elle ne retournerait jamais travailler à New York. Et tant pis si cela ne plaisait pas à son père !

Elle achevait de désinfecter une plaie quand Michael demanda un coup de main. Karen quitta Chance pour aller l'assister ; quand Ellen eut terminé, elle n'eut pas d'autre choix que de la remplacer auprès de Chance.

— Tu veux bien appeler le patient suivant ?

Elle s'exécuta et un homme très handicapé s'avança, soutenu par une femme qui était probablement sa mère. Saisie, Ellen écarquilla les yeux. Le pauvre souffrait d'éléphantiasis, ses jambes, ses bras étaient grotesquement enflés, ainsi que certaines parties de sa tête et de son cou. Jamais elle n'avait vu une condition pareille ailleurs que dans un livre de médecine.

— Il faut qu'il se sente *accueilli*, glissa la voix de Chance à son oreille.

Il se tenait si près d'elle qu'elle sentit la chaleur de son corps. Puis il s'écarta et apostropha chaleureusement l'homme en espagnol. Celui-ci répondit, son visage déformé éclairé d'un sourire sincère.

— Ricardo est un de mes plus fidèles patients, dit Chance.

Elle s'avança à son tour avec un salut joyeux ; en retour, elle eut droit au même sourire tragique.

— Nous allons faire une prise de sang aujourd'hui, dit Chance en enfilant des gants.

Le patient approuva de la tête, mais lorsqu'il répondit, elle ne capta qu'un gargouillis incompréhensible. Elle alla chercher un kit de prise de sang et revint au moment où Chance demandait :

— Ricardo, ça t'ennuie si Ellen fait la prise de sang ?

L'homme accepta de bonne grâce. Elle pressait délicatement son avant-bras pour trouver une veine quand il articula :

— Jolie.

— Oui, c'est vrai, répondit Chance, avec bonne humeur et sans cesser de l'ausculter.

Touchée, elle sourit à Ricardo. Le pauvre était si mal, emprisonné dans ce corps monstrueux ! Un doux géant à qui la vie avait distribué la mauvaise carte. Chance acheva l'examen, administra un traitement antibiotique et Ricardo repartit, traînant ses énormes pieds et s'appuyant sur sa mère. La vieille dame n'avait pas dit un mot.

— Tu n'avais jamais vu de vrai cas d'éléphantiasis, n'est-ce pas ? demanda Chance en les suivant des yeux.

— Non. J'ai été prise de court, je n'ai pas très bien réagi sur le moment.

— Pas de problème. Difficile de faire autrement la première fois.

Elle était là de nouveau, cette compassion qu'il montrait si rarement, mais qu'Ellen trouvait si émouvante.

— Qu'est-ce qu'on peut faire pour lui ? demanda-t-elle.

— Pour l'instant, il prend de la diéthylcarbamazine, mais cela ne fait qu'atténuer les symptômes. Il souffre de filariose lymphatique, les vers sont introduits par des piqûres de moustiques. Le problème est courant sous les tropiques, tu verras d'autres cas si tu restes assez longtemps. Chez Ricardo, nous arrivons au point où il devra être opéré pour pouvoir marcher.

— Et où ira-t-il se faire opérer ?

— J'espérais construire un hôpital, mais nous cherchons encore les financements. Il devra aller en ville, ou attendre qu'un groupe d'orthopédistes bénévoles passe dans le secteur.

— C'est triste…

Son cœur se serrait pour Ricardo, pour tous les autres malades. Leur patient suivant s'approchait. Ils se concentrèrent sur lui, mais de nouvelles interrogations travaillaient Ellen. Chance faisait son possible mais, clairement, cela ne suffisait pas. Et s'il cessait d'obtenir des financements ? Si le dispensaire fermait ?

En fin d'après-midi, le ciel se couvrit brusquement et un grondement de tonnerre annonça un nouvel orage. Elle aimait la pluie, mais pas forcément tous les jours ! Trente minutes après le départ du dernier patient, le dispensaire était démonté et elle sprintait avec Karen et Peter vers le camion sous les premières grosses gouttes.

— Vous allez vous faire tremper, cria Michael de la cabine. Venez, on va se tasser. Ellen dans la camionnette, Karen et Peter avec moi !

Deux éclairs fusèrent coup sur coup et un déluge brutal s'abattit sur eux. Ellen se précipita vers la camionnette. Marco était déjà au volant ; elle bondit sur la banquette, Chance la suivit un instant plus tard et s'appuya lourdement contre elle en claquant la portière. Elle se retrouva prise en sandwich entre Marco et lui, les jambes pressées contre celles de Chance par le levier de vitesse. Impossible de s'écarter, elle était rivée à lui ! Marco lança le camion sur la piste avec sa décontraction habituelle — la première bosse faillit catapulter Ellen sur les genoux de son voisin. Elle sentait son souffle, sa chaleur ; crispée, elle s'arc-bouta, luttant de toutes ses forces contre ses sensations.

Ils roulaient à tombeau ouvert sur des pistes transformées en torrents. Quand enfin ils abordèrent une route pavée, elle se sentait épuisée, étouffée par la chaleur saturée d'eau, hypnotisée par le battement régulier de l'essuie-glace. Elle ne sentit pas ses paupières tomber, sa tête se poser sur un coussin bien ferme.

Une main sur son bras…

— Nous sommes arrivés.

Elle se redressa brusquement… Elle avait dormi la tête sur l'épaule de Chance !

— Désolée, bredouilla-t-elle.

Il ouvrit la portière.

— Il est trop tard pour dîner dans la salle à manger, répondit-il avec une certaine raideur. On va t'apporter un plateau chez toi.

— Parfait, dit-elle en sautant à terre. Je ne crois pas que j'aurais eu l'énergie d'aller jusqu'au réfectoire.

Il ne pleuvait presque plus. Karen la rejoignit et lui tendit son sac en gémissant :

— Je n'en peux plus. Je prends une douche et je me couche.

— Soyez prêtes à 6 heures demain matin ! lança la voix de Chance tandis qu'elles s'éloignaient.

— Esclavagiste, fit Karen entre ses dents.

Ellen pouffa. Les feuillages gouttaient lourdement, mais, ce soir encore, la lune pointait entre les nuages. Elles firent quelques pas en silence, puis Karen reprit :

— Chance est un sacré morceau.

— Je ne sais pas exactement ce qu'il est, répondit Ellen presque pour elle-même.

— Beau à tomber, super intelligent. Je comprends pourquoi les équipières ont tendance à craquer pour lui.

— Tu tiens ça d'où ? demanda Ellen, sceptique.

— Michael.

— Pas moi, en tout cas.

D'un geste de défi, elle repoussa une mèche de son front. Mais était-ce bien vrai ? Ne craquait-elle pas, juste un peu ? Elles étaient arrivées à la cabane de Karen. Celle-ci gravit la première marche avant de se retourner.

— Il se passe un truc bizarre entre vous, dit-elle.

— Oh ! je ne sais pas, répondit Ellen avec lassitude. Je crois que je l'énerve. En tout cas, il ne m'aime pas trop.

— Tu te fais des idées ! lança l'infirmière, manifestement très surprise.

Troublée, Ellen préféra éluder.

— Je suis trop fatiguée pour me demander ce qu'il pense de moi. À demain !

Elle s'éloignait quand la voix de Karen lança dans la nuit :

— En tout cas, si tu ne vois pas à quel point il est séduisant, il te faut des lunettes !

Ellen avait tout à fait conscience de la séduction de Chance ! Mais cela ne faisait pas le poids face à son naturel à la fois trop autoritaire et trop protecteur.

La douche, quel bonheur ! Longtemps, elle s'attarda sous

l'eau chaude qui emportait la crasse et la lassitude de la journée. Quand elle rentra dans sa cabane, un drap de bain noué autour d'elle, elle se sentait purifiée. Elle referma sa porte à l'instant précis où la lumière s'allumait chez Chance. Par la fenêtre, elle le vit retirer sa chemise, la laisser choir sur le sol. Jouer les voyeuses n'était pas son genre, mais le tableau était si spectaculaire qu'elle fut incapable de détourner les yeux.

Chance était plus âgé que les hommes qui l'avaient attirée jusqu'ici, mais il avait un corps superbe. Torse nu, il pivota sur lui-même, défit sa ceinture… et leva les yeux vers elle. Comme s'il avait senti son regard sur lui, comme s'il lisait dans ses pensées ! Une violente bouffée de chaleur lui monta au visage. Instinctivement, elle tendit la main et fit tomber le store. Au moment où il s'abattait, les lèvres de Chance se retroussèrent en un petit sourire sexy.

3.

Chance choisit une chaise longue en retrait de la piscine, dans un recoin entouré de plantes vivaces. Ici, il serait tranquille, personne ne le verrait, personne ne viendrait le déranger ; il pourrait décompresser. On était vendredi, jour de rotation des touristes. Pour l'instant, il n'y avait presque personne. Dès ce soir, le centre de vacances se remplirait de nouveau.

Il avait beaucoup demandé à l'équipe, toute cette semaine. Ils s'étaient rendus sur cinq sites différents en cinq jours, en se levant chaque fois à 4 heures du matin. Un bel exploit et, aujourd'hui, un repos bien mérité. Michael avait proposé d'emmener le groupe visiter Trujillo. Chance était resté au centre. Il avait des dossiers à boucler, un coup de fil important à passer…

En quelques jours, les trois nouveaux s'étaient intégrés ; ils travaillaient bien ensemble. Michael et Ellen s'entendaient à merveille, ils déjeunaient souvent tous les deux, bavardaient et riaient beaucoup. Chance réprima une grimace. Le tableau lui rappelait un peu trop Alissa et Jim, son ancien collègue. Au fond, tout le monde appréciait Ellen, y compris Marco et son équipe. Elle était en passe de devenir leur mascotte, leur petit rayon de soleil. Avec lui… Elle se montrait polie, mais pas vraiment chaleureuse. Quand elle travaillait en tandem avec lui, ils n'avaient rien à se dire.

C'était idiot, mais il se sentait un peu exclu. C'était pourtant lui qui avait choisi de garder ses distances ! Il s'était trompé en la prenant pour une petite princesse gâtée ; plus il la côtoyait, plus il l'admirait. Pour ses qualités de médecin, bien sûr.

Après le trajet insoutenable pendant lequel elle s'était

endormie contre lui (et ensuite, quand il l'avait surprise à le regarder se déshabiller), il s'était juré de ne plus s'approcher d'elle. Et tant pis pour la sensation fabuleuse d'un corps tendre contre le sien. Cela faisait… longtemps.

Il était seul, mais pas complètement chaste. Il rencontrait parfois des femmes intéressantes, au Honduras ou quand il rentrait aux États-Unis. En revanche, il aurait été tout à fait déplacé de céder à cette qualité indéfinissable chez Ellen qui éveillait son désir. À ce regard droit posé sur lui qui semblait à la fois l'apprécier et le mettre au défi. À ce courant puissant qui le poussait vers elle. Il lui apprendrait volontiers à ne pas jouer avec le feu ! Il franchit mentalement l'espace qui séparait leurs deux cabanes. Puis son élan intérieur retomba. L'autre soir, elle avait fermé le store.

Au fond, il préférait. S'il craquait, ce serait un instant de plaisir et beaucoup de complications sur le long terme. Elle n'était pas du genre à rester, aucune femme ne l'aurait été. Elle ne se satisferait jamais de cette existence.

Son instinct lui fit ouvrir un œil ; elle était là, à quelques mètres de lui ! En bikini bleu, ses boucles flottant pour une fois librement sur ses épaules. Cette femme aurait sa peau. Ou pas ! Car, cette fois, il ne se laisserait pas manipuler.

Elle ne l'avait pas vu. Elle exécuta un plongeon parfait, fendit l'eau comme un martinet et refit surface de l'autre côté de la piscine. Fasciné par l'aisance de ses mouvements, il la contempla en enviant l'eau qui glissait sur sa peau. Puis il comprit qu'il était en train de se laisser déborder et se leva brusquement, en espérant que son bermuda assez lâche masquerait sa réaction physique. S'il parvenait à battre en retraite… Pas de chance, elle tourna la tête et laissa échapper un petit piaillement surpris.

— Salut, dit-il, hypnotisé par les volutes de longs cheveux blonds qui flottaient autour d'elle. Je te croyais partie avec les autres.

— J'ai failli. Finalement, après le rythme de cette semaine, j'avais besoin de me poser. Je ferai la touriste une autre fois !

Elle était venue s'accrocher à ses pieds au rebord de la piscine, et il avait une vue plongeante sur ses seins, à peine couverts de deux triangles bleus. Il s'entendit demander :

— Le Honduras te plaît ?

— Oui ! Les gens sont adorables. Chaque journée est passionnante.

— Certaines le sont un peu trop.

Celle où elle avait failli se faire égorger, par exemple. Il avait encore un spasme de terreur chaque fois qu'il y pensait. Elle s'écarta, la tête levée vers lui ; il s'assit sur le rebord, plongeant ses pieds nus dans l'eau.

— Et toi, pourquoi n'es-tu pas en train de te distraire ? demanda-t-elle. Il t'arrive d'arrêter de travailler ?

— Pas aussi souvent que je le voudrais.

Peu à peu, il se laissait apprivoiser. C'était agréable de la regarder brasser lentement l'eau pour se maintenir sur place. Il appréciait qu'elle ait mis de l'espace entre eux.

— Si j'ai deux jours devant moi, j'aime faire de la plongée, dit-il. Ou une randonnée dans la jungle.

Elle s'approcha de nouveau.

— J'adorerais apprendre à plonger. Quand j'étais petite, mon père n'a pas voulu et, plus tard, je n'ai jamais pris le temps. Mais attends, des *randonnées* ? Après tous tes couplets sur la sécurité, tu fais de la randonnée par ici ?

— Je reste sur les pistes balisées. Tant qu'on ne s'en écarte pas, on ne risque pas grand-chose.

— Il paraît que les cascades sont magiques. Michael a proposé de m'emmener en voir une, un jour.

Elle se laissa couler, refit surface et fila comme une flèche vers l'autre bord.

— Si j'étais toi, je ne m'attacherais pas trop à lui, fit-il sans réfléchir.

Un instant, il espéra qu'elle n'avait pas entendu. Mais si, bien sûr ! Il réprima une grimace et ajouta précipitamment :

— Non, oublie, je n'aurais rien dû dire. Ce que vous faites après le travail ne me regarde pas.

Elle nagea vers l'eau plus profonde en lançant par-dessus son épaule :

— Michael fait du charme à toutes les femmes de moins de 50 ans. Je ne le prends pas au sérieux.

Exactement ce que sa femme avait répondu quand il l'avait interrogée sur ses rapports avec Jim.

— Je suis ici pour travailler, pas pour m'amuser, dit-elle. Mais c'est agréable d'avoir un ami.

Et lui, pourrait-il être son ami ? Pas sûr. Pas avec l'attirance qui vibrait entre eux.

— Bon, je vais faire une sieste avant le dîner, dit-elle. À plus tard !

Et elle gravit la petite échelle, lui offrant une vue imprenable sur un derrière parfait. Il glissa à son tour dans l'eau et enchaîna les longueurs. Jusqu'à l'épuisement.

Ellen hésita sur le seuil du restaurant. Elle avait bien envisagé de demander un plateau dans sa chambre, mais il aurait été absurde de s'enfermer chez elle. Elle cherchait une table quand elle entendit une voix familière l'appeler. Chance ! Il dînait seul, installé juste à côté d'une petite fontaine noyée de fougères ; une bougie vacillait sur la table.

— Nous ne sommes pas assez nombreux pour qu'on nous prépare la petite salle, dit-il. Assieds-toi si tu veux. Je suis désolé, j'ai presque terminé.

Elle jeta un regard à la ronde. Si elle prenait une autre table, cela ferait un surcroît de travail pour le personnel. D'un autre côté, un dîner en tête à tête avec Chance, surtout dans un cadre aussi romantique… Finalement, elle devrait peut-être opter pour un plateau.

Il se leva avec courtoisie pendant qu'elle s'installait en face de lui. Tout à l'heure, à la piscine, elle s'était sentie très vulnérable en maillot de bain. Son regard sur elle alors qu'elle sortait de l'eau ! Elle ne tenait pas du tout à engager un nouveau round.

Mais il mangeait sans s'occuper d'elle, feuilletant des papiers étalés devant lui. Elle finit par demander :

— Ces dossiers, qu'est-ce que c'est ?

— Des factures de matériel médical. J'attends une livraison.

Il ne l'avait pas regardée, ce qui la vexa un peu.

— C'est vrai que tu n'arrêtes jamais de travailler.

Il leva les yeux un instant.

— Quelqu'un doit bien traiter les paperasses.

— Personne d'autre ne peut le faire ?

Il fit mine de parcourir la salle du regard.

— Je ne sais pas, tu vois des volontaires ?

— Moi, je veux bien. Tu devrais apprendre à déléguer.

Il posa le papier qu'il étudiait.

— Tu dis toujours ce que tu penses ?

— Pas toujours, non.

Le serveur apporta le repas d'Ellen. Chance et elle se concentrèrent un instant en silence sur leurs assiettes ; curieusement, elle ne pensait plus à rentrer dîner dans sa cabane. Au bout de quelques minutes, elle reprit :

— Je suis assez douée pour l'organisation. Je pourrais imaginer un système pour te simplifier la vie.

— Tu n'as pas assez de travail, tu en veux davantage ?

— Je veux me rendre utile, lâcha-t-elle en haussant les épaules. C'est pour ça que je suis là.

Il scrutait son visage avec attention.

— Mais pourquoi ? Et pourquoi ici, au Honduras ?

— À cause de toi.

— Oui, c'est vrai, tu l'avais dit. C'était à quel gala de collecte de fonds ?

— À New York, il y a six mois environ.

— Si longtemps que cela ? Pourquoi n'es-tu pas venue plus tôt ?

— Principalement à cause de mon père.

Il semblait avoir oublié ses dossiers. Son regard profond braqué sur elle, il attendait la suite de l'explication. Il avait un don pour faire parler les gens, elle l'avait vu avec les patients ;

face à lui, on avait tout de suite envie de se confier. Elle prit conscience que, s'il essayait de lui plaire, elle ne pourrait pas résister. Prudence !

— Je suis fille unique et mon père me couve, dit-elle avec une certaine réserve.

— Si j'avais une aussi jolie fille qui m'annonçait qu'elle voulait venir ici, moi aussi, je serais inquiet.

Il venait de lui dire qu'elle était jolie. Habituellement, ce genre de compliments la laissait de marbre, mais, cette fois, cela lui procura un plaisir absurde.

— J'aime mon père, dit-elle, mais, depuis la mort de ma mère, il ne supporte pas l'idée de pouvoir me perdre aussi. D'après lui, la meilleure façon de me protéger est de prendre toutes les décisions à ma place.

— J'en déduis qu'il ne serait pas enchanté de ce qui s'est passé l'autre jour.

— Non ! Et je ne compte pas le lui dire. Il se rongerait pour rien. Il trouve déjà que je prends trop de risques.

— De risques ?

— Mais oui, faire médecine, travailler dans un quartier difficile, venir ici…

— Dans ce cas, j'ai intérêt à m'assurer que tu rentres en un seul morceau.

— Ce n'est pas à toi de le faire, répondit-elle, outrée. Je prendrai soin de moi, merci.

— D'accord, dit-il en levant une main apaisante. J'ai dit une bêtise. Je suis désolé.

Et il se plongea de nouveau dans ses dossiers. Elle prit une profonde inspiration et se concentra sur son repas. La bougie scintillait, la fontaine susurrait ; au bout de quelques minutes, elle s'était calmée. Comme il ne s'occupait plus d'elle, elle en profita pour l'observer. Un bel homme, le genre d'homme que les femmes remarquent… Mais aussi un homme qui tenterait de la remettre dans la cage dont elle venait juste de s'évader.

— Pourquoi as-tu choisi de créer ton dispensaire au Honduras ? demanda-t-elle. Il y a des déshérités partout.

Surpris, il leva la tête.

— J'étais venu ici pour un stage d'été avec un de mes professeurs de médecine.

— Et c'est là que tu as décidé… ?

— J'ai vu combien c'était dur pour eux et j'ai eu envie de les aider.

Il ne disait pas tout, c'était évident !

— Tu as d'emblée décidé que ce serait l'œuvre de ta vie ?

— C'est venu petit à petit.

Il savoura un des cubes de mangue qu'on lui avait servis pour le dessert.

— Raconte, demanda-t-elle.

— Tu poses beaucoup de questions.

— Pas plus que toi tout à l'heure.

Un éclair d'humour dans l'œil, il reconnut qu'elle avait marqué un point.

— Il me semblait que je pourrais améliorer les conditions de vie de la population. Mais, comme pour tout le reste, il faut beaucoup d'argent. Chaque année, trouver les fonds devient plus difficile.

— Donc, quand tu te moquais de moi parce que je voulais sauver le monde…

— Oui, répondit-il, assez gêné. Tu comprends, j'ai été comme toi, des étoiles plein les yeux… et j'ai vu beaucoup de médecins repartir désespérés parce que les besoins sont infinis.

— C'est pour cela que tu es si dur avec moi ? Parce que tu ne veux pas que ça me démoralise ?

Accoudé sur ses bras croisés, il se pencha vers elle.

— Je veux juste que tu saches où tu mets les pieds. Ce n'est pas un conte de fées.

— Et qu'est-ce qui te fait croire que je cherche un conte de fées ?

— Mais regarde-toi ! Tu… tu te vernis les ongles. Tu n'as pas ta place ici, ou, plutôt, ce n'est pas un endroit pour toi.

Elle s'accouda à son tour et lança, pugnace :

— D'où tiens-tu une conception aussi étroite des femmes et de leurs capacités ?

— Probablement mon ex-femme, répondit-il avec une franchise déconcertante. Elle est venue, elle est restée quelques mois et elle est repartie avec mon collègue de l'époque.

Il en souffrait encore, c'était évident. Stupéfaite, elle s'écria spontanément :

— Tu étais marié ?

— Cela te surprend ? Moi aussi, je peux me tromper.

— C'est un point de vue original sur le mariage ! répondit-elle en riant malgré elle.

— Cela a le mérite d'être franc. Assez sur le sujet.

Les sourcils froncés, il plongea de nouveau dans ses papiers. Elle le contempla, pensive. Il avait été blessé et jugeait désormais toutes les femmes d'après son ex. Elle comprenait mieux pourquoi il s'était montré si injuste avec elle. Elle termina son repas et repoussa son assiette.

— Merci pour ta compagnie passionnante, mais je vais rentrer.

À sa grande stupéfaction, il rassembla ses papiers, les plia en deux et les enfonça dans sa poche.

— Je te raccompagne.

S'interdisant tout commentaire, elle se contenta de remercier le serveur et de se diriger vers la porte. Chance la rattrapa, ils sortirent ensemble et elle se retrouva face à un dilemme. Elle lui devait des excuses pour le soir où elle l'avait regardé se déshabiller… Mais comment les formuler ? Ils s'engagèrent en silence dans le petit sentier. Dans quelques instants, ils allaient se séparer, elle devait se décider à parler.

— Je… Pour l'autre soir, la fenêtre… Je regrette, dit-elle un peu confusément.

— Ne regrette surtout pas. J'étais flatté.

Elle hésita, incapable de le regarder en face.

— Tout de même… Bref, cela ne se reproduira pas.

— Dommage…

Il se moquait d'elle ! Sa gêne s'évanouit, remplacée par la colère.

— Quel homme n'apprécierait pas le regard admiratif d'une belle femme ? demanda-t-il avec une gravité feinte.

— Bravo, quel ego !

— Je te taquine, dit-il en lui décochant un sourire.

— Depuis quand !

— Disons que je découvre un nouvel intérêt dans la vie.

— Au point de surmonter ton problème avec moi ?

Un courant sensuel surgi de la nuit vibra entre eux. Une onde presque palpable. Chance se tenait tout près d'elle. Trop près.

— Ma belle, dit-il d'une voix sourde, j'ai beaucoup trop de problèmes avec toi. À commencer par le fait que j'ai envie de toi.

Comment ? Le cœur d'Ellen s'emballa. Vu la façon dont il la traitait, elle n'avait pas imaginé un seul instant… Il s'avança encore ; elle s'interdit de reculer. Bientôt, un bras solide se glissa autour de sa taille et elle se retrouva pressée contre Chance. Il inclina la tête, sa bouche trouva la sienne… et son cerveau déclara forfait. Cramponnée à lui, elle s'abandonna à ses sensations. Un baiser intense et passionné, un choc mais aussi un partage… qui s'interrompit brutalement quand il la lâcha sans un mot, tourna les talons et disparut dans la nuit. Il aurait aussi bien pu la gifler.

Lentement, les jambes tremblantes, elle grimpa les marches de sa cabane. Elle ne comprenait plus rien. Il la traitait comme une intruse, il l'embrassait comme un fou… pour la repousser aussitôt. Les larmes lui piquèrent les yeux. C'était horrible, humiliant. Un instant, elle avait clairement senti quelque chose se nouer entre eux, puis il l'avait froidement repoussée. Cela faisait mal !

De sa vie, personne ne l'avait jamais embrassée comme cela. Elle avait failli se marier avec deux hommes qui lui faisaient cent fois moins d'effet. Tout à coup, une pensée la frappa. Si elle était allée jusqu'à l'autel avec l'un des deux, elle n'aurait jamais connu cet instant de passion avec Chance. Et s'il n'était pas parti, jusqu'où serait-elle allée, elle ? Beaucoup trop loin sans doute ! Sa lèvre gardait encore l'empreinte de la bouche de Chance ; elle la mordit. Elle n'était pas venue au Honduras pour avoir une aventure douteuse, mais pour trouver sa voie. Pour vivre dans un lieu qu'elle aurait choisi, pas un endroit supervisé ou contrôlé par son père. Tout remettre en cause pour une simple attirance physique était idiot. De toute façon, la question ne se posait pas puisque Chance lui avait tourné le dos.

Planté devant la porte d'Ellen, Chance hésitait. Il n'avait pas le choix. Elle allait peut-être l'envoyer paître, ou lui faire des reproches pour la veille au soir. Des reproches, il s'en faisait aussi, même si, en fin de compte, il avait fait le bon choix : il était reparti sans profiter de la situation. Et ce soir, c'était autrement important. Ce soir, on lui livrait enfin les médicaments. Il devait aller réceptionner la livraison, mais il lui fallait de l'aide, et Ellen s'était proposée. Il avait besoin d'elle. À plusieurs niveaux !

Lui demander ce service le mettait très mal à l'aise. Le baiser avait ébranlé ses nerfs comme ses convictions. Il en voulait davantage et ce constat le remuait jusqu'au plus intime. C'était stupide mais il avait passé une nuit blanche à se traiter de tous les noms… et à résister à l'envie de bondir de son lit pour se glisser dans celui d'Ellen. Cela, c'était hors de question. Tout s'arrêterait là. Il ne l'embrasserait plus.

Il n'était ni un adolescent esclave de ses pulsions ni un crétin qui se jette aux pieds de toutes les jolies femmes. À son âge, il devait bien savoir gérer cette… fascination. Il n'était même pas sûr d'apprécier Ellen !

Il frappa un coup sec à la porte. Comme elle ne répondait pas tout de suite, il tambourina au panneau.

— J'arrive, fit une voix endormie.

Elle parut, engourdie de sommeil, pâle silhouette derrière la porte moustiquaire. En le voyant, ses yeux s'arrondirent et elle s'écria :

— Attends, j'ai raté l'heure ?…

Elle était adorable, avec ses boucles en désordre. Il lui vint une envie terrible d'ouvrir la fichue porte, de prendre Ellen dans ses bras, de la faire reculer jusqu'au lit… Mais la discipline qu'il s'imposait fut la plus forte. Il inspira et demanda :

— Tu veux vraiment m'aider, pour l'administratif ?

— Oui, murmura-t-elle, interdite.

— Alors j'aimerais que tu viennes avec moi réceptionner une livraison. Je veux te montrer comment faire.

Il redescendait déjà les marches.

— D'accord, dit-elle. Donne-moi dix minutes.

— Je file nous chercher quelque chose à manger et je te retrouve à la voiture.

Elle tint parole (la pensée lui vint qu'elle tenait *toujours* parole) et se présenta à la jeep dans le délai imparti. Il n'avait jamais rencontré de femme capable de se préparer aussi vite ; son ex-femme aurait refusé tout net ne fût-ce que d'essayer. Quand Ellen grimpa sur la banquette, il lui tendit une banane et un gobelet de jus de fruits.

— Le petit déjeuner des champions.

— Le petit déjeuner des fous furieux, fit-elle.

Une bouffée d'euphorie éclata dans la poitrine de Chance. Cette fille commençait sérieusement à lui plaire ! Physiquement bien sûr, mais autrement aussi. Il démarra et prit la route du petit aérodrome.

— Pourquoi si tôt ? demanda-t-elle en bâillant. Il est 3 heures du matin !

— L'avion était disponible. Quand on fait appel à des bénévoles, il faut faire avec leurs plannings. Le pilote fait une escale supplémentaire pour nous.

— D'accord, mais tu ne pouvais pas m'en parler hier soir ?

— Je n'étais pas sûr que ce serait ce matin. J'avais autre chose en tête.

L'embrasser. La serrer contre lui, la coucher dans son lit. Elle laissa échapper une petite exclamation ; il crut qu'elle avait lu dans ses pensées et dit résolument :

— Ellen, pour ce baiser… Écoute, je regrette. Tu n'es pas

venue ici pour ça, et ce n'est pas dans mes habitudes de… Cela ne se reproduira plus.

Il la regarda du coin de l'œil, elle se redressait sur la banquette.

— Déjà, dit-elle d'un ton sans appel, j'ai l'âge de savoir ce que je veux. Garde tes excuses, ce n'est pas toi qui décides, je fais mes propres choix.

— Mais j'ai profité de la situation…

Il sentit le regard incendiaire qu'elle braquait sur lui.

— Tais-toi et conduis, tu veux ?

Prudent, il garda le silence jusqu'à l'aérodrome. En débouchant sur la piste, ils trouvèrent Marco et deux de ses hommes occupés à disposer une longue ligne de lanternes à même le sol de terre battue. On entendait clairement le moteur de l'avion qui décrivait des cercles au-dessus de leurs têtes.

— La mise en scène fait très contrebande, dit Ellen.

Elle semblait avoir enterré la hache de guerre. Soulagé, il répondit :

— Ce serait illégal chez nous, mais au Honduras c'est le seul moyen sûr de recevoir des produits pharmaceutiques.

Il lui montra une voiture garée près des arbres.

— C'est le fonctionnaire qui signe le bordereau d'importation. Contre rémunération, bien sûr.

— Donc, c'est vraiment illégal !

— Non ! Il faut juste éviter d'attirer l'attention des cartels. Marco, Ricardo et Perez nous escorteront pour le retour.

— C'est comme cela chaque fois ?

Il réprima un soupir. Ce sourire, ces yeux brillants… Elle avait l'impression de vivre une aventure !

— Oui, dit-il d'une voix lasse. Nous changeons les heures et les lieux des rendez-vous, mais la procédure reste la même.

— C'est intéressant ! J'aime assez le côté film d'espionnage.

Cette fois, il céda et sourit à son tour. Il la voyait très bien en personnage de film noir !

L'avion fondit sur eux ; quand il se posa, ses roues soulevèrent un petit nuage de poussière.

— Il t'arrive de voir le côté comique d'une situation ? demanda-t-elle dès qu'elle put se faire entendre.

— Si cela touche au travail, c'est sérieux.

Il redémarra, lança la jeep le long de la piste et la positionna près de l'avion. Maintenant, il fallait décharger, vite, avant qu'un curieux ne s'intéresse à cet atterrissage nocturne. Il fourra une liasse de papiers dans les mains d'Ellen.

— Je fais l'inventaire, tu coches les médicaments sur la liste.

— D'accord.

Le temps qu'il salue le pilote et décharge le premier carton, elle s'était postée devant le capot de la jeep, les papiers étalés devant elle, un stylo à la main, sa petite lampe torche entre les dents.

— Amoxicilline.

— Vu.

— Pénicilline.

Il y eut un bref silence pendant qu'elle parcourait la liste.

— Vu.

Le représentant du gouvernement vint les rejoindre. Il assista sans un mot à tout l'inventaire, et sans demander à ouvrir une seule boîte. Le moment venu, il signa à l'endroit qu'on lui indiquait, prit les billets que Chance lui glissait et s'éloigna, satisfait. Chance se tourna vers Marco et ses équipiers.

— Prêts ?

— *Si*. Nous suivons.

Ellen courut se percher sur la banquette et Chance reprit le volant. Quitter les lieux était un soulagement. Il détestait ces moments où ils devaient travailler en étant totalement vulnérables, à la vue de tous. Les trafiquants de drogue étaient partout et ce chargement représentait de l'or.

Le trajet du retour fut rapide. Chance gara la jeep à la place habituelle dans le centre de vacances et agita le bras. Derrière lui, Marco fit demi-tour et repartit aussitôt.

— Il ne reste pas ? demanda Ellen.

— Nous ne risquons plus rien. Il ne nous reste plus qu'à tout ranger dans la camionnette.

Il sauta à terre et alla ouvrir l'arrière de l'autre véhicule.

— Qu'est-ce que je peux faire ?

Il tourna la tête pour la dévisager avec un sourire. Une fois encore, elle se retroussait les manches sans hésiter.

— Je t'apporte les cartons, dit-il d'une voix plus douce, tu les ouvres, tu comptes le contenu et tu les ranges dans la malle.

— Ça marche.

Ils se remirent au travail. Les cartons transférés, il la rejoignit dans la camionnette et s'attela, lui aussi, à l'inventaire. Agenouillés à touche-touche devant la malle, leurs mains s'effleuraient souvent et son désir pour elle renaissait, s'amplifiait, prenait toute la place. Il secoua sèchement la tête. Il aurait dû réveiller Karen. Mais Ellen s'était proposée, Ellen l'efficace, l'infatigable. Il avait voulu la voir réagir aux opérations clandestines auxquelles ils devaient se prêter ; elle avait été parfaite.

Leur tâche terminée, il sauta à bas de la camionnette et tendit la main à Ellen pour l'aider à descendre. Elle hésita un bref instant avant de la prendre, et la lâcha très vite.

— Bon, on peut retourner dormir, dit-il en réprimant une brève déception.

— Il est grand temps, répondit-elle en bâillant.

— Les autres commenceront sans nous, nous les rejoindrons en milieu de matinée.

— Je peux y aller à l'heure habituelle, dit-elle en allant prendre son sac à l'avant de la jeep.

— Non, tu dois te reposer.

— Mais…

Elle protestait encore ? Quel était son problème ? Regrettait-elle de manquer une matinée avec Michael ?

— Pas de « mais », fit-il. On se retrouve ici à 9 heures.

Ellen se décida tout à coup à poser la question qui l'avait tourmentée tout au long de cette expédition rocambolesque. Campée devant Chance, les yeux dans les yeux, elle lui demanda :

— Pourquoi m'as-tu embrassée ?

Il se figea… et ouvrit les mains d'un geste las.

— Ne revenons pas là-dessus, dit-il en soupirant. Je t'ai déjà fait mes excuses.

— Ce n'est pas une réponse, dit-elle d'un ton ferme. Pourquoi ?

— Que veux-tu que je te dise ? Parce que j'en avais très envie.

Elle sentit une joie brutale éclater dans sa poitrine. Instinctivement, elle fit un pas vers lui.

— Mais dans ce cas, pourquoi t'excuser ?

— Non, Ellen. Ce n'est pas une bonne idée.

— Peut-être, mais je veux tout de même savoir…

Elle scrutait attentivement son visage dans la pénombre.

— Non, protesta-t-il tout bas. Tu mérites mieux que ce que je peux… Ce que je suis prêt à donner.

— Je ne t'ai rien demandé. Et je te répète que ce n'est pas à toi de décider pour moi. Tu ne prendras pas le relais de mon père.

— Tout ce qu'il pourrait y avoir entre nous, ce serait une passade. Tu n'as pas envie de ça. Va dormir, Ellen.

— Moi, je t'ai simplement posé une question sur un baiser. C'est toi qui parles d'avenir. Bonne nuit, Chance.

Voilà, elle lui avait donné de quoi réfléchir. Elle s'engagea avec satisfaction dans le sentier qui menait à leurs cabanes.

Quelques heures plus tard, après un sommeil trop court, elle grimpa à bord de la camionnette et attendit Chance. Réflexion faite, elle avait décidé de ne pas pousser les choses plus loin sur le plan personnel. Elle ferait son travail et garderait ses distances. En somme, il s'était montré très clair et elle respecterait son choix. Cela vaudrait mieux pour elle aussi : attirance ou pas, qu'avait-elle à gagner dans une histoire avec un homme qui croyait détenir toutes les réponses ?

Il la rejoignit, de toute évidence pas plus reposé qu'elle.

— Bonjour, lui dit-elle.

— Bonjour, répondit-il en prenant le volant.

— Le matin est arrivé à une vitesse…

Il lui sourit. Un événement !

— Les nuits comme celles-ci me rappellent que je ne suis plus tout jeune.

Il démarra ; elle contempla ses mains sur le volant. Malgré elle, son regard remonta vers son visage pour se poser sur sa bouche. Elle aimait bien ses lèvres, belles mais trop souvent sérieuses. Il ralentit à un carrefour, changea de vitesse ; elle admira le jeu des muscles sous la peau bronzée de ses cuisses. Cet homme l'intriguait, elle voulait mieux le comprendre. Malgré ses contradictions parfois brutales ! Il l'avait tout de même blessée, elle en gardait comme un poids sur le cœur. Qu'on prétende la repousser pour son bien, c'était insupportable.

Sans qu'elle le réclame, on lui avait apporté le plateau de petit déjeuner. La commande devait venir de Chance. Elle y avait pris une orange et se mit à la peler.

— Tu en veux ? demanda-t-elle dans un murmure.

— Non, merci.

— Tu es sûr ? insista-t-elle en lui tendant deux quartiers. Je parie que tu n'as rien mangé ce matin.

Il changea de nouveau de vitesse et cueillit le quartier d'orange. Au contact de sa main, un frisson chaud courut en elle. S'efforçant de masquer son trouble, elle détacha un nouveau quartier. Mieux valait se concentrer sur une question complètement différente.

— Dis-moi comment je peux te décharger du travail administratif.

— C'est sans fin : il y a les formulaires à fournir à la Fondation et aux autorités locales, les commandes et les livraisons, les déclarations de douane…

— Où se trouvent les dossiers ? questionna-t-elle en jetant sa pelure d'orange par la vitre.

— La plupart sont sur la table de ma cabane.

— Ne me dis pas que tu te charges de tout depuis l'ouverture du dispensaire ? Déléguer, tu connais le concept ?

— Oui à la première question. Tout devient de plus en plus difficile. Aujourd'hui, la Fondation doit fournir une foule de rapports qu'on ne lui avait jamais réclamés. Et je déteste la paperasse, je l'avoue.

— Mais tu n'aurais pas demandé de l'aide, je me trompe ?

Il lui jeta un bref regard en coin.

— Je l'ai fait hier soir.

Effectivement. Encore un événement ! Peut-être aurait-elle dû en être flattée ? Ils arrivèrent au site de la consultation ; une longue file d'attente s'étirait devant la tente.

— J'aurais dû venir avec les autres, dit-elle comme pour elle-même en sautant à terre. Ils sont si nombreux !

— Tu ne les aideras pas si tu es si fatiguée. Rassure-toi, ils seront tous soignés. Nous ne partirons pas avant d'avoir terminé, dit-il en attrapant sa sacoche à l'arrière.

À sa voix, elle comprit qu'il connaissait bien la fatigue. Il devait souvent aller au bout de ses forces.

— Mais les besoins sont sans fin, dit-elle tristement.

Une grande lassitude assombrit le beau visage de Chance.

— Oui. J'en suis à me demander si nous sommes vraiment utiles.

La phrase la frappa en plein cœur. Chance, découragé ? L'homme qu'elle avait vu pour la première fois exposant à une salle enthousiaste tout ce que son équipe réalisait au Honduras, les soins, les progrès sanitaires ? Impossible, il ne pouvait pas renoncer ! Sa présence, ses soins changeaient la face du monde pour ceux qui faisaient parfois un long trajet pour venir au dispensaire. Et Marco et son équipe touchaient un bon salaire. Troublée, elle pressa le pas pour se maintenir à sa hauteur.

— Si, cela en vaut la peine ! Nous faisons du bien, je le vois à chaque consultation.

— Oui, mais chaque fois que nous revenons, ils en sont au même point. Ces gens auraient besoin d'un vrai suivi, avec un réseau de dispensaires permanents.

— Si c'est comme cela, pourquoi continuer ! protesta-t-elle.

— Parce que personne d'autre ne le fait. Où iraient-ils sans nous ? Et moi, où est-ce que j'irais ?

Saisie, elle le dévisagea. N'avait-il donc aucun point d'attache ? Que lui était-il arrivé, où était sa famille ? Elle ouvrait la bouche pour risquer une question quand il s'engouffra sous la tente. Il prit aussitôt place à la table où Karen préparait un patient pour un examen. Peter se chargeait du tri préalable ; Ellen rejoignit Michael et se mit au travail.

En milieu d'après-midi, une maman amena un bébé souffrant d'une fente palatine. Le bébé était trop fluet, sa malformation de la bouche l'empêchait de manger correctement, mais sa vivacité, ses yeux expressifs allèrent droit au cœur d'Ellen. La maman avait aussi un enfant de trois ans.

Michael souleva l'aîné pour l'asseoir sur la table ; vigilante, la mère surveillait chacun de ses gestes. Il ausculta l'enfant sans trouver de problème particulier et demanda juste à la mère de le laver régulièrement. Le bébé commençait à s'agiter.

— Je peux le prendre ? interrogea Ellen.

Un peu méfiante, la mère le lui abandonna. Le petit se blottit dans ses bras, lui sourit — elle fondit de tendresse. Avec des financements corrects et davantage d'équipes médicales, combien d'enfants du Honduras pourraient avoir une meilleure vie ? Et si elle tentait d'obtenir le soutien de son père ? S'il mobilisait son réseau… Mais il chercherait sans doute à négocier, peut-être même exigerait-il son retour à New York en échange ?

— Chance va examiner le bébé, dit Michael à Ellen. Il s'occupe de tous les becs-de-lièvre. Chance ! Tu peux voir ce petit maintenant ou je leur demande d'attendre ?

— Je le prends dans une minute.

Derrière Michael, Chance voyait Ellen parler au bébé, écouter en souriant les sons joyeux mais déformés qu'il gazouillait en réponse. Elle ferait une maman formidable. Une épouse formidable. Cette seule idée lui mit une amertume dans la bouche.

— Ellen ? dit-il, bourru. Amène-le-moi que je l'examine.

Elle obéit. Le petit semblait si content contre elle qu'il lui demanda de le garder pendant qu'il l'auscultait. Quand il se pencha sur l'enfant, son stéthoscope aux oreilles, il sentit l'odeur délicate de la peau d'Ellen. Une fragrance qu'il aurait reconnue entre mille. Instinctivement, il leva les yeux… et bascula dans son regard. Ils étaient si proches l'un de l'autre qu'il voyait les paillettes dorées au fond de ses yeux bleus. Il baissa brusquement la tête, et dut s'y reprendre à deux fois pour noter la fréquence cardiaque du bébé : l'un des seins d'Ellen, moulé dans son T-shirt, était à quelques centimètres de sa main. La toucher, juste une fois… Il ferma les paupières, rouvrit les yeux ; rassemblant toute sa volonté, il réussit à achever son examen. Suffit, maintenant ! Cela allait finir par se voir. Pire, il passerait à l'acte.

Le bébé semblait bien soigné mais dénutri. Une intervention s'imposait, autant pour son ouïe que pour sa croissance et sa dentition. Il demanda à Ellen de le garder encore quelques instants, sourit à la maman et se lança dans une explication détaillée. Si on opérait la bouche de son fils, il pourrait se nourrir plus facilement, il grandirait mieux. Chance annonça qu'il allait prendre quelques photos de sa bouche pour les montrer aux autres médecins… La maman approuvait de la tête, mais semblait assez inquiète.

— Ellen, si tu peux le tenir devant toi, je vais le photographier sous différents angles. Fais-le rire si tu peux.

— Pas de problème ! répondit-elle gaiement. Il est adorable.

Il fila vers la camionnette et rapporta l'appareil haute résolution. Le petit riait ; au fond, tout le monde se sentait heureux près d'Ellen. Sans cette fichue attirance, lui aussi se serait senti apaisé à son contact.

— Bon, dit-il quand il eut ses photos, maintenant demande à Marco de t'aider à prendre leurs informations, nom, adresse. Il faudra pouvoir joindre la maman quand l'équipe chirurgicale sera dans le secteur. Marco connaît la procédure.

— D'accord.

Elle posa un baiser sur la joue trop creuse du petit et le rendit à sa mère. Chance secoua la tête, réprobateur. À ouvrir son cœur trop facilement, elle se préparait de sacrées déconvenues. Lui avait appris sa leçon ; maintenant, il faisait en sorte de se préserver.

Elle revint vers lui un quart d'heure plus tard, alors qu'il terminait avec un patient.

— Nous avons leurs coordonnées.

— Parfait. J'ai regardé le calendrier, l'équipe chirurgicale sera là dans deux semaines. Nous mettrons le petit sur leur liste. Ils auront une semaine bien remplie !

— Pauvre chou, dit-elle. Une opération, à son âge.

— J'ai bien vu qu'il te touchait.

— Évidemment !

— Fais attention à toi, dit-il à voix basse. Tu y vas trop avec le cœur. Tu te feras du mal.

— Tu as peut-être raison, répondit-elle avec ce regard franc et résolu qui le remuait toujours. Mais si tu ne t'attaches jamais, tu risques de rater les bons côtés de la vie.

Peter l'appelait, elle se détourna et alla le rejoindre. Chance la suivit des yeux, conscient de l'onde de choc que sa phrase venait de déclencher en lui. Parlait-elle des patients… ou de ce qui se passait entre eux ? Oui, il avait fermé son cœur. Délibérément ! Combien de fois pouvait-on voir son univers s'écrouler, et survivre ? C'était déjà arrivé deux fois ; s'il avait une histoire avec Ellen, il sentait déjà que le chagrin, à la fin, serait pire que tout ce qu'il avait déjà enduré.

Non, son choix était clair. Renoncer à elle serait difficile, mais il y parviendrait.

4.

Ce soir-là, toute l'équipe dîna ensemble, puis Ellen sortit se promener dans le parc avec Karen. En rentrant, elle aperçut de la lumière chez Chance et décida de passer le voir pour faire le point sur les fameux formulaires administratifs. Si elle devait s'y attaquer, autant s'y mettre tout de suite. Du moins s'il avait le temps de lui expliquer ce soir en quoi ils consistaient.

Au loin, le tonnerre roula sourdement et une pluie très douce se mit à tomber. Ellen gravit les marches avec entrain et frappa à la porte, tentant de distinguer l'intérieur à travers la porte moustiquaire.

— C'est moi que tu cherches ?

La voix grave et tranquille s'élevait du hamac. Surprise, Ellen se retourna, et le tableau qu'elle découvrit la fit sourire malgré elle. Allongé là, les mains croisées sous la nuque, Chance semblait parfaitement détendu. Une grande première ! Le pauvre homme méritait bien un temps de vrai repos.

— J'étais venue te parler administration, mais tu es bien, là. Profite, on verra cela demain.

Un éclair fusa, tout proche. Elle laissa échapper une exclamation, saisit la corde qui soutenait le hamac… qui se balança brusquement et la faucha au retour. Elle atterrit sur Chance, qui enroula le bras autour de sa taille.

— N'aie pas peur.

Elle le repoussa des deux mains en protestant confusément :

— Désolée, je n'ai pas voulu…

Deux éclairs, coup sur coup ; elle frémit malgré elle.

— Tout va bien. Je te tiens.

C'était si rassurant à entendre ! Et son regard, quand elle releva la tête, était si chaleureux !

— Tu verras, l'orage passera très vite.

Elle capitula et se blottit contre lui.

— Je n'ai jamais beaucoup aimé les éclairs…

Il la tenait toujours dans ses bras, mais il s'était raidi. C'était absurde, ils se touchaient des épaules aux pieds, mais il la fuyait ! Les éclairs s'espacèrent… et cessèrent tout à fait.

— Ça va aller, maintenant, dit-elle. Pousse-moi un peu et j'arriverai à me lever.

Au lieu de s'exécuter, il inclina la tête et chercha ses lèvres. Dès le premier contact, le plaisir se déploya en elle. Chance l'attira contre lui, elle mêla ses jambes aux siennes ; le contact un peu rugueux la fit frissonner.

La main de Chance dériva vers le bas, se referma sur ses fesses. Il la souleva contre lui, remonta sa petite robe d'été, fit courir sa paume sur l'arrière de sa cuisse ; instinctivement, elle se plaqua contre la verge dressée qui distendait son bermuda.

Elle ne se demanda même pas pourquoi il lui ouvrait les bras, après lui avoir si clairement montré qu'il ne voulait pas d'elle. Le dense rideau de pluie qui entourait la véranda les isolait du monde extérieur. Éperdue, elle glissa les bras autour de son cou, plongea les doigts dans ses cheveux ; il quitta sa bouche pour l'embrasser derrière l'oreille, sa main glissa sur sa cuisse en suivant la lisière de sa culotte ; elle renversa la tête en arrière pour lui offrir son cou.

— Ma douce, douce Ellen, dit-il dans un souffle.

Elle sentait les muscles de son torse frémir sous ses doigts. Quel plaisir de le toucher, de l'étreindre ! Et les petits baisers avides qu'il semait sur sa peau, sa façon de revenir s'emparer de sa bouche, de la dévorer. Elle ravala une plainte en ondulant contre lui.

— Tu me tues, dit-il, haletant.

— Parfait…

Puis, sans avertissement, il roula en avant, la faisant glisser derrière lui. Elle allait protester quand elle entendit des pas sur les marches.

— Fichue pluie ! Chance, pour le séjour de l'équipe chirurgicale…

La voix de Michael ! Ellen se figea.

— Je te retrouve à l'accueil, dit Chance.

— Mais ça ne prendra qu'une minute…

Blottie derrière lui, la bouche pressée contre son dos, elle sourit en promenant l'index sur sa taille. Sa main happa la sienne, l'immobilisa ; elle faillit éclater de rire. D'une voix tendue, Chance répéta :

— Je te retrouve à la réception.

Il y eut un bref silence puis :

— Oh ! Mais comment donc !

Michael semblait se retenir de rire. Il replongea sous la pluie et s'éloigna en courant.

— On a failli se faire prendre, dit-elle, rieuse, les mains sous le T-shirt de Chance, en lui embrassant la nuque.

Il lança ses pieds par-dessus le bord du hamac, se leva d'une détente et se retourna en lui tendant la main.

— Il vaut mieux que tu rentres chez toi, je crois.

Médusée, elle le dévisagea. Il *recommençait* ! Ce fichu Michael était arrivé au mauvais moment et Chance reprenait son attitude glaciale. Mais de quoi avait-il peur ? Cette fois, elle ne le laisserait pas faire ; elle prit sa main, se laissa tirer hors du hamac, mais, au moment où il la lâchait, elle se pressa contre lui. Elle vit ses pupilles se dilater, mais il resta figé, sans un geste. Quelle humiliation !

— Docteur Freeman, dit-elle. Je ne sais pas à quoi vous jouez, mais j'en ai marre. Nous sommes adultes tous les deux. J'ai envie de vous, je sais que vous me désirez aussi… il faudrait être aveugle ! Alors cessez de faire semblant. Ce n'est pas moi que vous cherchez à protéger, c'est vous !

Il ne répondit pas, mais un muscle tressauta dans sa

mâchoire. Bien, elle avait dit ce qu'elle avait à dire. Elle tremblait, mais réussit à dire fermement :

— Et maintenant, je m'en vais.

Tétanisé, Chance contemplait le carré de plancher sur lequel Ellen se tenait quelques instants plus tôt. Il n'avait pas voulu cela ! Elle lui était tombée dans les bras, il avait été incapable de la lâcher ; si Michael n'était pas arrivé, la scène se serait terminée dans son lit. De tout son être, il voulait…

Ellen était en colère, et elle avait raison. Elle croyait qu'il se moquait d'elle. Mais à quoi pensait-il ? Eh bien, justement : dès qu'elle était là, il ne pensait plus. Enfin, après ce soir, tout serait plus simple : ce serait elle qui lui tournerait le dos. Bizarrement, cette idée ne le réconfortait pas.

Ellen avait raison, il se protégeait. Elle avait aussi raison de croire qu'il avait peur d'elle. Elle avait le pouvoir de lui arracher le cœur. Il prit une profonde inspiration, dévala les marches et se dirigea vers l'accueil.

Il trouva Michael confortablement installé dans un fauteuil, occupé à feuilleter une revue. En voyant Chance, il sauta sur ses pieds avec un large sourire.

— Désolé ! Je ne me doutais pas du tout…

Chance ne voulait surtout pas parler d'Ellen.

— Qu'est-ce que tu as besoin de savoir ?

— Oui, c'est vrai, tu as hâte de retourner auprès d'elle.

Il l'avait donc vue. Chance serra les dents. Michael saurait-il se taire ? Dire qu'il devait endurer ce regard entendu alors qu'il ne s'était rien passé !

— Je suis content pour vous, disait son ami en toute inconscience. Ce n'est pas trop tôt ! J'ai tenté ma chance, mais je ne l'intéresse pas du tout. Mais toi ! Elle te dévore des yeux.

Chance tendit l'oreille. Ellen le regardait ? Il ne s'en était pas rendu compte. Mais cela ne concernait pas Michael !

— Tu me dis de quoi tu as besoin ?

Michael lui jeta un regard surpris et répondit sans insister :

— La liste des patients et leurs diagnostics. Je dois la faxer ASAP à l'équipe chirurgicale.

— Je dois encore vérifier les données. Je peux te la donner demain matin à la première heure ?

— Pas de problème.

— Très bien. À demain, alors.

Chance rentra chez lui, se laissa tomber sur son siège de bureau et reprit ses dossiers. Les dossiers sur lesquels Ellen était venue proposer de travailler. Ellen et ses ongles rose vif qui s'étaient promenés sur sa peau. Si seulement…

Il devait trouver un moyen de se libérer de cette obsession. S'il parvenait à tenir encore quelques semaines, elle repartirait. Mais ensuite, comment allait-il vivre ?

Une semaine plus tard, Ellen était toujours aussi partagée. Elle en voulait toujours autant à Chance, mais elle sentait encore la délicieuse chaleur de ses baisers.

Que serait-il arrivé si Michael ne les avait pas interrompus ? Chance l'avait repoussée, une seconde humiliation, pourtant elle avait encore envie de lui. Elle ne céderait pas, bien sûr !

Elle lui jeta un regard de rancune et se concentra sur sa salade de fruits. Les fruits d'ici, fabuleux ! Tous les membres de l'équipe dînaient ensemble pour la première fois de la semaine. Chance était installé en tête de table comme un patriarche.

Comme souvent, il choisit le moment du dessert pour faire une annonce générale.

— Bon, le programme pour les jours à venir.

Le silence se fit. Il reprit :

— Nous allons élargir le périmètre d'action. Deux villages isolés nous ont contactés. Attention, nous serons dans la zone contrôlée par les trafiquants mais ils ne devraient pas s'intéresser à nous si nous ne leur donnons aucune raison de le faire. Alors faites bien attention à ne leur fournir aucune raison ! Nous aurons plus de gardes armés que d'habitude et la sécurité sera resserrée.

L'assurance toute neuve d'Ellen vacilla. Ils allaient passer la nuit dans la jungle ?

— Il y a un problème, Ellen ?

— Non, chef !

Il plissa les yeux, agacé par la pique.

— Tu peux rester ici si tu préfères.

Le regard bleu qu'il braquait sur elle la mettait au défi. Essayait-il de la manipuler pour qu'elle reste sagement au centre de vacances ?

— Non, répondit-elle. Pas question de rater ça.

Du regard, il interrogea Peter, puis Karen ; tous deux acceptèrent d'un signe de tête.

— Parfait. Prudence donc ! Face aux patients, posez uniquement des questions d'ordre médical. Ne quittez les abords du dispensaire sous aucun prétexte. Ne prenez aucun risque. Emportez des affaires pour deux nuits. Et profitez bien du confort du centre cette nuit, parce que nous dormirons dans les camions ou par terre. Vous avez des questions ?

Il y eut un brouhaha, et Ellen se demanda si la perspective du lendemain l'emballait ou la terrifiait. Aller chercher une population coupée de tout accès aux soins, c'était son objectif, mais les conditions, sous la protection d'hommes armés, en faisant attention aux mots qu'on prononçait, l'impressionnaient beaucoup.

— Ne prenez pas de gros bagages, mais assurez-vous d'avoir un pantalon long, des manches longues, un chapeau et des bottes. N'oubliez pas le spray contre les moustiques et l'écran solaire, dit Chance à la cantonade.

Il la regarda en précisant :

— Ce ne sera pas une partie de plaisir.

Outrée, elle se redressa. Pourquoi ce commentaire ? Elle se donnait autant que les autres, elle faisait du bon travail. Même quand elle n'était pas sûre de réussir, elle y allait sans hésiter. Elle en avait marre de devoir faire ses preuves ! Tant pis pour lui, elle ne lui donnerait pas la satisfaction de relever. Elle serra les lèvres sans répliquer et le groupe se sépara.

Le lendemain, ils partirent de bonne heure et roulèrent longtemps vers l'intérieur du pays. Au moment du départ, Michael expliqua aux nouveaux que les gens de ces villages n'avaient vu de médecin que deux ou trois fois dans leur vie. Cette information emporta la conviction d'Ellen : elle était heureuse d'aller à leur rencontre.

Quant à Chance, puisqu'il était incapable d'assumer son désir pour elle, elle laissait tomber ! Elle se l'était déjà promis, mais, cette fois, c'était sans regrets. Car il avait raison sur un point important : s'ils vivaient une histoire ensemble, et que cela tournait mal, comment aurait-elle pu continuer à travailler ici ? Elle devrait chercher une mission ailleurs, sans garantie de trouver un pays, une population aussi attachants. Mieux valait rester simples collègues.

Ils atteignirent le premier village en milieu d'après-midi. Le temps d'installer le dispensaire, une file de patients s'était déjà formée. Cette fois encore, Ellen travailla surtout avec Michael ; quand il lui arriva d'assister Chance, ils se montrèrent très courtois, très distants l'un envers l'autre. Pourtant, elle surprit les regards appuyés, les sourires entendus des autres. Michael avait vendu la mèche. Ou plutôt ses suppositions !

En fin de journée. Marco et son équipe installèrent une table et des chaises pliantes pour le repas. L'escorte était plus importante qu'à l'accoutumée, deux hommes armés gardaient le périmètre. New-yorkaise pure et dure, Ellen n'avait jamais vraiment campé dans la nature. Dans ses colonies de vacances de petite fille riche, il y avait toujours eu de vrais lits, l'eau courante. Cette fois, ils vivaient réellement à la dure, mais, passé le choc initial, l'aventure lui plaisait assez. Surtout depuis qu'elle avait vu monter la tente, qui abritait une salle de bains de fortune !

— Mesdames, dit Chance à la fin du repas, les bains-douches sont à vous, nous passerons ensuite. Vous trouverez vos sacs de couchage à l'arrière du camion. N'oubliez pas de tirer les moustiquaires sur vous avant de vous endormir. Les hommes de Marco monteront la garde cette nuit. Dormez bien, nous commencerons de bonne heure demain.

En fait de bains-douches, l'installation était vraiment rudimentaire. Ellen et Karen durent se laver dans des bassines, mais c'était nettement mieux que rien ! Avant de ressortir, elles enfilèrent la tenue propre qui leur servirait de pyjama. Quand elles émergèrent, les hommes attendaient leur tour. Consciente qu'elle ne portait pas de soutien-gorge, Ellen serra ses affaires contre elle et passa devant Chance sans croiser son regard.

La brusque nuit des tropiques était tombée. Une lanterne brillait sur le plateau du camion, deux sacs de couchage étaient déjà déroulés sous les moustiquaires suspendues aux traverses.

— J'ai toujours adoré dormir dehors, murmura Karen en se glissant dans le sien.

— Pour moi, c'est une grande première.

— C'est vrai ? C'est une des choses qui me plaisent chez toi : tu es toujours partante.

— Tout le monde n'est pas de ton avis, répondit Ellen en l'aidant à ajuster sa moustiquaire.

— Tu craques vraiment pour Chance, dit Karen sur le ton de l'évidence en s'allongeant confortablement.

Ellen hésita, puis opta pour la franchise.

— Chance, j'aurais aimé, mais ce ne sera pas possible.

Elle se glissa à son tour dans son sac, borda sa moustiquaire et éteignit la lanterne. La voix calme de Karen s'éleva dans la nuit :

— Je n'avais encore jamais rencontré de médecin aussi dévoué. Dommage qu'il ne voie pas plus loin que son travail.

— Le problème, je crois, c'est qu'il pense qu'il doit me protéger, répondit spontanément Ellen.

Karen eut une petite exclamation sceptique.

— C'est surtout que ça le dérange de craquer pour toi !

Craquer ? Mais non, il la désirait, rien de plus, et ne comptait pas passer à l'acte. Allongée sous sa moustiquaire, Ellen contempla les étoiles. Quel pays extraordinaire ! L'air embaumait, la jungle bruissait, toute proche. Malgré la pauvreté, la détresse et parfois le danger, elle voulait rester ici. Elle voulait y vivre.

Il faisait encore nuit noire quand une envie pressante la réveilla. Oh ! non… Elle allait devoir s'extraire de son sac de couchage, descendre du camion, traverser la clairière jusqu'à la tente dédiée… Bon, elle n'avait pas le choix. Armée de sa lampe torche et s'efforçant de faire le moins de bruit possible, elle accomplit le parcours. Elle revenait au camion quand une silhouette se dressa près d'elle. Effrayée, elle recula d'un bond avec une exclamation étouffée.

— Chut, fit une voix étouffée. Tu vas réveiller tout le monde.

Chance. Elle sentit son souffle sur sa joue.

— Je t'avais dit de ne pas te promener la nuit. C'est dangereux.

— Je suis allée aux toilettes, répondit-elle, furieuse. Et alors ? Ne fais pas semblant de te préoccuper de mon sort. En fait, tu te fiches de moi.

Il l'entraîna derrière la tente du dispensaire et là, à l'abri des regards, il la broya contre lui en grondant :

— Tu me rends fou. Et je ne me fiche pas de toi, c'est tout le problème !

Sa bouche trouva la sienne. Étourdie, elle voulut reculer. Il allait l'humilier de nouveau et… Mais son corps ne l'écoutait déjà plus. Sa torche lui échappa des mains, ses bras se nouèrent au cou de Chance, elle l'embrassa de toute son âme et frémit de l'entendre exhaler une plainte sourde. Lui aussi, il la rendait folle !

— Ma douce, souffla-t-il contre ses lèvres.

Elle sentit l'air humide de la nuit sur sa peau : il venait de relever son T-shirt. Cramponnée à lui, elle sentit sa bouche chaude se refermer sur son sein. Le centre de son désir se dilata, une pulsation profonde naquit en elle, une plainte très douce roucoula dans sa gorge. De nouveau, il couvrit sa bouche de la sienne, empoigna ses hanches et la plaqua contre lui. D'une main tremblante, elle le saisit par la nuque…

— *Señor* Chance ? J'ai entendu un bruit.

Marco ! Il s'était approché sans un son. Sans la lâcher, Chance lança par-dessus son épaule :

— Tout va bien. Ellen s'est perdue. Je la raccompagnerai.

— *Si*, murmura Marco d'une voix neutre.

Il s'éloigna. Tête basse, paupières serrées, Chance inspira profondément… et rabattit le T-shirt d'Ellen en chuchotant :

— Il faut dormir. Nous parlerons de tout ça.

Au moins, cette fois, il ne s'excusait pas. Il ne la plantait pas là pour partir à grands pas furieux. Il ne niait pas leur désir. Muette, haletante, elle prit la lampe torche qu'il lui tendait et se laissa entraîner vers le camion. Là, il posa un baiser rapide sur ses lèvres, effleura son sein ultrasensible du bout de l'index et se fondit dans la nuit. Les jambes flageolantes, elle remonta sur le plateau du camion et se glissa dans son sac de couchage. Son cœur cognait dans sa poitrine comme si elle avait couru, elle tremblait de désir. Longtemps, elle revécut la scène en boucle et, quand elle s'endormit, elle rêva que Chance lui faisait l'amour.

Chance retourna à sa tente, le désir planté dans sa chair comme un couteau. Ellen le mettait… hors de lui. Il s'était toujours montré raisonnable, pondéré, mais elle lui faisait perdre tous ses repères. Pour l'amour du ciel, il avait failli lui faire l'amour, là, au milieu du campement !

Mais pourquoi pas, après tout ? Ils étaient adultes, elle avait envie de lui ; pourquoi ne pas s'offrir une aventure, brève mais satisfaisante, le temps du séjour d'Ellen ? Ce serait forcément bref. À lui de lui faire comprendre qu'il n'y aurait pas de lendemain. Après son départ, il pourrait tirer un trait sur l'épisode. Une chose au moins était claire : plus question de la repousser. Il la voulait à en perdre la tête, et il l'aurait.

Le lendemain matin, il la mit en équipe avec Michael, comme d'habitude. Pour éviter les commentaires, mieux valait s'en tenir au statu quo. Tout au long de la journée, il ne cessa de croiser son regard, et le sourire qu'elle lui lançait alors le frappait en pleine poitrine. À la pause de midi, il s'assit sous un bananier en regardant Ellen et Karen retourner au camion qui leur servait de chambre. Accroupi près de lui, Michael suivit son regard et réprima un sourire en glissant :

— Qui l'aurait cru ? Chance Freeman, l'intouchable, au tapis.

— Je ne vois pas ce que tu veux dire, répondit-il en lui jetant un regard hostile.

— Tu es amoureux fou d'Ellen.

— Mais non !

Chance, incapable de le regarder en face, ramassa une brindille et la jeta loin de lui.

— Alors, je peux tenter ma chance ? répliqua Michael.

— Tu as déjà dit qu'elle ne voulait pas !

Il avait répondu trop vite, il le comprit en voyant son collègue éclater de rire.

— Laisse tomber, dit Chance, furieux d'être tombé dans le piège.

— Dans ce cas, pourquoi ne pas y aller, toi ?

Eh bien, justement, Chance venait de se décider. Agacé, il lança :

— Tu sais que ça ne te regarde pas du tout ?

— C'est vrai, répondit Michael avec bonne humeur.

Son sourire s'élargit encore et il se redressa en disant :

— Nous reprenons le travail à 14 heures.

Chance s'interdit de réagir. Michael travaillait avec lui depuis des années ; à eux deux, ils portaient le dispensaire à bout de bras. Sans cette vieille amitié, il n'aurait admis ni ses taquineries ni ses réflexions sur Ellen.

L'après-midi fut très chargé, ils terminèrent tard. Ils avaient fini à cet endroit ; le lendemain, à la première heure, ils partiraient pour le village suivant. Fatigués, ils commençaient le rangement dans la nuit tombante quand deux coups de feu éclatèrent au loin.

— C'était quoi ? demanda Karen, alarmée.

— Des trafiquants, je suppose, répondit Michael d'un ton neutre. C'est fréquent, par ici.

Il continua de rassembler le matériel et, après une brève hésitation, Karen le rejoignit. Ils avaient presque achevé leur tâche quand un gosse d'une douzaine d'années fit irruption dans la clairière. Il jeta un regard affolé à la ronde. Chance vit Ellen sauter du camion et s'avancer à sa rencontre. Alerté, il lâcha tout et se précipita vers eux. Comme d'habitude, elle ne réalisait pas le danger ! Les kidnappings contre rançon étaient courants dans la région, le gosse pouvait avoir été envoyé pour l'attirer dans la jungle. Elle ferait quelques pas puis disparaîtrait et on ne la reverrait jamais. Il ralentit tout de même en s'approchant, pour ne pas faire peur au gosse.

On avait tiré sur son père, expliquait-il ; vite, il fallait venir le soigner. Le cœur de Chance se serra. Ces coups de feu… Soit le père du petit était trafiquant, soit il avait contrarié l'un d'eux.

— Il faut venir, il faut venir, criait le garçon en essayant d'attraper la main d'Ellen.

— Non. Il faut l'amener ici, dit Chance.

— Peux pas ! Couché, pas marcher, impossible.

Fou d'impatience, le garçon était tendu de tout son corps vers l'ouverture des feuillages d'où il avait jailli.

— Vite ! Beaucoup de sang.

— Demande à quelqu'un de le porter jusqu'ici.

— Personne aider. Trop peur !

Le garçon était au bord des larmes. Résolument, Chance secoua la tête.

— Alors je regrette.

— Chance ! dit Ellen. On ne peut pas… Il faut faire quelque chose !

— Ma première responsabilité est envers l'équipe. Les trafiquants font la loi ici, quitter cette clairière nous mettrait en danger. Nous ne savons même pas si ce petit dit la vérité.

— Il mourir. Je vous prie…

Le garçon les regardait tour à tour, suppliant.

— Pas loin, pas loin. Je jure.

— Il faut l'aider, dit de nouveau Ellen.

Déchiré, Chance hésitait. Si c'était vrai… Mais si c'était

un piège ? Ellen saisit son bras et le serra sans rien dire, les yeux levés vers lui.

— Quelle distance ? demanda-t-il au gosse.

Celui-ci dit un nom qu'il ne connaissait pas. Marco s'approchait d'eux ; Chance répéta le nom en ajoutant :

— C'est loin ?

— Vingt minutes à pied.

— Bon. Je prends ce qu'il nous faut ; Ellen, va me chercher ma sacoche.

— Je crois que ça ira. J'envoie Rico avec vous, dit Marco en faisant signe à l'un de ses gars.

— Dis-moi ce qui s'est passé et où ton père est blessé, dit Chance dans son espagnol rapide.

Si cette histoire tournait mal, ils risquaient gros. Il était en train d'oublier la règle numéro un, et cela en partie pour les beaux yeux d'Ellen. La détermination, la liberté de pensée de cette femme extraordinaire pouvaient leur créer de gros ennuis, mais lui aussi il voulait y aller. Si un patient avait besoin de lui, tant pis pour le danger.

Ellen se précipita sous la tente, saisit la sacoche de Chance et s'engouffra dans la camionnette pour prendre les fournitures dont ils auraient besoin. Pour commencer, elle avait été furieuse que Chance hésite à y aller. S'il y avait un blessé, on faisait le nécessaire, sans états d'âme ! Puis il s'était mis à parler au garçon avec compassion et elle avait compris qu'en tant que responsable de la mission, il ne pouvait pas se permettre de foncer sans réfléchir.

Kits de suture, solution saline… Elle prit un sac à dos sur l'étagère, y enfourna le matériel, ajouta ce qui lui parut pertinent. Chance parut à l'arrière de la camionnette.

— Il me faut des antibiotiques, dit-il. D'après le petit, son père a une balle dans la jambe.

Elle compléta leur stock et sauta à terre.

— Passe-moi le sac à dos, dit-il.

— Je peux le porter, répondit-elle en lui tendant sa sacoche.

— Tu ne viens pas. Ce sera Rico et moi.

— Rico est médecin, maintenant ? Il va t'assister sans lâcher son fusil ? Arrête, bien sûr que je viens.

— Peter, ou Karen…

Elle leva les yeux au ciel.

— Karen ne tiendrait pas la cadence, et on a besoin de Peter ici. Écoute, on peut discuter tranquillement pendant que le patient agonise, ou on peut y aller.

Elle se détournait déjà. Il lui saisit le bras et la fit pivoter vers lui.

— Tu viendras uniquement si tu t'engages à suivre mes ordres à la lettre. Pas de discussion, pas d'initiatives. Soit tu acceptes, soit tu restes ici. C'est encore mon dispensaire, et ma responsabilité.

Elle lui jeta un regard furieux, mais répondit :

— J'accepte. Je ferai ce que tu diras.

Il scruta son visage un instant… et la lâcha.

— D'accord. On y va.

Il rejoignit le gamin qui trépignait d'impatience. D'un coup de reins, elle ajusta le sac sur son dos et le suivit au pas de course.

— Prêt ? fit Chance à Rico.

Celui-ci hocha la tête, le visage fermé.

— Ellen, dit Chance, tu marches entre Rico et moi.

Elle prit la place indiquée sans discuter.

— Emmène-nous auprès de ton père, dit-il au petit.

Le gosse se glissa entre deux buissons et disparut. Chance le suivit, puis Ellen, suivie de Rico. La première barrière de feuillages passée, un sentier apparut, si étroit qu'elle ne l'aurait jamais repéré.

— Reste tout près et ne parle qu'en cas d'absolue nécessité, fit Chance par-dessus son épaule.

Les chaussures de randonnée trop neuves d'Ellen lui feraient bientôt mal aux pieds. Plusieurs fois, elle buta sur des racines, mais se rétablit sans tomber. Enfin, Chance s'arrêta si brusquement qu'elle le heurta de plein fouet. Muette, le cœur battant, elle attendit sans un geste. Quelques mètres devant eux, immobile entre les feuillages, le garçon haussait le cou en tendant l'oreille. Bientôt, ils reprirent leur chemin avec prudence, et débouchèrent dans une clairière coupée d'un ruisseau. Cinq petites huttes se dressaient sous les arbres : des toits de tôle ondulée, ou couverts de simples bâches, des murs de planches fixées avec du fil de fer. Le garçon fendit les herbes hautes vers la hutte la plus proche de l'eau et disparut à l'intérieur. Il n'y avait pas de porte. Chance entra, Ellen le suivit ; du coin de l'œil, elle vit Rico se poster devant la cahute pour monter la garde. Il faisait très sombre à l'intérieur. Elle entendit la voix du garçon annoncer qu'il avait amené les médecins.

Ses yeux s'accoutumèrent rapidement à la pénombre ; elle distingua une silhouette allongée sur un vieux matelas à même le sol de terre battue. Une femme, debout au milieu de la pièce unique, semblait s'être levée brusquement de son chevet ; le garçon se tenait près d'elle. Chance s'agenouilla près de l'homme, qui semblait à peine conscient.

— Il nous faut de la lumière, dit Chance en pestant.

Ellen fit glisser son sac à terre et en sortit sa lampe torche. Chance leva les yeux avec un bref sourire.

— J'aurais dû me douter que tu penserais à tout.

Malgré la tension et l'étrangeté de la scène, elle savoura le compliment.

— Éclaire un peu plus à gauche ?

Elle obéit. Le patient, le visage en sueur, haletait faiblement. Maigre, une trentaine d'années, la peau très mate, il était vêtu de guenilles. Son short retroussé d'un côté révélait deux chiffons sales imprégnés de sang. Elle réprima une grimace. Même s'ils parvenaient à le sauver, le risque d'infection était énorme.

— Regarde-moi ça, dit Chance en soupirant.

— Deux balles. Il faudrait pouvoir l'emmener à l'hôpital.

— Il est trop faible, il ne supporterait pas le transfert.

— Il a beaucoup saigné, murmura-t-elle en se penchant plus près. Il a besoin d'une transfusion.

— Je suis donneur universel. Tu as déjà fait une transfusion en pleine nature ?

— Non !

— Il suffit de placer le donneur plus haut que le transfusé… Je m'en occupe. Tu n'auras qu'à soigner les blessures pendant que je donne mon sang. Tu as déjà retiré une balle ?

— J'ai vu faire, dit-elle avec un pâle sourire.

— Tu t'en sens capable ?

La question lui rendit toute sa pugnacité.

— Bien sûr ! Si je comprends bien, tu vas rester tranquille et me laisser faire tout le travail ?

— Très drôle, fit-il en tirant sa sacoche à lui.

Chance demanda au garçon de venir tenir la lampe et à la femme de leur faire chauffer de l'eau. Il fit une piqûre d'antibiotiques au patient en disant comme pour lui :

— Ce ne sera pas suffisant…

Ellen comprenait sa frustration. À gestes rapides, elle sortait ce dont elle aurait besoin, disposait le matériel sur une compresse stérile, enfilait des gants. Quand elle souleva le premier pansement de fortune, la blessure saignait toujours. Près d'elle, Chance insérait une intraveineuse dans le bras du blessé.

Chance s'adressa de nouveau au garçon, qui sortit en courant. La femme revint avec de l'eau chaude. Ellen achevait de nettoyer le pourtour de la première blessure quand le garçon reparut avec une chaise bancale et une lanterne. Chance lui fit signe de placer la chaise près du matelas.

— Viens me poser l'intraveineuse, demanda-t-il à Ellen.

— Je change de gants…

Penchée sur lui, à presser le creux de son coude pour trouver la veine, elle respira l'odeur de sa peau. Au même moment, il leva les yeux vers elle et lui dit tout bas :

— Tu sais que tu es vraiment très belle ?

Saisie, elle resta muette un instant, prise dans son regard… puis se concentra de nouveau sur son bras en murmurant :

— Tu planes déjà ? La transfusion n'a pas commencé.

D'une poussée ferme et régulière, elle inséra la grosse aiguille dans son bras.

— Non. C'est la simple vérité.

Il lui tendit un sparadrap pour fixer l'aiguille en ajoutant :

— Je vois que ce n'est pas ta première intraveineuse.

— Effectivement.

Puis, les yeux dans les yeux, elle lança :

— Mais je suis prête pour d'autres premières fois.

Elle vit ses pupilles se dilater… puis il baissa les yeux, et commença à ouvrir et refermer le poing ; son sang se déversa dans la veine de leur patient.

— Suture vite ces plaies. La transfusion s'en va aussi vite que je la donne.

— Je me dépêche.

Une fois de plus, elle changea de gants. Maintenant, il fallait retirer la balle sans endommager l'artère toute proche. Même dans des conditions idéales, le geste aurait été assez difficile ; dans cette cabane insalubre, le risque était multiplié par cent. Sans expérience, elle ne pouvait compter que sur son habileté. Elle épongea le sang une dernière fois, prit une pincette, sonda délicatement la plaie, trouva un corps dur… et réussit à le retirer. Le sang afflua aussitôt ; elle laissa choir la balle sur le sol et appliqua des compresses.

— Joli coup, docteur, murmura Chance.

— Merci, mais il faut stopper l'hémorragie. Tu peux maintenir la pression pendant que je prépare les sutures ?

— Cette fois, c'est moi ton assistant.

— Cela te dérange ? demanda-t-elle en le regardant en face.

— Pas du tout.

De sa position en surplomb, il se pencha pour l'aider. En quelques minutes, la plaie fut suturée. Sans prendre le temps de souffler, elle évalua l'état de Chance, puis se concentra de nouveau sur le patient, vérifia ses signes vitaux. Il était stable, mais très affaibli. Elle achevait son premier pansement quand Chance murmura :

— Beau travail, docteur Cox.

— Merci. Et toi, ça va toujours ?

— Je crois que je suis au bout de ce que je peux donner. J'ai un peu le vertige.

— Bon. Si j'arrive à me relever, je m'occupe de toi.

C'était assez nouveau, d'opérer à genoux à même la terre battue ! Elle ne sentait plus ses jambes.

— Donne-moi la main, murmura Chance.

Elle s'exécuta, força un peu, et fut debout.

— Marche un peu, rétablis la circulation.

Elle arpenta quelques instants la misérable cabane, revint auprès de lui, retira l'aiguille et appliqua un pansement.

— Reste tranquille, dit-elle d'un ton ferme. Je ne tiens pas à avoir deux patients sur les bras.

Puis elle avoua avec un petit rire :

— Je suis clairement en dehors de ma zone de confort. Même dans mon centre de soins à New York, je n'avais pas eu l'occasion de faire ça !

— Si cela peut te rassurer, c'est un peu extrême pour moi aussi.

— Contente de l'entendre ! Je m'attendais à ce que tu répètes que je n'avais pas ma place ici.

— Non, cela, je ne le dirai plus.

Elle hocha la tête, se remit à genoux et s'attaqua à la deuxième blessure. Ici, la balle avait traversé la jambe. Il ne lui restait plus beaucoup de compresses, mais elle se débrouilla pour nettoyer, suturer, bander la plaie. Jamais, depuis qu'elle était médecin, elle ne s'était sentie aussi sûre d'elle et de ses gestes. Ce travail, c'était sa vie, son œuvre. Elle leva de nouveau les yeux vers Chance pour lui murmurer :

— Nous, les femmes, nous ne sommes pas toutes de petites choses fragiles, quoi que tu en penses.

— Je le sais maintenant. Tu me l'as prouvé.

Il jeta un coup d'œil au patient et soupira :

— Nous ne pouvons pas le laisser. Nous devrons passer la nuit ici.

— Le danger, maintenant, c'est l'infection, dit-elle en posant la main sur le front du blessé.

La femme et le garçon patientaient dans un angle de la cabane. En se tournant vers eux, Chance distingua une cuisinière de fortune, une petite table, une étagère, un seau.

Il leur sourit, expliqua rapidement que le patient allait mieux et demanda au garçon :

— Tu peux nous trouver quelque chose sur quoi dormir ? Une couverture pour ton père ? Quelque chose à manger ?

— *Si !*

Tout joyeux, le garçon ressortit en courant et, cette fois, la femme le suivit. Prudemment, Chance se mit sur pied, sortit sur le seuil et parlementa à voix basse avec Rico. Ellen rangea son matériel, jeta les compresses ensanglantées dans le maigre feu de la cuisinière et alla les rejoindre. Elle ne comprit rien à leur conciliabule à voix basse, mais bientôt Rico approuva de la tête et alla se poster à l'angle de la cabane. Chance et Ellen restèrent devant la porte ; dans cette clairière isolée, les bruits nocturnes de la jungle prenaient une intensité stupéfiante.

— Quel pays fabuleux, dit-elle tout bas. Je comprends pourquoi tu y reviens toujours. Tu l'aimes, je me trompe ?

— Si je te disais le contraire, tu ne me croirais pas.

Elle rit. Une silhouette grêle s'avançait vers eux : le garçon, qui revenait en portant avec difficulté une grosse bâche roulée. Il passa entre eux et la déposa fièrement près du lit de son père.

— Dormir !

— Tout le confort, dit Chance avec un brin d'ironie.

— C'est toujours mieux que la terre battue !

Ellen s'assit jambes croisées sur la bâche, remercia chaleureusement le garçon, lui demanda son nom — c'était Francisco. D'abord assez intimidé, il se rassura vite et se mit à bavarder avec elle en toute confiance. Au grand amusement de Chance, elle ne comprenait qu'un mot sur trois, mais parait à l'essentiel : rassurer le patient et la famille.

— Tu as une sorte de génie pour positiver, lui glissa-t-il à mi-voix.

— Je préfère. C'est plus intéressant : le négatif saute aux yeux, le positif, il faut le construire.

La mère de Francisco revint, portant avec précaution deux larges feuilles de bananier qu'elle leur tendit avec un sourire timide. Cette fois, les rôles s'inversèrent. Chance accepta la sienne avec gourmandise et ce fut Ellen qui la prit sans enthousiasme.

— Merci ! dit-il avec reconnaissance. C'est du porc et des légumes, Ellen, cuits dans un four creusé dans le sol. Goûte, tu vas aimer.

Il prit une bouchée avec ses doigts, vit son expression et s'écria, très amusé :

— C'est la première fois que je te vois reculer ! Dis-toi que tu es à un match. On mange bien un hot-dog avec les doigts !

— Au stade, mon père a une loge, il fait venir un cuisinier.

Il resta interdit.

— Mais… Tu es la fille de qui ?

— Robert Cox.

À la lueur falote de la lanterne, elle vit ses yeux s'arrondir.

— Cox comme Cox Media ?

— Lui-même.

— Mais alors, qu'est-ce que tu fiches ici ? Tu n'as pas besoin d'argent, pas même besoin de travailler !

— Je suis médecin, répondit-elle avec un regard noir. J'ai choisi de me rendre utile. Cette journée a bien montré que je l'étais ici.

D'un air de défi, elle saisit une pincée de nourriture, la porta à sa bouche… et retrouva aussitôt le sourire.

— Dis donc, c'est bon !

Francisco reparut avec deux cannettes qu'il leur remit cérémonieusement.

— Aussi loin qu'on s'éloigne de la civilisation, dit Chance, les compagnies de soda sont toujours là avant nous. Enfin, ce n'est pas forcément un mal. Nous ne pourrions pas boire leur eau.

Ellen acheva son repas avec entrain et sauta sur ses pieds.

— Tu as terminé ? Donne.

Docile, il lui remit sa feuille, sa cannette vide.

— Je vais jeter un coup d'œil au patient. Toi, tu dois dormir, pour te refaire des globules rouges.

— Oui, chef.

— Comment, tu ne discutes pas ? C'est le monde à l'envers !

Elle alla déposer leurs cannettes sur la table, remercia de nouveau la maman de Francisco et revint s'agenouiller près de leur patient. Celui-ci respirait mieux, semblait moins souffrir ; elle lui trouva un peu de fièvre mais rien d'alarmant.

— À mon avis, on pourra le transporter à l'hôpital demain.

— Je le crois aussi.

Avec un profond soupir, Chance s'allongea sur la bâche.

— Viens là. Tu as autant besoin de repos que moi.

Elle s'étendit près de lui, mais laissa de l'espace entre eux. Le sol était dur et froid, la jungle bruyante. Elle avait beau changer de position, elle n'en trouvait pas de confortable.

— Viens, dit de nouveau Chance à mi-voix. Tu peux me prendre comme oreiller.

Dans un froissement de bâche, elle s'approcha et posa timidement la tête sur son épaule. Il l'entoura de son bras.

— J'ai rêvé de dormir avec toi, dit-il d'une voix endormie, mais ce n'était pas dans une cahute au milieu de la jungle.

Enfin, elle se détendit et posa le bras en travers de sa taille. Elle se fichait de savoir où ils dormaient, du moment qu'elle était près de lui !

5.

Deux fois dans le courant de la nuit, Chance se leva pour examiner leur patient. Chaque fois, Ellen se blottit sans se réveiller sur la place tiède qu'il laissait derrière lui, et murmura en souriant quand il la reprit dans ses bras. Il aurait facilement pu prendre goût à cet état de choses !

La pleine lune brillait par l'ouverture béante qui servait de porte, la femme du blessé veillait, immobile et vigilante. Chance lui adressa un signe de tête rassurant, mais il était en réalité assez inquiet : lors de son deuxième réveil, il avait trouvé une fièvre en hausse. Il administra une nouvelle dose d'antibiotiques et baigna le front du patient ; il ne pouvait rien faire de plus.

— Comment va-t-il ? demanda Ellen, tout endormie, quand il se recoucha.

— Il est stable. Dors.

— La prochaine fois, ce sera mon tour de me lever.

— D'accord, dit-il en la serrant contre lui.

Son troisième réveil fut plus brutal. Le ciel pâlissait à peine, quelqu'un le secouait… Il ouvrit les yeux et vit le visage tendu de Francisco à quelques centimètres du sien.

— Partir, disait-il tout bas. Partir tout de suite.

Chance se redressa d'un bond. Le garçon se jeta sur leur matériel et le fourra dans la sacoche.

— Ils viennent. Ils vous trouvent, ils vous tuent.

Ce dernier mot galvanisa Chance. Il se tourna vers Ellen qui s'était assise, les yeux clignotants.

— Vite. Assure-toi que nous ne laissons rien derrière nous.

La mère du garçon n'était plus là. Il saisit le sac à dos et y enfourna tout ce qui pouvait trahir leur présence, même les enveloppes de papier des compresses. Un peu étourdie, Ellen cherchait comment l'aider.

— Qu'est-ce qui se passe ? demanda-t-elle.

— Les trafiquants. S'ils nous trouvent, ils vont me tuer et te kidnapper pour la rançon. Si tu as de la chance.

Elle se précipita vers leur patient ; il la retint.

— Nous avons fait notre possible, maintenant, il faut penser à nous. Plus de questions. Fais exactement ce que je dis.

Il lui jeta le sac dans les bras, prit sa sacoche des mains du petit et passa la lanière sur son épaule.

— On y va.

— Mais Rico…

— Parti quand ils sont venus, dit Francisco, posté sur le seuil. Caché. Prévenir docteurs.

Il leur fit signe de le suivre et fila droit vers la lisière de la jungle. Courbé en deux, Chance l'imita, et Ellen les suivit sans hésiter. Une fois accroupi sous les feuillages, Francisco tendit l'oreille en fouillant des yeux les ténèbres du sous-bois. Un silence immense s'était abattu sur la jungle, comme si la nature elle-même retenait son souffle. Puis, quelque part derrière eux, Ellen capta des voix. Des voix d'hommes ! Francisco pressa son doigt sur ses lèvres, ils attendirent quelques instants… puis le garçon se leva brusquement, fonça le long des arbres et se jeta sous les buissons au pied d'un grand figuier banian. Chance et Ellen l'imitèrent. Une piste s'ouvrait derrière l'arbre ; ils s'y engagèrent en courant presque. Le passage était étroit, beaucoup plus difficile à suivre que le chemin de la veille. Ils progressaient depuis près de dix minutes quand Ellen buta et tomba brutalement à quatre pattes. Chance la saisit à la taille et la remit debout.

— Ça va ? lui demanda-t-il à l'oreille.

Elle acquiesça de la tête. Fébrile, Francisco leur faisait signe d'avancer. Chance saisit la main d'Ellen et repartit.

Cela dura longtemps. Le ciel blanchissait peu à peu. Ils marchaient vite, couraient dès qu'ils le pouvaient. Ellen, malgré sa petite taille, ses chaussures de randonnée trop lourdes et les gifles répétées des feuillages, tenait la cadence. Enfin, Francisco s'arrêta et s'accroupit pour reprendre son souffle. Lentement, Ellen s'assit sur une grosse racine. Chance scruta son visage et fut rassuré. Elle avait chaud, sans doute soif, elle était essoufflée, mais elle ne paniquait pas.

Au bout de quelques minutes, Francisco se remit debout et dit tout bas :

— Je retourne mon père. La rivière est devant. Suivre l'eau jusqu'à Saba.

Sans un mot de plus, il disparut au détour du sentier.

— Il nous laisse là ? chuchota Ellen, abasourdie.

— Oui. Il a risqué sa peau pour nous, maintenant il retourne voir si son père s'en est sorti.

— Mais ils sauront que nous sommes passés quand ils verront son père ?

— S'ils ne regardent pas sous la couverture…

Avec un soupir fataliste, il lui tendit la main et l'aida à se relever.

— Viens, il faut quitter la zone le plus vite possible.

Il se remit en marche. Il allait moins vite que Francisco, Ellen peina moins à rester à sa hauteur. Le silence inquiétant s'était levé, les oiseaux lançaient leurs appels, des mouvements animaient le sous-bois. Une chance pour eux, la jungle acceptait leur présence. Si les trafiquants étaient quelque part près d'eux, et repéraient un endroit muet dans la jungle, ils sauraient où les trouver.

Francisco les avait quittés depuis une bonne heure quand Chance s'arrêta, jeta un regard à la ronde et entraîna Ellen à l'écart du sentier. Dix pas plus loin, un beau figuier offrait un abri impénétrable.

— Pourquoi est-ce qu'on s'arrête ?

— Tu as besoin de repos et moi aussi. Assieds-toi.

Ils parlaient toujours à mi-voix. Elle laissa glisser son sac à dos à terre et s'assit lourdement. Chance vérifia encore qu'on ne pouvait pas les voir du sentier et se laissa tomber près d'elle.

— Je suppose que tu n'as rien à manger dans ton sac ? demanda-t-elle.

— Mais si ! J'ai deux, peut-être trois barres de céréales.

— C'est beau, un homme prévoyant ! Il faut toujours partir équipé pour une petite course dans la jungle.

Amusé, il s'essuya le front et entreprit de vider sa sacoche. Leur situation était catastrophique, ils n'étaient pas du tout préparés, mais il ne voyait pas l'intérêt de l'effrayer. Il trouva une barre, défit l'emballage et lui en tendit la moitié.

— Dis plutôt un homme qui a déjà eu à faire sa journée sans s'arrêter pour manger.

— Nous en avons encore pour longtemps ?

Cette discussion pouvait se terminer de deux façons. Soit elle paniquerait, soit elle admettrait la réalité sans faiblir. Jusqu'ici, elle tenait le coup, mais leur situation actuelle dépassait de loin ce à quoi il s'attendait en acceptant de secourir leur blessé.

— Je dirais… trois jours, sauf aléas.

— Trois jours !

Des oiseaux protestèrent en s'envolant bruyamment.

— Pas si fort, fit-il.

— Désolée, mais… Nous étions tout près du dispensaire.

— Le dispensaire est reparti. Michael aura rejoint la côte et alerté les autorités. On nous cherchera, mais nous ne pouvons pas compter qu'on nous retrouve. Et s'ils ont eu vent de notre présence, les trafiquants patrouillent sûrement les routes.

Il y eut un long silence, puis elle murmura :

— Donc, trois jours.

— Ce ne sera pas facile, reprit-il tout bas. Nous allons devoir ressortir à pied, en contournant tous les villages. Nous ne savons pas à qui nous pouvons nous fier.

Elle mordit dans sa ration et réfléchit un instant.

— C'est ma faute, dit-elle enfin. Je n'aurais pas dû insister pour venir.

— Non, j'étais d'accord. Oublie ça, il faut nous organiser. Déjà, rationner notre nourriture. Nous avons en tout et pour tout deux barres et demie. Il va nous falloir de l'eau.

— Nous avons les bouteilles de solution saline, nous pourrons les remplir à la rivière.

— Surtout pas, nous attraperions des parasites. Nous recueillerons de l'eau de pluie.

Une chance qu'il pleuve tous les jours, ou presque ! À l'expression déçue d'Ellen, il devina qu'elle avait déjà très soif, mais elle ne protesta pas et se contenta de demander :

— Tu as la moindre idée d'où nous sommes ?

— Plus ou moins. Je n'étais jamais venu par ici.

Il devait peut-être être moins franc ? Non, impossible de lui mentir. Il termina sa ration et glissa l'emballage dans son sac.

— Allons-y.

Ils se levèrent. Il lui fit signe de rester à l'abri le temps de vérifier que la piste était toujours déserte. Quand elle prit pied à son tour sur le mince ruban de terre, il lui offrit sa main, elle la prit, et il sut qu'elle lui faisait confiance pour les sortir de là. Il espérait seulement être à la hauteur !

La bouche sèche, les pieds douloureux, les vêtements collés au corps par la chaleur étouffante, Ellen était mal au possible. Cette fois, le risque était réel. Elle avait fait exactement ce que craignait son père : elle avait pris un risque inconsidéré. Maîtriser sa peur devenait difficile.

Quand ils entendirent la rivière, le soleil était à la verticale.

— Reste ici, dit Chance. Je reviens tout de suite.

Elle fit oui de la tête mais la panique la prenait à la gorge. Il allait la laisser longtemps ? Il partit d'un pas rapide ; dès qu'elle ne le vit plus, elle dut lutter pour ne pas fondre en larmes, ou courir le rejoindre. Affolée, elle tourna sur elle-même, sûre que leurs poursuivants allaient surgir sur la piste. Et si Chance ne revenait pas ? Si elle se retrouvait seule en pleine jungle ? S'il se faisait mal, qu'il avait besoin d'elle ?

Enfin, avec un soulagement si violent qu'elle en eut le vertige, elle le vit reparaître au détour du sentier. Quand il la rejoignit, il scruta attentivement son visage.

— Ça va ? Tu as entendu quelque chose ?

— Je vais bien. Tout va bien.

— Disons que je te crois, dit-il avec un sourire. La rivière est juste devant nous, le chemin suit la berge. Nous allons le prendre, mais, si nous voyons quelqu'un, il faudra nous cacher.

— Je te suis.

— Encore un effort et nous ferons une pause.

— Voilà de quoi me remonter le moral.

— Bravo. Tu es une vraie battante.

Quelques pas plus loin, le chemin s'élargit ; elle allongea le pas pour se mettre à sa hauteur. Il reprit sa main et la serra gentiment dans la sienne.

— Nous allons nous en sortir.

Quand ils débouchèrent devant la rivière, Ellen ne put retenir un « oh ! » d'émerveillement. Le panorama était époustouflant. Enchâssé dans la végétation d'un vert lumineux, sous le bleu laiteux du ciel, le courant se tordait, éclaboussait, formait des tourbillons entre de gros rochers blancs. Si la situation n'avait pas été aussi terrifiante, elle se serait crue au paradis.

— Ce pays…, dit Chance.

Ils reprirent leur chemin. Ici, ils pouvaient parler, le fracas de la rivière couvrait leurs voix.

— Ce pays, reprit-elle. Tu l'aimes, mais il t'épuise.

— Oui, j'avoue : la bagarre perpétuelle pour garder une équipe opérationnelle, lever des fonds, agir sur la misère… Cela commence à me ronger.

C'était la première fois qu'il se confiait. Touchée, elle demanda :

— Alors, ta solution, c'est de décourager ceux qui viennent t'aider ?

— Attention aux rochers. Ne va pas te faire une entorse.

Ils franchirent en silence un tronçon très accidenté de la piste.

— Tu ne m'as pas répondu, dit-elle quand le terrain s'aplanit de nouveau.

— Je ne décourage personne.

— Moi, je n'ai pas eu un accueil très chaleureux.

— C'est juste… Voilà, au premier coup d'œil, tu m'as rappelé mon ex-femme. Ensuite, je n'étais pas sûr que tu sois assez solide pour ce travail. Je me faisais du souci pour toi. Je m'en fais encore.

Toujours cet instinct protecteur ! Curieusement, elle se sentit plus forte. En doutant d'elle, de sa capacité à tenir le coup, il venait de lui rappeler à quel point elle était résiliente. Depuis la mort de sa mère et son propre séjour à l'hôpital, elle se savait de la catégorie des *survivants.*

— Il y a encore autre chose, dit-elle.

Il mit longtemps à réagir. Elle avait décidé qu'il faisait semblant de ne pas comprendre quand il avoua :

— Tu m'attirais, et je ne voulais pas être attiré.

— Mais pourquoi !

— Parce que je n'ai rien de réel à t'offrir.

Elle allait lui demander de s'expliquer quand il coupa :

— Voilà un bon endroit pour se reposer.

La rivière s'élargissait, plus calme ; une nappe tranquille s'était formée dans une boucle du courant.

— Je fais faire le guet pendant que tu te rafraîchis, dit-il. Surtout, n'avale pas d'eau, même si c'est tentant.

Elle s'accroupit sur la berge pour s'éclabousser le visage. Oh ! que c'était bon ! Elle se frotta la nuque, les bras, la poitrine par l'échancrure de sa chemise, assez stupéfaite de la quantité de saleté qui s'écoulait.

— Je vais retirer mes chaussures pour me baigner les pieds.

— Non ! s'écria-t-il. Tes pieds vont enfler et tu ne pourrais plus les remettre. Attends encore un peu. Ce soir, nous trouverons un endroit où tu pourras te déchausser.

Résignée, elle renoua son lacet. Si seulement elle pouvait boire !

— À toi, dit-elle en se remettant sur pied.

Elle alla prendre sa place, mais le spectacle lui fit oublier de faire le guet. Chance se frottant le visage, renversant la tête en arrière avec un soupir de bien-être pour s'inonder largement le torse, ses cheveux mouillés bouclant et gouttant sur son col…

D'une façon indéfinissable, il était à sa place dans ce paysage, ce monde sauvage et incertain.

L'appel strident d'un oiseau la fit sursauter. Elle se retourna vers Chance ; il rafla sa sacoche et la rejoignit en courant.

— Viens. Ce n'est peut-être rien mais nous sommes à cran. Nous allons faire une vraie pause, échapper à cette chaleur.

Il écarta les feuilles d'un rhododendron géant, puis un rideau de lianes ; lentement, ils s'écartèrent de la piste. Un peu plus loin, ils trouvèrent un banian gigantesque. Chance se faufila entre ses énormes racines, presque aussi hautes que lui.

— Là, nous serons bien, déclara-t-il. Invisibles.

Il posa sa sacoche et s'allongea. Avec un soupir, elle l'imita, prenant son sac à dos comme oreiller. Épuisés, ils se taisaient, se reposaient sans un geste ; bientôt, les oiseaux reprirent leurs échanges. Les yeux levés vers les feuillages, Ellen contemplait les lambeaux de ciel à travers la canopée.

— Chance, dit-elle tout bas.

— Mmm ?

— Parle-moi de ton ex.

Il laissa rouler sa tête vers elle en ouvrant un œil.

— Pourquoi ? demanda-t-il d'une voix distante.

— Parce que je crois qu'elle explique en partie pourquoi tu as refusé de te rapprocher de moi.

Il détourna la tête ; avait-il refermé les yeux ? Il prit une profonde inspiration, la relâcha lentement… et se mit à parler à mi-voix.

— Je l'ai rencontrée à un gala de collecte de fonds. La grande affaire de sa vie, c'était son look. Et cela fonctionnait parce qu'elle était superbe. Blonde, les yeux bleus, de longues jambes…

Les lèvres d'Ellen se crispèrent. C'était *elle* qu'il décrivait.

— J'ai tout de suite craqué pour elle. Elle pensait m'aimer aussi, mais elle n'a pas aimé le Honduras. Elle était d'accord pour s'expatrier, surtout pour vivre au centre de vacances, mais, très vite, elle a commencé à se plaindre de la chaleur, des insectes, de la pluie, et surtout de passer ses journées toute seule. Le dispensaire, elle ne voulait même pas en entendre parler.

La déception, le mépris même aigrissaient sa voix.

— Un de mes amis de l'école de médecine est venu me rejoindre pour un séjour de six semaines. Alissa était si malheureuse que j'ai été content de la voir retrouver le sourire. Subitement, elle nous accompagnait, donnait un coup de main. Enfin, elle avait envie de participer ! J'ai mis un certain temps avant de comprendre. Jim venait d'une grande famille de Boston, avec le nom illustre et le fric qui faisaient si envie à Alissa. Il est reparti en l'emmenant dans ses bagages.

La phrase était chargée d'une immense amertume.

— Je suis désolée, dit-elle.

— C'est vieux. J'ai tourné la page.

Elle haussa les sourcils. Là, il était en plein déni !

— Tu as bien compris que je ne suis pas du tout comme elle ?

— Oui, je l'ai saisi assez vite, avoua-t-il, contrit. J'ai été un peu dur avec toi, pour commencer.

— Non, tu crois ?

Il eut un bref sourire. Elle insista :

— Alors tes questions, tes commentaires sur Michael et moi, c'était de la jalousie ?

— Je ne dirais pas ça.

— Moi, si.

Elle se redressa sur un coude. Leurs regards restèrent un long instant rivés l'un à l'autre, puis il dit :

— Couchez-vous, docteur Cox. Vous avez besoin de repos.

Elle se laissa retomber sans répondre, mais elle souriait. Il tenait à elle, même s'il ne voulait pas l'admettre ! Il n'était plus simplement question de désir. Pourrait-elle vivre une histoire d'amour avec lui tout en gardant sa liberté si durement conquise ?

L'envol bruyant des oiseaux la réveilla en sursaut. Chance roula sur elle, le corps rigide, et pressa l'index sur ses lèvres. Quelques instants plus tard, elle entendit des voix, toutes proches. Un groupe passait sur le sentier ; elle ne saisit que quelques mots, mais reconnut « trouver » et « Américains ». Ces hommes les cherchaient !

Chance lut la peur dans les yeux d'Ellen — une expression qui devait faire miroir à la sienne. Le danger était plus présent qu'il ne l'imaginait ! Les yeux écarquillés, elle esquissa un mouvement pour se débattre. Il inclina la tête, effleura ses lèvres des siennes en secouant la tête. Puis, presque malgré lui, il revint l'embrasser, tendrement, passionnément. Elle s'abandonna, sa langue vint jouer avec la sienne, ses doigts se glissèrent dans ses cheveux ; il sentit son corps se détendre, sentit la passion jaillir de son désir de vivre.

Couché sur elle pour lui faire un rempart de son corps, il avait envie d'elle à en hurler. Il était tout près de la prendre, là, à même le sol de la jungle, à vingt mètres des tueurs. Une seule pensée le sauva : la protéger. Les lèvres toujours rivées aux siennes, il tendit l'oreille. Les hommes s'éloignaient.

Que faire maintenant ? Ils ne pouvaient plus rester sur ce chemin. Ils allaient devoir laisser leurs poursuivants prendre du champ, puis traverser la rivière. Cela rallongerait leur périple, mais améliorerait ses chances de ramener Ellen sur ses deux pieds. Elle ne l'embrassait plus. Il ouvrit les yeux, elle le regardait fixement. Il pressa de nouveau un doigt sur ses lèvres ; elle y déposa un baiser. À son grand soulagement, elle ne paniquait plus, mais ses yeux embrumés de passion l'interrogeaient.

— Chut…, murmura-t-il.

Elle acquiesça de la tête. Avec précaution, il la lâcha, se rassit ; elle l'imita. Longtemps, ils restèrent immobiles, l'oreille aux aguets. Les oiseaux revinrent, s'apaisèrent ; quand Chance n'entendit plus que les sons normaux de la jungle, il se leva sans bruit. Avec un nouveau signe pour imposer le silence, il écarta délicatement les feuillages et retourna vers la berge. Ellen était juste derrière lui, ils avançaient comme un corps unique. Il s'immobilisa, étudia attentivement les alentours… et reprit pied sur la piste. À voix très basse, il dit :

— Nous allons devoir traverser, et trouver un endroit où passer la nuit. Ils auront peut-être renoncé demain.

Puis, comme elle approuvait de la tête, il reprit :

— J'ai peur d'aller plus loin. Aux rochers, là, je crois que nous pourrons passer.

Elle étudia le grand corps nerveux de la rivière et hocha la tête.

— Et tu sais quoi ? dit-il dans un souffle. Tu vas pouvoir retirer tes chaussures, en fin de compte. Si elles prennent l'eau, elles te feront encore plus mal. Noue les lacets et passe-les à ton cou.

Elle suivit ses instructions sans un mot, cala le sac sur son dos. Ils étaient prêts. Le premier, il entra dans l'eau et avança avec prudence, en se coulant derrière les rochers chaque fois que c'était possible. Elle le suivit pas à pas. Vers le milieu de la traversée, ils se heurtèrent à un obstacle. Un courant très fort et très rapide passait entre de gros rochers. Ellen n'aurait pas la force de traverser, il le savait.

— Je vais passer, dit-il, et te tirer à moi.

Il fallait faire vite, il se sentait affreusement exposé, debout à la vue de tous, de l'eau jusqu'à la taille. Si les hommes revenaient… Accroché au rocher, il inséra un pied dans le courant, le cala, franchit le passage difficile et se retourna en tendant le bras à Ellen. Elle se pencha très loin en avant, ils se saisirent les avant-bras, et il la tira de l'autre côté.

Du coin de l'œil, il vit un éclair coloré ; instantanément, il propulsa Ellen derrière un rocher — mais son mouvement trop brusque le fit chanceler. À l'instant où il perdit pied, le courant le balaya. La panique éclata en lui. L'eau allait l'emporter, les trafiquants le verraient, ils tireraient… Puis il prit conscience qu'il n'avait été emporté que sur un mètre. La lanière de sa sacoche le retenait.

— Aide-moi, dit Ellen en chuchotant.

Cramponnée à la lanière qui lui barrait la poitrine, elle le halait à elle. Il réussit à caler un pied sur un rocher et à reculer à contre-courant ; elle le tirait de toutes ses forces. Un instant plus tard, il s'abritait à son tour derrière le gros rocher, à demi couché sur elle. L'eau cherchait encore à l'emporter mais Ellen tenait bon. Longtemps, ils restèrent là, sans oser se relever pour voir si le danger était écarté. Les ombres des arbres s'allongeaient sur la rive quand enfin, il rassembla son courage et, très lentement, se pencha en avant. Sur la berge ensoleillée, le chemin était désert.

Péniblement, il se redressa, Ellen prit sa main ; ensemble, ils achevèrent la traversée, se hissèrent hors de l'eau et se réfugièrent sous les arbres. Quand il jugea qu'ils étaient bien cachés, il se laissa tomber sur le sol en soupirant :

— Merci de m'avoir tiré d'affaire.

— Tout le plaisir était pour moi, dit-elle d'une voix mourante.

— Tu les as vus ?...

— À peu près au même moment que toi. Je ne savais pas quoi faire, je me suis juste accrochée.

— Tu as fait exactement ce qu'il fallait.

Ce qu'il hésitait à lui dire, c'était que leur problème venait sérieusement de se compliquer.

— Rechaussons-nous et allons-y, dit-il. La bonne nouvelle, c'est qu'ils remontaient la rivière. Nous ne les croiserons plus.

— Plus de baisers de diversion, alors ?

— J'espère bien que non !

— Dommage. J'ai aimé.

Quelle femme ! Il lui sourit.

— Moi aussi ! Viens, il faut avancer.

Avec une grimace, elle décrocha ses chaussures de son cou et les inclina. Un flot d'eau verte se déversa à ses pieds.

— Pauvre Ellen ! Il faudra les porter quand même.

Cette fois, il n'y avait plus de chemin. Chance marcha devant, écartant les feuillages, se faufilant entre les tiges géantes. Ils progressaient lentement, difficilement, en faisant de nombreux détours. Sans la rivière qu'ils suivaient à l'oreille, ils se seraient très vite perdus. Quand Chance, au bord de l'épuisement, déboucha tout à coup sur une piste, il se serait volontiers jeté à genoux pour embrasser le sol.

Le pire était passé, du moins l'espérait-il. Le reste pouvait attendre. Trempé, les articulations douloureuses, la peau irritée par l'eau de la rivière, la sueur, la sève, il n'en pouvait plus et Ellen n'était sûrement pas en meilleur état que lui... Mais elle ne se plaignait toujours pas. Il secoua la tête. Il était médusé. La princesse aux ongles roses était dotée d'une résistance à toute épreuve ! Elle venait même de leur sauver la vie. Où puisait-elle sa force morale ? Toutes les femmes de sa connaissance auraient craqué depuis longtemps. La fille de Robert Cox venait d'un milieu ultra-privilégié, rien dans son passé n'avait pu la préparer à une situation pareille, mais elle ne demandait pas à être rassurée tous les dix pas. Elle se comportait comme une *partenaire*.

Ils durent marcher encore près d'une heure à travers des fondrières ; impossible de passer la nuit sur place. Enfin, le terrain se raffermit et un fromager géant se dressa devant eux, si grand que ses racines formaient une sorte de grotte. Ils venaient juste d'atteindre cet abri quand la pluie se mit à tomber.

Un déluge ! La tête renversée en arrière, Ellen se posta sous une feuille qui déversait un filet d'eau directement dans sa bouche. Chance l'aurait volontiers laissée se désaltérer, mais la pluie pouvait s'arrêter à tout moment, ils devaient faire des réserves.

— Prends les bouteilles, pose-les là où elles se rempliront, tu veux ? Je vais m'assurer que l'arbre n'a pas de locataire.

Pour une fois, la chance était avec eux : l'arbre formait une cavité bien sèche, assez grande pour qu'ils puissent s'allonger. Chance ressortit, trouva un bananier, arracha quelques feuilles et s'en servit pour balayer soigneusement chaque recoin de leur refuge. Les fourmis et les araignées abondaient sous ces latitudes, il ne fallait surtout pas s'exposer à une piqûre venimeuse. Le ménage fait, il rentra leurs sacs, disposa une couche de feuilles ; il achevait d'aménager leur intérieur quand Ellen le rejoignit, complètement trempée, une bouteille d'eau à la main.

— J'ai tout versé dans celle-ci, je retournerai chercher l'autre dans une minute. Tiens ! Elle est délicieuse.

Elle lui tendait la bouteille avec un sourire rayonnant. Il but avec avidité et la lui rendit.

— Bois autant que tu peux. Il ne faut pas nous déshydrater.

Elle obéit, exhala un gémissement de bien-être et lui passa de nouveau la bouteille.

— Je crois que nous sommes en sécurité ici, dit-il quand ils l'eurent vidée tour à tour et remise à l'extérieur pour la remplir de nouveau. Il faut qu'on se déshabille. Si, Ellen, l'humidité enflamme la peau. Nous pourrons accrocher nos habits aux racines. Ils ne sécheront pas complètement, mais ce sera mieux que rien.

Il déboutonna sa chemise. La nuit était tombée, il devinait à peine les gestes d'Ellen.

— Ne me regarde pas, dit-elle. Je n'ai pas l'habitude qu'on me regarde quand je me déshabille.

Puis, aussitôt, elle se contredit en ajoutant, d'une voix qui trahissait une furieuse envie de rire :

— Tiens, tu portes des slips ? J'aurais parié sur un boxer.

Elle s'était demandé quel genre de sous-vêtements il portait ? Il se sentit absurdement flatté. Elle s'assit sur une feuille de bananier pour retirer ses chaussures avec un petit soupir de bien-être. Il distingua la tache blanche d'une culotte minuscule… et s'ordonna de se concentrer sur leur survie plutôt que sur ses désirs primitifs.

— Passe-moi tes affaires, dit-il d'un ton bourru.

Elle lui tendit son pantalon sans répondre.

— Il faut faire l'inventaire de nos sacs, reprit-il, voir ce qui peut nous servir à glaner de la nourriture ou à soigner nos pieds. Je ne sais pas pour toi, mais les miens sont couverts d'ampoules.

Ces tâches détourneraient ses pensées de la femme presque nue qui partageait avec lui une chambre dans un arbre, loin du monde. Un fantasme ? Plutôt un cauchemar. Depuis leur réveil brutal au petit matin, il déployait des efforts inouïs pour cacher son angoisse. Poursuivis par des hommes armés, les pieds blessés, harcelés par les insectes, épuisés, affamés, déshydratés, il espérait encore cacher à Ellen à quel point leur situation était désespérée.

Elle ouvrit son sac à dos et en aligna le contenu sur le sol.

— Où est passée ma lampe ?

— Ménage-la, dit-il. Ne gaspille pas les piles.

— Elle est mouillée. Je veux voir si elle marche encore. Et si tu veux faire un inventaire…

La lampe fonctionnait. Agressée par la lumière brutale, elle plissa les yeux et se remit à vider son sac.

— Mais… Qu'est-ce que c'est ?

Elle tenait un chiffon aux coins noués. Avec précaution, elle l'ouvrit… et découvrit le reste du plat de la veille au soir.

— C'est Francisco ! s'écria-t-elle. Oh ! quel gosse adorable ; je n'ai jamais eu aussi faim de ma vie.

Oubliant tout le reste, ils piochèrent quelques bouchées et les mâchèrent longuement, le regard dans le vide. D'un commun accord, ils laissèrent la moitié pour le lendemain. Chance lui rendit le paquet qu'elle renoua avec délicatesse.

— Bien, voyons nos autres richesses, dit-elle d'un ton sarcastique.

Ils étaient surtout riches de fournitures médicales qui ne leur servaient à rien. Ellen ne fit pas de commentaires. Ce pauvre repas semblait l'avoir démoralisée.

— Viens ici, dit Chance. Je veux voir tes pieds.

— Fétichiste…

— Très drôle.

Avec une lassitude qui lui étreignit le cœur, elle pivota sur son séant pour lui présenter ses pieds. Il les éclaira… et serra les lèvres, atterré. Ses pauvres pieds fripés, rouges et gonflés étaient couverts d'ampoules, dont certaines saignaient.

— J'ai une pommade antibiotique, dit-il. Tu aurais dû dire quelque chose !

— Pour quoi faire ? Nous ne pouvions pas nous arrêter.

— Non.

— Je parie que les tiens sont dans le même état. Soigne les miens et je m'occuperai de toi.

Il sécha soigneusement ses pieds, désinfecta les plaies et étala sa pommade en sachant qu'elle n'aurait aucun effet. Il aurait fallu les laisser guérir à l'air libre, dans un endroit propre et sec, sous une pommade cicatrisante. Le lendemain matin, ce serait une torture de remettre ses chaussures.

— Avant que tu ne fasses les miens, je sors chercher l'eau.

Il se glissa dehors. La pluie s'était arrêtée mais leurs bouteilles étaient pleines. En rentrant, il la trouva en train de reboucler leurs sacs.

— À toi, dit-il en s'asseyant devant elle.

Ses mains sur ses pieds meurtris, habiles et si douces…

— Nous sommes tous deux dans un sale état, mais nous nous en sortirons, déclara-t-elle. Mais si jamais mon père apprend ça, ce sera lui qui me kidnappera pour me ramener à New York.

Les feuilles de bananier formaient une sorte de paillasse. Chance disposa leurs sacs en guise d'oreiller et s'allongea en tapotant le sol près de lui.

— Viens te coucher.

Elle s'allongea sans le toucher. Quand il éteignit la torche, le monde entier s'engloutit dans les ténèbres. Il s'entendit demander :

— Tu veux bien me tenir chaud ?

Aussitôt, sa tête vint se caler sur son épaule et son bras se posa sur sa taille. Elle s'étira un peu, se mit à l'aise… et il bascula dans le désir si familier. Il n'aurait eu qu'un geste à faire, il sentait bien qu'elle ne le repousserait pas… Mais il était à bout de forces. Et elle aussi !

— Ces feuilles me font presque regretter la bâche sale de la nuit dernière, dit-elle dans un murmure.

Attendri, il posa un baiser sur sa tempe.

— Tu m'étonneras toujours.

Il écouta son souffle tranquille et se sentit en paix.

6.

Ellen et Chance marchaient depuis des heures. Elle avait horriblement mal aux pieds. À l'aube, remettre ses pieds blessés dans ses chaussures raidies, froides et humides avait été terrible. Elle aurait donné n'importe quoi pour une paire de chaussettes épaisses et bien sèches.

Cela lui apprendrait à vouloir faire de l'humanitaire ! Non, cette histoire ne remettait pas du tout ses choix en cause, mais, à son arrivée au Honduras, elle ne s'attendait pas à devoir dormir en sous-vêtements au creux d'un arbre. Pourtant, elle avait dormi. Épuisée par la journée de marche, la traversée de la rivière, la terreur, elle s'était endormie comme une masse, la tête calée sur l'épaule de Chance. Plusieurs fois dans la nuit, un froissement, un cri d'animal l'avait tirée de son sommeil. Chaque fois, la main de Chance s'était posée sur elle, apaisante.

— Chut, ma douce, il est loin. Rendors-toi.

Et pour la première fois, elle avait apprécié. Sa seule présence la rassurait. La veille, elle avait couru droit dans la jungle sans protester parce qu'il lui montrait le chemin. Il avait réussi à endiguer sa panique en l'embrassant alors que les trafiquants passaient à quelques mètres d'eux. Et au point culminant de la terreur, plongée dans le courant bouillonnant jusqu'aux épaules, un ronflement bizarre dans les oreilles, les pieds en rappel contre le rocher, elle s'était découvert une force inouïe, une détermination à toute épreuve pour le tirer à elle. Parce que le perdre était impensable. Un peu plus tard, sortie de l'eau, en voyant le regard qu'il posait sur elle, elle aurait dansé de joie. Depuis le début de l'aventure, elle n'avait jamais douté qu'il les sortirait de là.

Il marchait devant elle, les vêtements plaqués au corps par l'humidité tropicale, sûr de lui, vigilant. De temps en temps, il se retournait à demi pour s'assurer qu'elle suivait. La veille au soir, il s'en était remis à elle pour la question vitale de leur approvisionnement en eau. Dans cette épreuve, ils étaient devenus une équipe. Il la voyait comme son père ne la verrait jamais : comme un être capable, une partenaire compétente. Ne fût-ce que pour cela, elle l'aimait. Malgré la douleur de ses pieds à vif, elle sentit son cœur se dilater.

Ils firent une pause, s'accordèrent quelques gorgées d'eau. La sensation du liquide dans sa gorge desséchée était fabuleuse.

— Je mangerais bien une demi-barre, dit-elle.

— Bonne idée. Moi aussi.

Il sortit une de leurs précieuses barres de céréales de son sac, la brisa en deux et lui en donna la moitié.

— À ton avis, il nous faudra combien de temps pour atteindre Saba ? demanda-t-elle après la première bouchée.

— Si nous pouvons tenir la même cadence qu'aujourd'hui, nous y serons demain soir. Comment vont tes pieds ?

— À peu près comme les tiens, je suppose.

— Mes chaussures sont en moins bon état que les tiennes, elles gardent moins l'eau. Tu dois souffrir le martyre.

— Disons que je ne remettrai pas des tongs de sitôt.

Il s'assit près d'elle, lui prit la main et caressa un ongle, du même geste que les filles du premier village. Son ongle terreux, brisé, écaillé.

— Je suis désolé, dit-il tristement.

— Désolé de quoi ?

— Tes ongles.

— Je croyais que tu les détestais.

— Non. Ils sont adorables.

— Vraiment ? demanda-t-elle avec un rire las. Tu n'as pas toujours été de cet avis. Quand j'ai sorti mon vernis le premier matin, tu m'as regardée comme si c'était un crime.

— Oui, mais ces grandes filles étaient aux anges, dit-il en posant un baiser sur le dos de sa main. Quand nous serons sortis d'affaire, tu auras droit à une journée entière de soins de beauté. Manucure, pédicure, le grand jeu.

— Et toi ? Tu mérites aussi un peu de cocooning.

— Moi, je profiterai de toi.

Cette fois, son baiser se posa sur ses lèvres. La chaleur qui se déploya en elle ne devait rien au soleil vertical qui filtrait entre les branchages.

— Viens, dit-il avec un soupir. Il faut avancer.

Il se mit sur pied, l'aida à se lever, et ils reprirent leur chemin. Bientôt, le son de la rivière se fit plus présent.

— Nous approchons de la berge, dit-elle, inquiète.

— Je crois que le chemin mène à un gué. Il est temps de retraverser. Attends ici une minute, je vais repérer les lieux.

Une sourde angoisse s'insinua en elle.

— Je viens avec toi. Je déteste quand tu t'éloignes.

Il la contempla un instant.

— Tu sais que c'est la première fois que tu te plains depuis le début de cette histoire ?

— Se plaindre n'avance à rien, je m'en suis rendu compte quand j'étais encore petite.

Une leçon apprise à la mort de sa mère. Dans la voiture, puis dans son lit d'hôpital, elle avait découvert qu'il ne servait à rien de geindre.

— Pourquoi maintenant ? demanda doucement Chance.

— J'ai peur qu'il ne t'arrive quelque chose. J'ai peur que tu ne reviennes pas.

Son père ressentait-il cela ? Cette terreur, c'était ce qu'il éprouvait à l'idée de la perdre ?

— Je n'irai pas loin. Je reviendrai très vite. Deux minutes, c'est juré.

Elle se força à relever la tête en tapotant sa montre.

— Attention, je te prends au mot !

— Très bien. En attendant, réfléchis à ce que tu veux faire, une fois rentrée au bercail. Je veux tous les détails.

Elle était si occupée à faire des projets qu'elle oublia de

regarder sa montre. Chance tint parole et reparut dans le temps imparti.

— Je t'ai manqué ? demanda-t-il avec un sourire canaille.

— Toujours.

Mais, cette fois, elle n'avait pas trop paniqué, grâce au sujet de réflexion qu'il lui avait soumis. Voilà de quoi son père avait besoin, au fond : se concentrer sur autre chose. Une nouvelle compagne, par exemple ! Quant à elle, il était temps qu'elle ouvre les bras à la vie. Elle avait fait un choix important en venant au Honduras, mais sa vie affective était restée en jachère. À force de lutter pour son indépendance, elle avait négligé l'amour. Devait-elle ouvrir son cœur à Chance ? Il semblait changer d'attitude, mais…

— C'est un bon endroit pour traverser, disait-il. La rivière est large mais plutôt calme.

Elle se pencha pour reprendre son sac.

— Au moins, je n'aurai pas à m'inquiéter de te sauver.

— Au fait, je t'ai remerciée ?

— Je crois bien que oui, mais n'hésite pas à recommencer.

— Merci. Viens, ne restons pas là.

Elle eut un rictus. Elle retrouvait l'ancien Chance : focalisé sur la tâche à accomplir, sourd au reste.

La rivière était beaucoup plus large qu'à l'endroit de leur premier passage, les rochers plus petits et plus plats. En sautant de l'un à l'autre, ils ne se mouilleraient pas.

— Cette fois, je passe devant, dit-elle.

Pourquoi ? Elle ne le savait pas elle-même. Il eut l'air surpris, mais ne protesta pas. Elle choisit son parcours avec soin et atteignit sans difficulté le milieu de la rivière. Ici, le courant était plus rapide, l'écart entre les rochers plus grand. Elle remonta son sac sur son dos, prit un peu de recul, sauta de toutes ses forces, et atterrit à quatre pattes sur le rocher suivant. Chance la rejoignit et l'aida à se relever en s'écriant :

— Tu es l'être le plus déterminé que j'aie jamais rencontré.

— Merci.

Elle reprit la traversée et l'acheva sans encombre. Sur la berge, elle attendit qu'il la rattrape et lui lança :

— Viens, il faut avancer.

Elle s'engagea aussitôt sur le sentier.

— Tu usurpes mon autorité ? demanda-t-il.

— J'ai juste envie de marcher devant, pour changer. Tu sais ce qu'on dit : si tu n'es pas le premier chien du traîneau, le paysage, ce sont les fesses du précédent.

Il éclata de rire ; tout autour d'eux, les oiseaux poussèrent des cris stridents.

— Chut ! fit-elle.

Penaud, il jeta un regard inquiet à la ronde en soufflant :

— Plus de commentaires de ce genre, d'accord ?

— Et toi, plus de bruit.

Ils n'avaient pas fait beaucoup de chemin quand ils entendirent des éclats de voix. Des voix joyeuses cette fois, des voix de femmes. Courbé en deux, Chance l'entraîna à l'abri d'un grand arbre ; de cette cachette, ils découvrirent le groupe sur la berge, occupé à laver du linge. Derrière les femmes, un pré d'herbes hautes et un groupe de huttes adossé à la jungle.

— Il faut attendre qu'elles s'en aillent, chuchota Chance. Elles pourraient dire qu'elles nous ont vus. Autant se reposer.

Lentement, sans bruit, ils posèrent leurs sacs. Il s'appuya contre le tronc, elle se cala près de lui. Le bavardage des femmes la berça si bien qu'elle s'endormit.

— Oh !

Elle se réveilla en sursaut en appliquant une grande claque sur sa jambe. La piqûre fulgurante s'atténua un peu. Elle secoua le tissu, rien ne tomba. Mais… Chance n'était pas là ! Prudente, elle tendit le cou. La berge était déserte, les femmes avaient disparu, mais elle ne le voyait nulle part.

Il savait bien, pourtant, qu'elle avait peur de rester seule ! Comment pouvait-il lui faire cela, disparaître sans un mot ? À moins qu'il ne lui soit arrivé quelque chose ? Elle lutta pour maîtriser la terreur qui comprimait sa poitrine. Il allait revenir. Il *devait* revenir.

Le linge propre battait mollement au vent, suspendu à des cordes tendues entre deux arbres ; elle le regardait distraitement quand un mouvement attira son attention. L'un des vêtements venait de disparaître, happé par une main invisible. *Chance !* Un autre vêtement se volatilisa.

Pour revenir la chercher, il devrait traverser un terrain découvert. Et même le traverser deux fois, une pour revenir, une pour repartir avec elle. Aller le rejoindre serait plus sûr. Vite, elle enfila son sac sur son dos, passa la lanière de la sacoche de Chance en travers de sa poitrine, et quitta prudemment sa cachette. Son mollet piqué la brûlait, mais elle ne pouvait pas y penser pour l'instant. Rampant presque dans l'herbe haute, elle s'avança.

Un chien aboya ! Elle se laissa tomber à plat ventre et attendit de longues secondes, aux aguets ; enfin, comme l'animal ne semblait plus s'intéresser à elle, elle reprit son chemin, fila vers la lisière de la jungle et la suivit jusqu'à l'endroit où elle avait vu Chance. Il était là, la main tendue vers un autre vêtement. Quand elle s'approcha, il se retourna d'un bond, les poings serrés. Puis son corps se détendit, il lui tendit son butin, indiqua la rivière du menton et, sans lui laisser le temps de réagir, prit sa sacoche et s'enfonça sous les arbres.

Quelques instants plus tard, ils avaient rejoint la piste. Le hameau n'était plus qu'un souvenir. Pendant deux longues heures, ils progressèrent d'un pas rapide, puis Chance s'enfonça de nouveau dans les frondaisons pour souffler un peu.

— Tu m'as fait une peur bleue en arrivant derrière moi, dit-il en se laissant tomber sur une souche.

— Et toi, tu m'as laissée !

— Je comptais revenir avant que tu ne te réveilles.

— Ne me fais plus jamais ça, dit-elle avec un regard de rancune.

Il scruta son visage et répondit d'une voix très différente :

— C'est promis.

Cette fois, elle le crut. Elle laissa s'apaiser l'émotion qui se levait en elle et demanda :

— Qu'est-ce que tu as pris ?

— Un drap pour ce soir et deux chemises propres.

Elle sourit en frottant machinalement son mollet douloureux.

— J'ai hâte. On ne devrait pas avancer ?

— Tu commences à parler comme moi, dit-il en se levant.

Cette femme avait un courage de lion. Quand elle avait annoncé qu'elle prenait la tête du convoi, il s'était senti fier d'elle. À sa place, lui aussi en aurait sa claque de suivre ! Elle le surprenait sans cesse, il n'avait jamais connu de femme pareille, c'était comme un chapitre tout neuf dans sa vie. Cette pensée le fit sursauter. Sa *vie* ? Encore faudrait-il qu'elle accepte de rester auprès de lui !

Il marchait d'un pas régulier, pas trop rapide ; elle tenait la cadence. Son expression était déterminée, mais son visage se crispait souvent. De douleur ? Ses pieds devaient lui faire très mal.

Le jour baissait, il cherchait un abri pour la nuit quand le son de la rivière changea.

— C'est une cascade ? demanda Ellen.

— Je crois.

Ce serait une très bonne nouvelle. Avec un peu de chance, ils pourraient dormir en sécurité, et même faire du feu. Ils émergèrent d'une boucle du sentier. Devant eux, la rivière semblait tranchée net ; au-delà, on ne voyait que le vide.

— Tu es partante pour un peu d'escalade ? demanda-t-il.

— J'ai le choix ?

— Pas vraiment, mais je crois que cela en vaudra la peine.

— Alors allons-y.

Elle était pâle, fatiguée. Ils mirent près d'une demi-heure à descendre la petite falaise et à atteindre la nappe d'eau au pied de la cataracte. En prenant pied sur la mousse qui l'entourait, Ellen ouvrit des yeux éblouis.

— Le Honduras, ses cascades magiques, dit-il, tout sourires. Viens, voyons si nous pouvons trouver une chambre pour la nuit.

— Une *chambre* ? répéta-t-elle, interdite, en se retournant vers lui.

— Mais oui !

Il l'entraîna vers le rideau d'eau noyé de brume, se faufila dans le chaos de rochers et parvint à se glisser derrière la chute. Il y avait bien une grotte ! Assez grande pour qu'ils soient au sec, et même pour faire un petit feu. Enchanté, il laissa choir sa sacoche, le linge volé, et éleva la voix pour se faire entendre malgré le grondement de l'eau.

— Votre chambre, madame !

Émerveillée, elle regardait autour d'elle.

— Je file voir si je trouve du bois sec avant la nuit, dit-il, ravi. Tu restes seule ici ou tu viens avec moi ?

— Mais la fumée ?

— Elle se confondra avec la brume de la cataracte. Nous ne risquons rien. Nous allons pouvoir sécher nos vêtements !

Un instant, elle sembla indécise, puis elle se redressa.

— Tu peux y aller. Je serai bien.

— Je ferai vite. En attendant, sors les emballages de nos sacs pour démarrer le feu.

Il mit plus longtemps qu'il n'aurait cru. Il y avait du bois en abondance mais du bois sec… Il dut s'éloigner davantage qu'il ne l'aurait voulu, mais enfin il trouva des feuilles sèches, des brindilles, quelques grosses branches. Pas de quoi brûler toute la nuit, mais de quoi se sécher, et sécher le linge. Les bras chargés, il revint à la hâte, inquiet d'avoir laissé Ellen si longtemps.

Il allait poser le pied sur les rochers quand il la vit. Une vision magique ! Nue sous la cataracte, les bras levés, elle déployait ses cheveux pour mieux les laver. Il n'avait jamais vu tableau plus beau, plus sauvage. Immobile, il retenait son souffle pour ne pas mettre fin à l'enchantement.

Il aurait dû s'en aller, ou lui signaler sa présence, mais il était incapable de faire un geste. Elle se tourna de profil, il découvrit son corps parfait sous un nouvel angle ; ses seins hauts, son ventre plat, l'arc de son dos, ses reins, ses fesses. Ses mains se crispaient malgré lui, il voulait la saisir, la… Paralysé, il la contempla, incapable de formuler la moindre pensée cohérente, uniquement conscient du désir qui enflait en lui.

Elle laissa retomber les bras, sortit de l'eau. Un dernier rayon voilé de brume caressa sa peau tandis qu'elle remontait entre les rochers, ramassait ses vêtements et disparaissait derrière le rideau liquide.

Il assura sa prise sur sa brassée de bois et prit le temps de maîtriser sa respiration. L'escalade vers la grotte avec son chargement fut difficile ; le temps d'atteindre l'ouverture, sa libido s'était un peu calmée, mais dès qu'il revit Ellen, rhabillée, penchée sur son sac à dos, son désir jaillit de nouveau. La seule vue de la petite pile blanche de ses dessous, posée près d'elle…

Elle leva la tête, le regarda ; une tension subite crépita dans la petite loge de pierre. L'aisance, la connivence qui régnait entre eux depuis deux jours s'évanouit, remplacée par un malaise, une conscience aiguë de la présence de l'autre. Chance fit un effort désespéré pour revenir aux considérations pragmatiques. Il leur fallait du feu, de la nourriture, il devait soigner leurs pieds ; voilà la priorité, pas ses envies sexuelles ! Il s'accroupit pour déposer sa brassée de bois.

— Tu veux bien regarder dans la poche de ma sacoche ? dit-il d'une voix voilée en rassemblant les emballages de papiers froissés. Un petit tube argenté. Tu me le passes ?

Il construisit son feu avec soin, ouvrit le petit tube étanche qu'elle lui tendait et en sortit deux allumettes.

— J'aurais dû me douter que tu aurais de quoi faire du feu, dit-elle avec un sourire rapide.

— Je les ai toujours sur moi, au cas où j'aurais à stériliser une aiguille à l'ancienne.

— Ou à allumer un feu dans la jungle.

Il lui offrit un sourire un peu crispé.

— Ce n'était pas prévu.

Il gratta une allumette, le papier flamba. Bientôt, un foyer modeste crépitait au centre de la grotte.

— Apporte tes vêtements, étale-les bien. J'aimerais faire une vraie lessive mais elle ne sécherait pas avant le matin.

— Tu as faim ? demanda-t-elle.

— Je pourrais manger quelque chose, oui.

— Oui, quelle question…

Elle lui tendit le chiffon et le peu de nourriture qui leur restait. Ils mangèrent vite, avec concentration. En terminant, ils avaient toujours aussi faim.

— Cela nous laisse une barre de céréales, dit-elle.

— Avec un peu de chance, nous serons à Saba demain soir.

— J'ai beaucoup apprécié la balade, mais je serai contente de revoir ma cabane.

Elle parlait d'un ton neutre, le regard fixé sur les flammes.

— Pas New York ? rétorqua-t-il, surpris. J'aurais cru qu'après ça, tu voudrais rentrer.

— Non. Je rêve juste d'une bonne douche.

— Mais tu viens d'en prendre une.

Elle se tourna brusquement vers lui. À la lumière du feu, il vit rosir ses joues.

— Tu n'étais pas censé me voir.

Il leva en demandant négligemment :

— C'était agréable ?

— Fabuleux.

— Je vais en faire autant. Je te laisse t'occuper du feu.

Elle le regarda sortir avec une immense lassitude. Une sorte de découragement pesait sur elle. Pourquoi ce malaise entre eux, tout à coup ? Parce qu'ils approchaient du but ? Le lendemain, si tout allait bien, ils atteindraient Saba. Ils seraient sauvés, ils pourraient téléphoner, Marco viendrait les chercher pour les ramener au centre. Elle avait moins la sensation de lutter pour survivre et elle se remettait à penser à vivre. Cette nuit encore, ils dormiraient tout près l'un de l'autre. Il l'avait regardée se baigner… longtemps ?

La cascade était si belle et elle s'était sentie si sale, ses vêtements boueux collés par la sueur, des brindilles et des fragments de feuilles dans ses cheveux. Elle comptait juste se tremper et ressortir, mais la sensation était si merveilleuse... En ce moment même, elle se représentait très bien le flot qui s'abattait sur les épaules nues de Chance, son dos, son torse. Et s'ils n'atteignaient pas la côte le lendemain ? Si les trafiquants les trouvaient ? S'ils n'avaient jamais l'occasion d'être ensemble ? La vie était trop courte, trop incertaine pour se refuser au plaisir.

Elle étendit le drap près du feu, rangea leurs sacs contre la paroi. Un élancement dans sa jambe... Elle se rassit, remonta son pantalon et trouva une trace rouge et gonflée sur son mollet. Comme elle n'avait rien pour soigner la piqûre, elle sortit la pommade et s'occupa de ses pieds. Ils étaient dans un état épouvantable, elle ne voulait même pas penser au moment où il faudrait se rechausser le lendemain matin. Elle allait perdre l'ongle d'un gros orteil, peut-être les deux.

Chance rentra, torse nu, son pantalon très bas sur ses hanches, ses cheveux mouillés rejetés en arrière. Quand la lueur du feu se refléta sur sa peau humide, elle sentit chaque cellule de son corps se tendre vers lui.

Il disposa ses vêtements à côté des siens. C'était curieusement intime de voir leurs dessous étalés à sécher côte à côte.

— Tu es encore debout ? Il faut dormir, Ellen, dit-il. Nous avons encore beaucoup de chemin à faire demain.

Il restait debout sans se décider à la rejoindre sur le drap.

— Et toi, demanda-t-elle, tu ne te couches pas ?

— Pas tout de suite.

— Alors je te tiendrai compagnie. Nous n'avons pas encore vraiment parlé de nous.

— Oh ! Ellen, je ne crois pas...

— Tu as raison. En fait, je n'ai pas envie de parler.

Elle leva à son tour.

— Je viens de passer deux jours à avoir peur de mourir...

— Ellen...

— Il n'y aura peut-être pas d'autre moment, dit-elle en venant à lui, et je veux célébrer le fait d'être en vie. Avec toi.

Elle se haussa sur la pointe des pieds, prit son visage entre ses paumes et l'embrassa. Chez lui, la digue se rompit. Il la prit dans ses bras, la souleva et dévora sa bouche comme un affamé à qui on offre un banquet.

7.

Cette fois encore, Ellen avait pris l'initiative. Chance la reconnaissait bien là ! Quant à lui, il n'hésitait plus. Ce soir, il ne jouerait plus le gentleman, il accepterait ce qu'elle lui offrait. Il la respirerait, la toucherait, la prendrait comme il mourait d'envie de le faire depuis des semaines. Au premier baiser, sa virilité se dressa. Jamais il n'avait voulu une femme comme il la voulait.

Les bras noués autour de son cou, elle s'offrait sans réserve. La bouche rivée à la sienne, il l'enleva dans ses bras, la déposa doucement debout sur le drap, glissa les mains sous son T-shirt et dessina les contours de son corps. Elle arracha le vêtement et le laissa choir sur le sol inégal.

Elle était si belle, campée là devant lui. La lueur vacillante du feu la touchait partout où il comptait la savourer. Il tendit la main, pétrit l'un de ses seins et le relâcha lentement dans une caresse sensuelle. Elle frémit en laissant échapper un adorable petit son de gorge. À son tour, elle promena les mains sur son torse, descendit jusqu'à sa ceinture, encercla sa taille, glissa un doigt à l'intérieur de la ceinture ; sa verge tressauta contre son pantalon. Satisfaite, elle l'attira contre elle, reprit sa bouche. Puis elle fit glisser sa jambe contre la sienne et s'enroula autour de lui. Il s'écarta d'un élan et, les yeux dans les yeux, il lui dit :

— J'ai très, très envie de toi, mais je ne peux rien te promettre.

— Ce soir, c'est juste la vie, le plaisir d'être en vie.

Peut-être, mais il la connaissait assez désormais pour savoir qu'elle *s'attachait*. Elle ne prenait pas les autres à la légère. Il aurait peut-être dû tout arrêter. Pour lui, pour elle ? Il ne savait plus.

— Tu te souviens de ce que je disais le jour du vernis à ongles ? dit-elle tout bas. Un moment de plaisir…

Les remparts qu'il avait dressés autour de son cœur vacillèrent. Il insista pourtant :

— Nous ne sommes pas dans un film, il n'y aura pas de « et ils vécurent heureux ».

— J'ai dit que je voulais un happy end ?

Non, elle n'avait rien dit et, curieusement, qu'elle n'attende rien de lui le troublait. Ses mains qui couraient toujours sur ses flancs, ses bras, l'empêchaient d'y voir clair.

— J'ai envie de toi, dit-elle à nouveau. Je sais que tu as envie de moi. Nous n'aurons peut-être pas d'autre occasion. Je veux ne rien regretter, et ne pas t'avoir fait l'amour serait un immense regret.

Il prit son visage entre ses paumes.

— Tu mérites un grand lit confortable…

— Je m'en fiche, du moment que tu es là.

Un autre pan de rempart s'effondra. Il la berça contre lui, savourant la sensation de ses seins nus contre son torse. Courbé, il embrassa sa joue, le creux derrière son oreille ; elle renversa la tête en arrière. À tâtons, il trouva sa ceinture, la dégrafa, fit tomber son pantalon qu'elle écarta du pied. Il mordilla son épaule, son sein, l'aspira dans sa bouche ; un soupir, très doux, très sensuel, s'éleva. Quel son ferait-elle au moment de l'orgasme ? Il s'écarta un peu, souffla doucement sur le mamelon humide, sourit de l'entendre gémir. Il n'en pouvait plus, il fallait qu'il la prenne, tout de suite ! Il inspira, s'arma de patience et s'intéressa à l'autre sein. Cambrée, offerte, elle le tenait aux tempes ; il remonta la colonne de sa gorge et reprit sa bouche, furieusement. Elle glissa la main entre leurs corps et, sans la moindre hésitation, s'empara de sa verge. Il recula brusquement ; interdite, elle le lâcha.

— Je ne vais plus rien contrôler si tu me touches.

— Je m'en fiche.

Cette voix rauque, haletante, ne faisait rien pour l'aider à se maîtriser !

— Moi pas, répondit-il. Je veux te donner davantage.

Sans lui laisser le temps de répondre, il l'embrassa de nouveau. D'un geste ample, sa paume lissa son épaule, son sein, sa hanche… les boucles entre ses cuisses. Il glissa un doigt dans les replis moelleux, la sentit se cambrer, le retira. Frémissante, elle laissa échapper un murmure de protestation. Il prit son sexe au creux de sa main, taquina délicatement le seuil brûlant, humide de son désir. Un soupir rauque lui échappa, elle se haussa vers lui en enroulant une jambe autour de la sienne. Puisqu'elle lui ouvrait le chemin, il glissa son doigt en elle, encore, encore, encore. Elle haletait, la bouche rivée à la sienne. Subitement, elle laissa retomber sa tête en arrière, cria de plaisir et s'effondra contre lui.

Il lui fallut toute sa volonté pour se retenir de la coucher sur le drap, la couvrir de son corps et lui faire l'amour comme un forcené. Il eut la force de l'étreindre sans un geste tandis qu'elle retombait délicatement sur terre.

Il n'avait jamais fait cette expérience avec une femme. Elle lui offrait des satisfactions nouvelles, il voulait pousser l'exploration plus avant. Un nouveau rempart venait-il de tomber ? Il enserra sa taille, leurs regards se croisèrent ; celui d'Ellen était très tendre, elle lui offrait le petit sourire d'une femme qui vient de recevoir un cadeau précieux. Fou de fierté, il se redressa. Elle prit sa main, s'agenouilla sur le drap et s'allongea en l'attirant près d'elle.

— À toi, maintenant.

Sa voix était plus grave. Encore plus sexy.

— Mais non.

Un instant, elle sembla interdite, presque inquiète. Puis elle sourit en murmurant :

— Oh ! mais si !

Ellen avait cru un instant que Chance fuyait de nouveau ! Pas question, elle voulait absolument lui donner du plaisir, elle aussi. Les yeux au fond des yeux, elle tendit la main, posa l'index sur son torse et le laissa courir sur sa peau. Lentement, elle traça le contour de ses côtes, les creux, les bosses — en progressant toujours vers le bas. Sa virilité impressionnante se pressait contre elle. Elle leva les yeux un instant, vit ses pupilles dilatées, son regard brûlant de désir. Ravie, elle dessina un cercle autour de son nombril et savoura la caresse de son souffle, le frémissement de sa peau. C'était incroyablement excitant, de voir cet homme si fort, si maître de lui se dissoudre entre ses mains. Elle suivit la ligne des poils vers le bas, atteignit la racine de sa verge, promena le doigt sur toute sa longueur…

Il repoussa sa main avec un grondement sourd. Avec un sourire secret, elle lui plaqua les épaules au sol et l'enfourcha. Embrassa son cou, fit courir ses lèvres sur sa poitrine. Quand elle lécha son mamelon, il referma les mains sur ses fesses, les pétrit. Elle se redressa à demi et se pencha pour lui offrir un baiser de tendresse sincère. Dans un élan, il la fit rouler sur le dos.

— Je n'en peux plus, dit-il dans un souffle. La prochaine fois, je te promets que ce sera lent.

Elle sentit son cœur se dilater. Il lui promettait une prochaine fois ! Son corps entier vibrait, le sang grondait à ses oreilles. Enfin, il se couchait sur elle, sa verge se posait à l'orée de son sexe. Appuyé sur les coudes, il la contemplait. Tout à coup, son visage se crispa, atterré.

— Nous n'avons pas de protection !

Il allait s'écarter ! Elle le saisit aux hanches pour le retenir.

— Tout va bien. Je suis protégée.

Il capitula et se glissa en elle avec un soupir rauque. Elle se lova contre lui, noua les jambes autour de ses hanches ; il se retira, revint, encore et encore ; elle ondulait, s'étirait, se tordait sous cette torture fabuleuse, une tension délicieuse s'amassait en elle… Cambrée, la tête rejetée en arrière, les paupières serrées, elle se tendit de toutes ses forces vers le plaisir… et le plaisir se déploya en elle. De longs instants, elle resta rigide en prenant tout ce qu'il lui offrait, puis ce fut la dissolution et le début de la longue chute soyeuse.

Ses jambes se dénouèrent et glissèrent sur le sol, sans forces. Elle n'avait pas encore vraiment repris contact avec la réalité que Chance reprit son va-et-vient. Lentement, profondément, puis de plus en plus vite, les mains crispées sur ses hanches. Abasourdie, elle sentit la chaleur renaître au noyau de son être. Non, impossible, cela ne pouvait pas revenir aussi vite. Implacable, il accéléra, le brasier flamba, éclata en nova ; le cri de plaisir d'Ellen se mêla au grondement torturé de Chance tandis qu'il jouissait en la projetant une troisième fois dans les étoiles.

Chance serrait Ellen dans ses bras sur ce drap trop petit, sa tête sur son épaule, son bras mince en travers de son torse. L'une de ses jambes reposait sur la sienne et son pied se calait sur le sien. Quel effet cela ferait-il de la tenir comme cela chaque soir ?

De toute sa vie, il n'avait pas éprouvé une paix, une satisfaction pareille. Elle était tout ce qu'il rêvait de trouver chez une femme, beauté, intelligence, force, passion, persévérance… et ce sourire ! Quand il la sentait contre lui, il retrouvait l'envie de rêver.

Sa main posée sur lui s'anima, alla taquiner le lobe de son oreille. Il baissa la tête vers elle et murmura :

— Bonjour, toi. Je croyais que tu dormais.

— Mmm. Je me repose.

Elle s'étira contre lui en promenant la main sur son ventre.

— Continue comme ça et je vais riposter, dit-il.

— Ne te gêne surtout pas. Tu ne m'avais pas promis d'y aller lentement, la prochaine fois ?

— Je me demande si tu tiendras le coup.

— Aussi longtemps que toi.

Il releva le défi, ils gagnèrent tous deux. Ils flottaient encore sur leur petit nuage quand elle murmura :

— Parle-moi de ton enfance.

Il ne put retenir un mouvement de recul. Tout sauf cela ! Elle avait déjà eu le récit sordide de son mariage.

— J'ai eu un parcours typique, éluda-t-il. J'ai été un bébé, un enfant, je suis un homme.

Elle lui donna une petite tape sur le torse.

— Je sais que tu es un homme. Je veux rencontrer Chance le petit garçon.

Elle ne renoncerait pas. Le plus simple était de tout dire et d'en finir au plus vite.

— J'ai grandi dans l'État de New York. Mon père était un chirurgien célèbre. Il voyageait beaucoup, donnait des conférences. Nous avions tout le confort matériel mais il n'était jamais là. Ma mère l'adorait.

Et il avait adoré sa mère. Il inspira et reprit :

— Il était si pris par sa carrière qu'il la voyait à peine. Il adorait être le ponte qui prend l'avion trois fois par semaine, qui est invité à toutes les conférences. Il adorait aussi les femmes qui aiment les célébrités. Je me demande encore pourquoi ils se sont mariés.

Il s'était posé la même question au départ d'Alissa. Avait-il été comme son père, tellement obsédé par son travail qu'il ne voyait plus sa femme ? La question le tourmentait encore.

Ses cheveux déployés sur sa poitrine, Ellen promenait la main sur lui comme si elle ne se rassasiait pas de sa présence.

— C'est triste, dit-elle. Ta mère a dû se sentir très seule.

— Oui.

— Que s'est-il passé ?

Un poids subit lui écrasa la poitrine, il demanda :

— Comment sais-tu qu'il s'est passé quelque chose ?

— Au son de ta voix.

Il était donc si transparent ? À moins qu'elle ne soit si… accordée avec lui que… ? Laquelle des deux options le dérangeait le plus ?

— Elle est partie, dit-il. Plus tard, j'ai appris qu'elle vivait dans une sorte de communauté. Autant que je sache, elle y est toujours. Je suis allée la voir une fois, pendant mes études, mais elle a refusé de me voir. Je n'y suis pas retourné.

Ellen l'étreignit très fort.

— Oh ! Chance, je suis désolée !

— Tu comprends trop bien, murmura-t-il, troublé.

— Oui, dit-elle sans le regarder.

Elle se tut de longues minutes puis, d'une voix tremblante, avoua :

— J'ai vu mourir ma mère.

Il encaissa le choc de cette révélation. Ils partageaient cela, ce deuil immense, mais celui d'Ellen était infiniment plus traumatisant que le sien. Il la berça contre lui, regrettant de ne pouvoir effacer son chagrin.

— Ma douce, je regrette.

Il savait si bien combien un enfant a besoin de la présence de sa mère. Besoin du parfum qui n'est qu'à elle, du baiser qu'elle lui donne en passant, d'être bordé dans son lit chaque soir. Ils avaient perdu cela tous les deux, pourtant le monde d'Ellen était rempli de lumière et le sien… terni. Il lui venait une envie immense de sortir de la nuit.

Une humidité sur sa peau. Ellen, si forte, si résiliente, Ellen qui n'avait faibli à aucun moment de leur épreuve, pleurait pour deux enfants sans mère. Le cœur de Chance se serra brutalement. L'indifférence de son père lui avait fait mal, mais ce n'était rien à côté du terrible départ de sa mère. Au moins, Ellen avait reçu de l'amour. Il l'étreignit doucement ; elle s'apaisa peu à peu et finit par murmurer :

— Qui aurait cru que nous partagions cela ?

Il posa un baiser sur son front en chuchotant :

— Je préfère me souvenir d'un autre partage.

Elle leva vers lui un regard encore un peu embué.

— Oh ! Docteur, vous cachez un cœur romantique sous vos abords bourrus.

— Surtout, ne va pas lancer une rumeur pareille.

Le moment d'émotion était passé, mais ils restaient blottis dans les bras l'un de l'autre. Elle demanda :

— Tu veux bien me raconter la suite ? Ton père est rentré à la maison ?…

— Oui. Juste le temps de nous mettre en internat, ma sœur et moi.

— Tu as une *sœur* ?

— Oui.

— Mais tu n'as jamais parlé d'elle !

— Je la connais à peine, dit-il en haussant les épaules.

— Comment peux-tu ne pas connaître ta sœur ?

— Facile : je ne la voyais qu'une fois par an, à Noël.

— Mais c'est horrible !

— Peut-être, mais c'était comme ça.

— C'était ? J'ai l'impression que ça l'est toujours.

Elle semblait l'accuser d'un crime affreux.

— Nous vivons dans deux mondes différents, voilà tout. Elle a sa vie et moi la mienne.

— Vous n'avez même pas pu vous soutenir mutuellement quand votre mère est partie ? Je ne m'étonne plus que tu aies des problèmes avec les femmes.

Il se raidit.

— Ne commence pas à m'analyser.

— Je ne fais que constater.

Ce n'était guère mieux. Et si elle voyait quelque chose en lui dont il n'avait même pas conscience ?

— Où est ton père maintenant ? demanda-t-elle.

— Il est mort il y a deux ans.

— Je ne sais pas ce que j'aurais fait sans le mien. Il a toujours été là pour moi.

— Tu as au moins eu cette chance.

— Oui… Enfin, en général.

Soulagé que la discussion change de cap, il répéta :

— En général ?

— C'est compliqué. Il a tendance à me couver.

— Je peux le comprendre.

— Je suppose, oui ! fit-elle avec un petit rire. Il y a des moments où tu es exactement comme lui.

— Et ce n'est pas une bonne chose ?

— Que tu sois comme lui, ou qu'il me couve ?

— Le côté trop protecteur.

Ce fut à son tour à elle de se crisper.

— Si je le laissais faire, je passerais ma vie dans un écrin blindé. Puisque j'ai voulu faire médecine, il me verrait bien faire la chirurgie esthétique pour des femmes riches et blasées.

Il effleura ses seins de la paume en murmurant :

— Toi au moins, tu n'en as aucun besoin.

Elle saisit sa main au vol, la serra entre les siennes.

— Merci. Bref, je voulais faire quelque chose qui compte, aller là où on avait besoin de moi.

— Et pourquoi voulais-tu cela ?

— Je ne sais pas, en fait. Pour remercier mes médecins et mes infirmières.

Elle semblait très loin de lui tout à coup, perdue dans ses pensées ou dans ses souvenirs. Il patienta. Il la connaissait assez pour savoir qu'elle dirait tout s'il lui laissait le temps.

— Je suis toujours restée en contact avec eux…

— Qui donc ?

— Mes médecins, mes infirmières. J'étais dans la voiture avec ma mère. J'ai passé des mois à l'hôpital, après.

Il reprit son souffle.

— Je comprends mieux ton mouvement de recul, le premier jour !

— Oui. Je n'ai pas beaucoup fait d'urgences. Avec un patient sérieusement amoché, il me faut une seconde, mais j'y arrive.

— Oui. Tu t'en es très bien sortie.

— Merci, mais ce n'est pas ce que tu as pensé sur le moment. Je l'ai vu dans tes yeux.

— Je plaide coupable. Parle-moi de ton père.

— La mort de ma mère l'a démoli. C'est l'équipe soignante qui s'est occupée de moi, qui a parlé et joué avec une petite fille terrorisée. J'ai décidé que je voulais être comme eux.

Elle se tut un instant, puis laissa échapper un petit soupir.

— Il lui a fallu du temps, mais mon père a repris goût

à la vie. Il s'est souvenu de mon existence et, depuis, il n'a plus qu'une idée en tête : ne pas me perdre, moi aussi. Je le comprends, mais c'est étouffant. Quand j'ai pris un poste dans un centre médical de quartier, il a paniqué et envoyé un garde du corps pour me surveiller. Quand je m'en suis aperçue, la discussion a été… Ddisons, animée. Je ne l'ai prévenu que la veille au soir que je venais ici et, même là, je ne lui ai pas dit où je serais. Je parie qu'il fait son enquête !

Chance réprima un sourire amer. Si seulement l'enquête de Robert Cox avait abouti à temps, on leur aurait déjà envoyé un hélicoptère. Il entendait d'ici ce que le père d'Ellen aurait à lui dire si jamais ils se rencontraient ! Une raison de plus de mettre fin à leur histoire quand elle quitterait le Honduras. Mais pourquoi cette pensée le dérangeait-elle autant ?

— Au moins, ton père tient à toi, dit-il. Le mien savait à peine que j'existais.

— C'est honteux, répondit-elle avec ardeur. Pourtant, tu es devenu médecin, comme lui.

— J'étais bon en science et en maths, la médecine est dans mes gènes, mais j'ai toujours voulu être différent de lui. J'ai toujours voulu aider ceux qui n'avaient rien.

— Et tu es différent ! Tu fais beaucoup de bien ici !

Elle parlait avec une telle conviction ! Il eut envie de la croire. Il l'embrassa, un baiser plein de tendresse et d'admiration. Il avait tellement besoin de ces deux sentiments dans sa vie ! Puis il se leva et lui tendit la main.

— Ça te dit, un bain au clair de lune sous la cascade ?

— Tu n'as pas peur qu'on nous voie ?

— Non, pas de nuit. Nous ne resterons pas longtemps. Je te revois en boucle sous la chute d'eau et je regrette de ne pas t'avoir rejointe.

— Si tu me prends par les sentiments…

En faisant l'amour à Chance, puis en l'écoutant parler de lui, elle avait oublié la douleur de sa jambe. Au premier mouvement, un élancement sourd, pénible, lui transperça le mollet — mais quand Chance l'attira avec lui sous la chute d'eau, elle l'oublia de nouveau et ne sentit plus que ses mains, sa bouche sur sa peau et le poids de l'eau qui massait son corps fourbu.

Quoi de plus libérateur de se camper là, nue et débarrassée de toute inhibition, pendant qu'un homme aimait son corps ? Le frémissement du désir se décupla, son sang s'embrasa. Elle prit le visage de Chance entre ses mains et le contempla tandis que sa verge trouvait le V entre ses cuisses. Il l'empoigna, la souleva, elle noua les jambes autour de ses hanches. D'une seule poussée, il la pénétra. Elle eut un grondement rauque. Il s'engouffra de nouveau en elle et le plaisir éclata en eux en même temps.

Il la relâcha, la laissa glisser le long de son corps mouillé. Avec un dernier baiser profond et tendre, il l'entraîna hors de l'eau et l'aida à franchir les rochers.

— C'était inoubliable, mais il faut dormir.

— Tu as une sorte de génie pour gâcher le sublime, dit-elle sans rancœur.

Il lui donna un baiser rapide.

— Je ferai mieux la prochaine fois, mais, justement, je veux qu'il y ait une prochaine fois.

De retour dans la grotte, il ramassa les dernières branches et les posa sur les braises.

— Nous devons nous sécher et nous reposer. Je suis le premier à le regretter, mais nous devrions dormir habillés, au cas où il faudrait filer en vitesse.

Elle attrapa ses dessous sur le sol de pierre, les enfila.

— C'est ta façon de me dire que tu m'as assez vue toute nue ?

Il glissa l'index sous son menton et leva son visage vers lui.

— Jamais je ne me lasserai de te voir toute nue.

Une douce chaleur se lova dans sa poitrine. Si seulement ce moment, cette tendresse, pouvait durer toujours !

8.

Chance se réveilla avec une sensation de brûlure. Un instant plus tard, il sut que cette fournaise émanait d'Ellen, blottie contre lui. Elle avait de la fièvre ! Le mouvement brusque qu'il fit lui arracha une plainte vague. Il se pencha sur elle. Ce visage très rouge, ces yeux flous…

— Je ne me sens pas bien, dit-elle.

Atterré, incrédule, il posa la main sur sa joue sèche et brûlante. C'était une catastrophe. Dans le meilleur des cas, ils avaient encore une journée de marche. Avec Ellen malade…

— Je m'en doute, murmura-t-il. Tu as une sacrée fièvre. Tu as mal quelque part ?

— Ma jambe…

Surpris, il scruta son visage.

— Ta *jambe* ?

— Quelque chose m'a piquée hier pendant que tu volais les vêtements.

— Et tu n'as rien dit !

Elle aurait dû le prévenir tout de suite. Avec tous les cas de piqûres qu'ils voyaient défiler au dispensaire ! Une froide panique se glissa en lui.

— Montre-moi.

— J'ai soif…, dit-elle en se laissant retomber sur le drap.

Elle était déjà trop faible pour rester assise. Chance saisit la bouteille et l'aida à boire.

— Je peux dormir encore un peu ?

— Bien sûr, ma douce. Dors. Je vais regarder ta jambe.

— Au mollet, dit-elle en étendant sa jambe droite.

Il remonta son pantalon. Le mollet était rouge et enflé de

l'arrière du genou à la cheville ; au centre, il trouva un furoncle dans un halo violet. Elle aurait dû être à l'hôpital. Son cœur se serra. S'il ouvrait l'abcès, le risque d'infection serait énorme, et elle ne pourrait plus marcher.

— J'aurais voulu que tu me dises…

La secouer comme un prunier ou la serrer sur son cœur ? Ils avaient peu d'eau, pas de nourriture… Leurs chances de se tirer d'affaire venaient de se réduire à presque rien.

— J'allais te le dire, mais j'étais un peu occupée hier soir…

Et maintenant, il devait porter aussi cette culpabilité. Il aurait dû se concentrer sur leurs problèmes au lieu de satisfaire l'envie qu'il avait d'elle. Eh bien, il ne se laisserait plus détourner du but. La vie d'Ellen était en jeu. Elle dut voir son expression car elle fronça les sourcils et esquissa un geste pour se relever.

— Ne bouge pas, dit-il. Je t'examine, et ensuite il faudra y aller.

Il tira sa sacoche à lui.

— J'aime quand tu m'examines, dit-elle avec un pâle sourire.

Il posa un baiser sur son front en murmurant :

— J'ai adoré t'examiner, mais arrête de me distraire.

— Je te distrais, moi ?

— Ma douce, ça fait des semaines que tu me distrais !

Il plaqua son stéthoscope sur sa poitrine. Rythme cardiaque régulier, c'était déjà cela. Tension un peu élevée, pouls rapide. Il prit sa température, réprima une grimace, fouilla sa sacoche et trouva de l'aspirine.

— Tu crois que tu pourras marcher un peu ?

Il était sûr que non. Dans la chaleur, sous la pluie, avec cette infection… Mais ils n'avaient pas le choix !

— Mais oui. Je pourrais avoir la demi-barre maintenant ?

— Bonne idée. Nous allons la partager pour le petit déjeuner. Je voudrais aussi que tu prennes deux aspirines.

Il lui tendit la barre de céréales, les comprimés, posa la bouteille d'eau à sa portée ; ils mangèrent en silence. Puis il prit les chaussures d'Ellen, lourdes et saturées d'eau, et se tourna vers elle. Un instant seulement, à la vue de ces instruments de torture, elle flancha… puis elle lui tendit son pied valide. Enfin, le plus valide des deux ! Il serra les dents et la chaussa, avec un laçage très lâche au pied droit, celui de la piqûre. Elle allait beaucoup souffrir. Résolument, il écarta cette pensée, boucla leurs sacs et les prit tous deux.

— Mais non, dit-elle en se levant péniblement. Le sac à dos, c'est moi qui le porte.

— Tu viens de décrocher un jour de congé.

Il vérifia que la berge était déserte avant d'émerger de derrière la cascade. Au bord du trou d'eau, il trempa le chiffon qui avait contenu la nourriture, le rinça longuement et l'essora avec soin.

— Viens là.

Elle obéit, docile. Il lui entoura le front et noua l'étoffe sur sa nuque.

— Tu es une femme entre mille. Non, une femme unique.

Ils se mirent en route ; elle avait beaucoup de mal à le suivre. À chaque arrêt, il mouillait de nouveau le chiffon. L'aspirine fit d'abord baisser sa fièvre mais, en milieu de matinée, elle remonta en flèche. Ellen ne pouvait pas continuer comme cela, ils devaient trouver un autre moyen d'atteindre Saba. Au dernier arrêt, il avait vérifié sa jambe. L'inflammation gagnait, elle souffrait, mais elle ne se plaignait toujours pas. Au contraire, elle s'excusait :

— C'est ma faute si nous sommes venus et maintenant je nous retarde…

— Ce n'est pas ta faute. J'ai accepté d'y aller et j'avais parfaitement conscience du risque. S'il y a faute, c'est la mienne. Tu n'as pas fait exprès d'être piquée.

Bientôt, il dut marcher près d'elle pour la soutenir. Le soleil était à la verticale, la chaleur étouffante ; chaque fois qu'elle posait le pied droit, son visage se crispait de douleur.

— Viens, je te porte, décida-t-il.

Par chance, le terrain s'était aplani. À l'approche de la côte, la rivière s'assagissait, beaucoup plus large et lente.

— Tu ne tiendrais pas le coup, avec cette chaleur, protesta-t-elle vaguement. Laisse-moi là et va chercher de l'aide.

Médusé, il secoua la tête. Il ne pouvait pas la laisser toute seule dans la jungle avec une fièvre pareille !

— Sûrement pas. Nous restons ensemble.

— S'il t'arrive quelque chose à cause de moi, je ne me le pardonnerai jamais.

— Ça, c'est ma réplique, répondit-il avec tendresse. On n'en parle plus. Je te prends sur mon dos.

Le fardeau était lourd, il sentait sa fièvre à travers sa chemise, une terrible chaleur sèche. La marche n'était pas facile, mais c'était mieux que de la voir souffrir à chaque pas. Ils firent davantage de chemin qu'il ne l'espérait avant de devoir s'arrêter pour se reposer. Quand il la posa à terre, l'angoisse le saisit de nouveau : elle était à peine consciente. Il fallait trouver de l'aide ou il ne répondait plus de rien !

L'étape suivante fut pire encore. Leurs vêtements à tous deux étaient à tordre. Elle ne se cramponnait plus, il devait marcher courbé en avant pour l'empêcher de glisser de son dos. La jungle avait reculé très loin, de hautes herbes encadraient le chemin. Se cacher serait difficile en cas de danger, mais il en était au stade où il espérait croiser quelqu'un, pour pouvoir demander de l'aide.

Enfin, avec un soulagement indicible, il entendit des coups de marteau, des cris d'enfants. Un village ! Il s'engagea dans les hautes herbes et marcha assez loin avant de laisser Ellen glisser au sol. Elle était inconsciente. Au moins, elle ne souffrait plus. Il lui retira les sacs, plaça le sien sous sa tête, sortit leur bouteille d'eau et versa quelques gouttes dans sa bouche. Puis il l'embrassa sur le front et repartit vers la piste en courant presque. C'était terrible de la laisser toute seule, mais, cette fois au moins, elle n'aurait pas peur. Parce qu'elle n'en saurait rien.

Un peu plus loin, il trouva un village sur pilotis bâti en avancée sur l'eau : des maisons bien plus agréables et mieux construites que les cahutes perdues dans la jungle. Avec un sursaut de joie, il vit des bateaux amarrés sous plusieurs d'entre elles. Si seulement on acceptait de les emmener ! Deux enfants jouaient au pied de l'échelle d'accès d'une maison. Ils poussèrent des exclamations en le voyant et une femme sortit aussitôt sur la véranda à l'étage. Il ralentit le pas. Surtout, ne pas les effrayer !

— S'il vous plaît, j'ai besoin d'aide, dit-il en espagnol. J'ai une femme malade !

En entendant sa voix, d'autres villageois parurent aux portes et aux fenêtres.

— Je suis médecin. J'ai besoin d'emprunter un bateau.

Un tout jeune homme vint se placer devant les enfants dans une attitude protectrice. Chance comprit qu'il ne devait pas s'approcher davantage.

— J'ai une femme malade, dit-il de nouveau. Nous devons descendre à Saba. Je suis docteur, du dispensaire mobile, nous soignons les villages autour de La Ceiba.

— Le dispensaire, oui, dit le jeune homme.

— Je vous en prie, aidez-vous.

Il se serait volontiers traîné à genoux. Il avait si peur pour Ellen, peur qu'elle glisse dans le coma, peur qu'elle se réveille et se retrouve toute seule... Le jeune homme consulta du regard les femmes qui suivaient la scène du pas de leurs portes.

— Je n'ai pas de bateau, dit-il, méfiant.

— Mais ceux-là !

— Ils ne sont pas à moi.

C'est alors que la femme du balcon cria :

— Prends celui de mon mari. Mais gare à toi si tu ne le rends pas.

— Viens, dit le jeune homme.

Chance s'avança aussitôt. Le grand garçon dénoua une amarre et tint l'embarcation pour lui permettre de monter. C'était une sorte de canot à fond plat, sans sièges ; Chance s'assit à même le fond, le garçon sauta lestement à bord et, d'un coup de pagaie, les lança vers l'eau profonde.

— Elle est un peu plus haut, dit Chance en tendant la main.

Le garçon hocha la tête, fit pivoter la barque et remonta le courant en restant tout près de la berge. Lentement, beaucoup trop lentement pour Chance qui se rongeait d'inquiétude.

— Ici, dit-il enfin. Arrête-toi ici.

Le garçon lança la pirogue contre le talus, Chance sauta à terre, courut vers la piste, retrouva l'endroit où il avait quitté Ellen. Elle était là, toujours en vie. Elle ne semblait pas avoir fait un geste pendant son absence. Il se laissa tomber à genoux et la redressa contre lui.

— Ma douce ? Réveille-toi !

— Tu m'as laissée…

— Oui, mais je suis de retour. J'ai trouvé un bateau !

— Bien. Il y aura un lit ? Avec toi ?

— Je ne demande pas mieux, mais il faut déjà te soigner.

Quand Chance la souleva dans ses bras, sa tête ballotta contre sa poitrine ; elle avait de nouveau perdu connaissance. Il se hâta vers le bateau en laissant là les sacs qui ne leur servaient plus à rien. Son sauveur l'attendait. Il allongea Ellen au fond de la barque et s'assit près d'elle en prenant sa tête sur ses genoux. Elle soupira, ses paupières battirent. L'adolescent lança le bateau dans le courant à longs coups de pagaie.

— Combien de temps avant d'arriver ? demanda Chance.

— À la nuit. Peut-être un peu plus tôt.

Encore trois ou quatre heures ? C'était trop long ! Il écarta les cheveux d'Ellen de son front. Le soleil avait brûlé sa peau tendre, ses lèvres étaient sèches et gonflées. Elle leva faiblement la main, chercha la sienne et la pressa sur sa joue.

— Tout ira bien, souffla-t-elle.

C'était elle qui le rassurait ! Il en eut les larmes aux yeux. Pour elle, cette piqûre d'insecte était supportable parce qu'elle avait appris très tôt qu'elle pouvait tout endurer. Et lui qui jouait les protecteurs ! Ému, il contempla son beau visage immobile. Elle ne renonçait jamais, ne reculait jamais. Une fois engagée, elle ne déviait plus de sa route. Elle avait la force nécessaire pour vivre ici, travailler ici. Il suffirait qu'il ait le courage de lui ouvrir son cœur…

Si elle mourait… Il lui semblait qu'il mourrait aussi. Quand avait-elle franchi les remparts dont il s'entourait ? Il n'aurait pas su le dire, mais cette fois il en était sûr : il l'aimait.

Il passa les heures du trajet penché sur elle pour lui faire de l'ombre, à promener le chiffon humidifié sur son front, son cou et sa poitrine. Le plus souvent, elle était inconsciente, mais elle ne lâchait jamais sa main. Le soleil allait toucher l'horizon quand leur pilote tendit la main en disant :

— Saba.

Un soulagement fabuleux éclata dans la poitrine de Chance.

— Nous y sommes, ma douce ! On va te soigner !

Devant eux, un pont très haut, un pont moderne enjambait la rivière. Ce pont, il le connaissait : il portait la route la plus importante du pays. *Sauvés !*

— J'arrête ici, dit leur sauveur en rangeant la pirogue contre une jetée.

— Merci, lui dit Chance avec émotion. Je n'ai rien à te donner, mais je reviendrai un jour. Merci.

Il souleva Ellen dans ses bras. Maintenant, où trouver un téléphone ? Ou un véhicule pour les emmener à l'hôpital ! Le cœur battant, il se hâta vers les maisons groupées autour des piliers du pont. Des chaises étaient disposées devant les portes, mais il ne voyait personne !

Enfin, quelqu'un ! Un garçon d'une dizaine d'années jouait dans la rue.

— Aide-moi. Hôpital, dit-il en haletant.

Effrayé, le petit se précipita dans la maison la plus proche. Chance serra les dents. Il devait avoir une tête de cauchemar. Sale, puant, avec une barbe de trois jours, une femme inanimée dans les bras. Une grosse matrone parut, le visage hostile. De sa voix la plus rassurante, Chance dit :

— Je vous en prie, j'ai besoin d'aide. Cette femme est malade. Il faut que je téléphone, ou qu'on nous emmène à l'hôpital.

— Pas de téléphone. Suivez le petit.

Le garçon trottait déjà vers le haut de la rue. Chance cala Ellen plus confortablement contre son torse et le suivit en trébuchant. Cent mètres plus loin, un groupe d'hommes discutait à l'entrée d'un garage. Le jeune guide se précipita vers l'un d'eux, lui tira le bras, désigna Chance et Ellen. L'homme s'écarta du groupe et s'avança.

— L'hôpital, dit Chance, à bout de forces. Vous avez un téléphone ? Une voiture ?

— Voiture, dit l'homme. Venez.

Il l'entraîna vers une vieille guimbarde rouillée et cabossée. De sa vie, Chance n'avait rien vu d'aussi beau. L'homme lui ouvrit la portière arrière et l'aida à coucher Ellen sur la banquette. Elle ouvrit les yeux un instant.

— On est où… ?

— À Saba ! On nous emmène à l'hôpital, ma douce.

— Ma douce, j'aime bien…

Il ne put s'empêcher de sourire.

— Et moi, j'aime bien te dire « ma douce ».

— Pas d'hôpital tout près, dit l'homme.

— Où, alors ? demanda Chance en luttant contre la panique.

— San Pedro Sula. Je vous emmène.

Chance ne connaissait pas mais quelle importance, du moment qu'il y avait des médecins. Il grimpa à bord, l'homme démarra ; la voiture s'éloigna en brinquebalant entre les nids-de-poule. Un tracteur serait allé plus vite, mais, au moins, ils roulaient, ils approchaient du but ! Assis à l'arrière, la tête d'Ellen sur ses genoux, Chance vérifia de nouveau ses signes vitaux. Ce qu'il trouva le terrifia. Arythmie. Fièvre en hausse.

Le son du moteur changea, les dents de Chance cessèrent de s'entrechoquer à chaque cahot, il leva la tête. Leur route de terre venait de rejoindre une belle chaussée lisse. Ils prirent de la vitesse. Bientôt, ils franchissaient le grand pont.

— Combien de temps ? cria-t-il au chauffeur.

— Une demi-heure, fit celui-ci par-dessus son épaule.

Ellen tiendrait-elle ? Elle s'agitait, murmurait, grelottait. Il se sentait affreusement impuissant, affreusement coupable. Il aurait dû refuser de la prendre dans son équipe. L'obliger à repartir par le premier avion. Ce pays, ce travail étaient trop dangereux. Il était médecin et il ne pouvait rien pour elle. Ils avaient quitté l'agglomération et roulaient dans la campagne.

Le vent chaud qui entrait par les vitres ouvertes ne faisait rien pour l'apaiser. Le trajet lui sembla interminable, mais, enfin, il y eut des maisons, puis des rues. Le chauffeur semblait bien connaître le chemin. Il bifurqua dans une avenue, puis une autre, vira dans l'allée d'un grand bâtiment rose à toit plat, passa sans ralentir devant l'entrée principale et roula jusqu'à un auvent de béton portant un panneau *Emergencia*. La voiture s'était à peine arrêtée que Chance ouvrait la portière à la volée, prenait Ellen dans ses bras et se précipitait vers les portes de verre en lançant des remerciements incohérents par-dessus son épaule.

— Je suis le Dr Freeman, s'écria-t-il en arrivant à l'accueil. Cette femme a besoin de soins en urgence.

— Je… Par ici, dit une infirmière, interloquée.

Il la suivit dans un couloir sur lequel s'ouvraient des salles de soins qui semblaient tout droit sortir des années 1950. Au moins, elles étaient propres ! Il posa Ellen sur la première table venue et lança :

— Sutures. Intraveineuse. Pénicilline. Vite.

Il délaçait déjà la chaussure d'Ellen. L'infirmière le regardait faire, abasourdie, quand un Hondurien en blouse blanche entra dans la salle et dit sèchement.

— Qui êtes-vous et que faites-vous ici ?

— Dr Freeman, du dispensaire mobile, répondit-il sans relever la tête. Mon amie a besoin de soins. Une piqûre d'araignée. Fièvre élevée, hypertension, arythmie cardiaque. Elle est déshydratée, sous-alimentée.

Le médecin se tourna vers l'infirmière et lui dit quelques mots que Chance l'entendit même pas. Il soignerait Ellen, lui, personne d'autre. Cela seul comptait et personne ne pourrait l'en empêcher. Il lui retira sa chaussure, sa chaussette, demanda des ciseaux que l'infirmière lui tendit. Il fendit le pantalon d'Ellen et serra les lèvres en voyant l'état de son mollet. La douleur devait être terrible.

— Aidez-moi à la mettre sur le ventre.

Il ne s'adressait à personne en particulier, mais le médecin s'avança aussitôt. Ensemble, ils installèrent leur patiente, et les instruments dont Chance avait besoin se matérialisa près de lui. Ce n'était pas le kit stérile sous vide qu'il employait habituellement, mais peu importait. Enfin, il avait le nécessaire ! Il ouvrit l'abcès, désinfecta la plaie avec soin, la sutura. Près de lui, l'infirmière insérait une intraveineuse. Il tendait la main vers les pansements quand le médecin hondurien lui dit d'un ton sans réplique :

— L'infirmière terminera. Vous allez m'expliquer ce qui vous est arrivé pendant que je vous examine.

Un instant, Chance faillit discuter, mais il capitula devant l'expression de son confrère.

— D'accord. Je dois juste passer un coup de fil.

Ellen ouvrit les yeux. Tiens, la douleur affreuse de son mollet s'était envolée. La dernière chose dont elle se souvenait, c'était d'être sur le dos de Chance.

Elle était… dans une chambre. Une chambre très nue, aux murs blancs — une chambre d'hôpital ? Le décor lui rappelait les photos en noir et blanc d'une exposition sur les hôpitaux d'après-guerre. À son chevet, un homme était endormi sur une chaise trop petite… Chance ! Rasé de frais, dans des habits propres un peu trop petits, Chance ! Le soulagement, la joie éclatèrent en elle. Quand il se réveillerait, il la prendrait dans ses bras.

Ils s'en étaient sortis. Ils étaient vivants, en sécurité. Chance avait remué ciel et terre pour la sauver. Elle sentait encore sa main sur son front, ses paroles d'encouragement et de tendresse. Elle entendait encore sa voix la supplier de tenir bon le temps qu'il trouve de l'aide.

Il bougea sur sa chaise, ouvrit un œil vague.

— Bonjour, dit-elle d'une voix éteinte.

Il se redressa brusquement et demanda précipitamment :

— Comment te sens-tu ?

Il n'avait pas dit « ma douce ».

— Mieux, dit-elle. Tu m'as sauvé la vie.

Il haussa les épaules.

— Je regrette que tu aies dû endurer cela.

Une terreur froide se glissait en elle. Pourquoi ne la touchait-il pas ? Pourquoi ne l'embrassait-il pas ? Quelque chose avait changé, mais quoi ! Elle se souvint tout à coup qu'il n'avait jamais voulu parler d'avenir. Laborieusement, elle articula :

— Nous avons tous deux vécu…

— Pour toi, c'était pire.

Il se leva. Pourquoi ne s'approchait-il pas ? Si, il venait enfin et contemplait son visage, debout à son chevet. Elle murmura :

— Toi, tu as dû me porter sur ton dos…

Elle se tut, rassembla ses forces et demanda :

— Dis-moi ce qui s'est passé après…

Il résuma les événements, un récit neutre qui ne rendait pas justice, elle le sentit bien, à la fin du périple.

— Nous sommes à San Pedro Sula, dit-il finalement.

Il se détourna, s'éloigna de quelques pas. Une infirmière entra.

— Nous sommes prêts, dit-elle en s'adressant à Chance.

— Prêts pour quoi ? demanda-t-elle.

Alarmée, elle essaya de se redresser. Enfin, il se tourna vers elle.

— J'ai appelé ton père. Il a envoyé un avion.

Le choc fut si violent qu'elle retomba en arrière.

— Tu as fait *quoi* ? Tu n'avais pas le droit…

Elle fut prise de vertige.

— C'est ma responsabilité, de m'assurer que tu es soignée dans de bonnes conditions, dit-il. Ton organisme a été soumis à un stress extrême. Tu dois voir un cardiologue.

— Je n'ai pas besoin de toi pour savoir que je dois me soigner. Je décide…

— Oui, et nous avons vu le résultat.

— Mais toi ! Tu viens aussi ? Tu as subi les mêmes… conditions extrêmes.

— Le médecin d'ici m'a examiné.

— Mais je me sens mieux !

Mieux, mais terriblement faible.

— Ça fait deux jours que tu délires. Tu dois rentrer.

— Mais quand est-ce que je te reverrai ?

Au prix d'un effort immense, elle tendit la main vers lui, le vit hésiter. Enfin, il s'avança et la prit entre les siennes.

— Je ne sais pas exactement, dit-il tout bas.

— Tu t'enfuis ! Comme tu t'es enfui en venant ici.

— De quoi parles-tu ? Je ne vais nulle part.

— Tu me fuis, moi. Mais tu ne pourras pas te cacher ici éternellement. Un jour ou l'autre, tu devras oser faire confiance à quelqu'un. Nous ne sommes pas toutes comme ta mère, ton ex-femme. Nous sommes capables de loyauté.

— Ce n'est ni le moment ni le lieu… Ce n'est pas bon pour toi.

Il lui reprenait sa main, l'enfonçait dans sa poche. Chance ! Elle se fichait du reste, elle ne voulait que lui.

— Quand ? exigea-t-elle.

Il ne la regardait plus.

— Je ne sais pas, dit-il.

— Tu vois ? Tu me fuis.

— Non, dit-il d'une voix sourde en se tournant vers elle. Je pense à ta sécurité. Tu aurais pu y rester.

— Je suis une grande fille. Je peux assumer…

— Je sais, tu décides, tu fais tes propres choix, mais, sous ces latitudes, une seule mauvaise décision peut faire des dégâts. Des morts. Te mettre dans l'état où tu es en ce moment.

— Comment, mais…

— Dans ton beau combat pour la liberté, tu fonces bille en tête sans penser aux conséquences. Ce serait trop te demander de réfléchir avant d'agir ? Pas étonnant que ton père veuille te protéger.

Si elle en avait eu la force, elle l'aurait giflé. Deux aides-soignants arrivaient avec un brancard qui brinquebalait sur des roulettes déformées. Elle tourna la tête, refusant de regarder Chance pendant qu'on la soulevait, installait son corps inerte, l'emmenait hors de la chambre. Elle sut qu'il l'avait accompagnée car, au moment où on la chargeait dans l'ambulance, elle entendit sa voix lui dire :

— C'est pour ton bien.

Elle tourna la tête et le regarda bien en face.

— Je n'ai pas besoin que tu me protèges, dit-elle. J'ai besoin que tu m'aimes.

Les portières claquèrent. Abasourdie, elle les fixa… et les sanglots l'étouffèrent. L'infirmière qui l'accompagnait lui tapota l'épaule en lui glissant :

— Le docteur doit beaucoup tenir à vous pour rester assis près de vous deux jours et deux nuits.

Oui… Si seulement il voulait bien l'admettre.

9.

Chance ne s'était jamais senti aussi malheureux. Ellen lui manquait terriblement et, au dispensaire, tout lui parlait d'elle. Chaque fois qu'il soignait un enfant, il imaginait Ellen le faire sourire. Chaque fois qu'il voyait un cas intéressant, il aurait voulu en discuter avec elle.

Les nuits étaient insupportables. Chaque douche lui rappelait le soir où il lui avait fait l'amour sous la cascade. Ellen s'était insinuée en lui par toutes ses failles, il ne respirait plus librement, ne vivait plus.

Il n'était pas à prendre avec des pincettes. Prudente, l'équipe se cantonnait en sa présence aux questions pratiques ou médicales. Il leur avait raconté le strict minimum de leur fuite dans la jungle, il n'aurait pas supporté de décrire la terreur, la culpabilité, le soulagement, et encore moins ces moments d'intimité qui avaient changé la face du monde. Intimité, ou amour ? L'amour, il ne savait même plus ce que c'était. S'il y pensait, il voyait aussitôt le visage d'Ellen avec son sourire lumineux, son attitude positive et sa capacité à surmonter le pire. Il avait besoin de toutes ces qualités dans sa vie, mais elle… Avait-elle besoin d'un homme comme lui ?

Un homme qui estimait n'avoir rien à lui offrir. Qui choisissait de travailler dans le tiers-monde. Pourrait-elle vraiment se satisfaire de cette vie ? Elle avait semblé s'attacher au Honduras, mais après une telle épreuve elle ne serait peut-être plus du même avis !

Il se sentait partagé, déchiré ; il ne savait pas donner son cœur sans réserve. Pendant leur fuite, il s'était surpris à espérer de nouveau, mais elle méritait tellement mieux que lui ! Elle méritait un homme capable d'assumer une relation durable. Pouvait-il apprendre à le faire ? Était-il prêt à essayer ?

Ellen avait été déçue d'apprendre qu'il avait coupé les ponts avec sa sœur. Et s'il commençait par là ? Du moins, si Abigail acceptait de le voir. Auraient-ils encore quelque chose à se dire ? Ellen serait contente qu'il fasse la tentative, il le savait, mais il devait d'abord le faire *pour lui*. Pour voir s'il saurait gérer cette relation.

Ellen s'essuya les joues et décida qu'elle avait versé sa dernière larme pour le Dr Chance Freeman. Pas un mot depuis son retour ! Six semaines sans nouvelles ! Au diable le chagrin, elle était désormais en colère. Si elle le revoyait un jour, elle aurait deux mots à lui dire !

De passage à New York, Michael l'avait invitée à déjeuner le samedi après Thanksgiving. Elle avait été enchantée de le voir, d'avoir des nouvelles du dispensaire, des anecdotes sur les patients. Elle avait aussi appris que Chance rentrait pour Noël.

Et alors ! En quoi cela pouvait-il l'intéresser ! Elle en voulait à tout le monde, elle-même, Chance, son père. Depuis des semaines, ce dernier la poussait à accepter un poste dans un grand CHU. Il l'avait même fait recommander par un ami. Elle allait mettre les choses au clair avec lui. Elle était décidée à repartir. N'importe où du moment que l'on avait besoin d'elle.

Il piquerait sa crise, ressortirait les arguments habituels. Chance aussi l'avait accusée de prendre des risques inconsidéré mais ils se trompaient tous deux. Elle n'était pas inconsciente. Au contraire, elle connaissait mieux que quiconque les répercussions d'un geste imprudent. Elle savait aussi qu'un geste juste a des conséquences précieuses. Entre les deux, son choix était clair.

Pour la discussion avec son père, elle avait choisi un café qu'ils aimaient tous deux. Elle arriva la première, se faufila entre les consommateurs chargés de cadeaux de Noël, et choisit une table dans le fond. Quelques minutes plus tard, son père la rejoignit. Elle sourit avec affection à cet homme grand et solide, engoncé comme un campagnard dans son costume, lui qui pourtant ne s'était jamais habillé autrement. En dehors de leurs désaccords sur les ambitions d'Ellen, ils s'étaient toujours bien entendus, mais cette conversation ne serait pas facile : depuis son retour du Honduras, il soulignait à quel point partir là-bas avait été une folie.

— Ça va ? demanda-t-il aussitôt. Tu ne t'es pas trop fatiguée à faire les boutiques ?

— Je vais bien, papa !

— Tu reviens de loin. Tu t'en es sortie de justesse.

La serveuse vint prendre leur commande.

— Si je t'avais perdue…, dit-il après son départ. Tu n'avais pas le droit de me faire un coup pareil. Tu ressembles tant à ta mère…

Elle réprima le pincement habituel de culpabilité. En fait, de plus en plus souvent, elle se demandait si sa mère avait réellement été imprudente, ou si elle avait simplement profité de la vie. Son coup d'accélérateur malvenu mis à part, bien entendu ! Les élans, les désirs méritaient d'exister autant que la prudence.

— Je regrette, dit-elle résolument. Je veux bien faire attention à moi, mais je ne vivrai pas dans une bulle. Pas question de renoncer à mes projets pour te rassurer.

Il la toisa, les sourcils froncés.

— Papa ! J'ai fait une réaction à une piqûre d'araignée, c'est tout. Ce n'est pas à toi que c'est arrivé.

— Oui, mais c'est moi qui ai eu si peur de te perdre.

Chance aussi avait eu peur pour elle, mais, sur le moment, il avait également admiré sa force et son courage. C'était seulement à la fin qu'il avait renié sa parole, qu'il était revenu sur ses positions. Tant pis pour lui, elle ne se laisserait pas mettre en cage pour le rassurer.

— C'était assez effrayant, admit-elle. Mais je suis là.

— Et je veux que tu restes.

— Justement !

Alerté, il haussa ses sourcils touffus.

— Papa, dit-elle fermement, je retourne au Honduras. Du moins si le dispensaire veut bien me reprendre. S'ils ne veulent pas, j'irai dans un autre pays d'Amérique centrale.

La paume de Robert Cox s'abattit sur la table.

— Tu n'en as pas eu assez ? Avec ce qui t'est arrivé ?

— Papa, stop. Je sais que tu m'aimes, je sais que tu n'as personne d'autre, mais c'est de moi qu'il s'agit, de ce que je veux faire de ma vie. Je suis médecin, on a besoin de moi là-bas. J'aimerais beaucoup que tu me comprennes, mais, si tu ne peux pas, c'est bien aussi. Je partirai quand même.

Il scruta son visage et son regard changea.

— C'est à cause du Dr Freeman ?

Elle détourna les yeux et répondit la vérité :

— En partie, mais pas seulement.

— C'est bien ce qu'il me semblait. Je me suis renseigné. Les femmes craquent régulièrement pour lui.

Elle réprima un soupir. Elle voyait si bien pourquoi !

— Peut-être, mais il fait du bon travail. Le dispensaire mobile est un projet important.

— Tu peux faire du bon travail ici aussi. Du travail important. As-tu seulement parlé à l'hôpital à propos de ce poste ?

— Non, papa, et je ne le ferai pas.

La serveuse leur apporta leurs consommations. Ellen attendit qu'elle s'éloigne pour reprendre à mi-voix :

— Je t'aime, papa, mais je ne peux pas vivre pour toi. Je dois aussi… m'être fidèle. Moi aussi, maman me manque. Je sais que tu te fais du souci pour moi, que tu veux me protéger, mais je vais forcément avoir des problèmes un jour ou l'autre. Il m'arrivera des malheurs. Ce que je te demande, c'est ton soutien. Tes encouragements.

Il contemplait sa tasse. Il y eut un long silence. Quand enfin il releva la tête, ses yeux étaient humides.

— J'ai seulement voulu te mettre en sécurité.

— Tu l'as fait.

— Bien sûr que je te soutiens ! Je veux le meilleur pour toi.

Très émue, elle lui pressa le bras. Il n'irait pas plus loin pour le moment, mais c'était sa manière de lui donner son feu vert.

— Je sais. Moi aussi, je t'aime très fort.

D'un commun accord, ils en restèrent là et parlèrent de leurs projets pour Noël. Ils enfilaient leurs manteaux pour ressortir sous la neige quand Ellen demanda sans réfléchir :

— Papa, tu ne croises jamais de femmes qui t'intéressent ?

Ses gros sourcils se haussèrent de nouveau.

— Quelle drôle de question !

Elle lui noua son écharpe en lissant bien son col.

— Tout le monde devrait garder une place dans sa vie pour l'amour. Tu ne penses qu'à moi depuis trop longtemps. Vis un peu !

— Et toi, tu as trouvé quelqu'un ?

— Je le croyais.

Il posa un baiser sur son front et lui prit gentiment le bras.

— Si j'ai appris une chose, c'est que rien n'est jamais perdu.

Même l'amour de Chance ? En rentrant, elle trouva dans son courrier une invitation pour un gala de collecte de fonds pour le dispensaire mobile du Honduras.

Chance serait-il là ? Et s'il l'était, que lui dirait-il ?

De retour aux États-Unis depuis une semaine, Chance pensait jour et nuit à Ellen. S'il la contactait, accepterait-elle seulement de lui adresser la parole ? Elle lui en voudrait forcément de son long silence, et elle aurait raison !

Il avait suivi son rétablissement de loin. Un jour, il avait même téléphoné à son père. Une conversation difficile pour lui, mais qui lui avait appris ce qu'il voulait savoir. Elle allait bien. Pour cela au moins, il serait éternellement reconnaissant.

Il avait aussi eu des nouvelles par Michael, qui l'avait vue à Thanksgiving. Chance en était encore jaloux. À son retour, Michael avait eu la délicatesse d'évoquer spontanément son déjeuner avec elle. Chance n'avait pas eu à demander.

— Elle travaille de nouveau au centre de soins où elle

était avant de nous rejoindre, avait-il dit au groupe au dîner — mais avec un regard appuyé pour Chance. Elle reviendra ici, ou dans un autre pays d'Amérique centrale, dès qu'elle sera complètement rétablie. Ce qui ne saurait tarder !

— Nous aurions bien besoin d'elle, avait répondu Karen.

Besoin, oui. Chance avait un besoin terrible de la toucher, de la tenir dans ses bras, de revoir son sourire. Comme si tout le monde s'était donné le mot, les commentaires avaient fusé :

— Chance, tu devrais lui parler la semaine prochaine, quand tu seras aux États-Unis, avait lancé Peter. Demande-lui si elle envisagerait de revenir avec nous.

— Oui, parle-lui ! avait conclu Michael. Elle a demandé des nouvelles de tout le monde.

Son regard s'était de nouveau braqué sur Chance, qui réprima un mouvement d'agacement. Il en faisait trop ! Chance, lui, ne savait toujours pas s'il serait capable de se présenter devant elle. Lui demander son amour, c'était prendre le risque qu'elle le quitte un jour. Elle lui avait dit qu'elle l'aimait dans un moment de stress et d'émotivité intenses. Elle avait probablement changé d'avis.

Quant à lui, il avait décidé de joindre sa sœur, pour voir s'il était possible de renouer le lien. Aux obsèques de leur père, il l'avait à peine vue, et avait refusé sa part d'héritage.

— Mais tu garderas le contact ? lui avait-elle alors demandé.

Il avait hoché la tête sans s'engager. Par la suite, elle avait appelé plusieurs fois, mais, comme il ne la rappelait jamais, les coups de fil s'étaient espacés avant de cesser tout à fait. Sa sœur aussi l'avait quitté… Ou il lui avait fermé la porte.

Le téléphone sonna si longtemps qu'il se crut sauvé ; il allait raccrocher quand une voix de femme répondit.

— Bonjour, bredouilla-t-il, je…

— *Chance ?*

Sa sœur semblait incrédule et très, très heureuse.

— Je… je suis en ville pour les fêtes. On pourrait déjeuner ensemble un de ces jours ?

Le silence s'étira si longtemps qu'il crut qu'elle avait raccroché… puis il comprit qu'elle pleurait.

— Et si tu venais dîner ? bégaya-t-elle. Demain soir, 19 heures.

— D'accord. J'y serai.

Le lendemain, il retrouva l'allée qui menait à la grande maison de style Tudor. Sa maison d'enfance ne lui rappelait guère de bons souvenirs ! Il resta un long instant planté devant la porte avant de frapper. Abigail devait se tenir juste derrière car elle lui ouvrit aussitôt.

— Ce n'est pas trop tôt, Petit-Chance !

C'était le petit nom qu'elle lui donnait quand ils étaient gosses. Il l'avait complètement oublié.

— Je sais, dit-il. J'aurais dû venir plus tôt.

— Stan, Chance est là. Wendy, Jonathan…

Un instant plus tard, le mari, les enfants d'Abigail lui ouvraient les bras. Ému, débordé, il se demanda ce qu'il avait raté pendant tant d'années.

Le dîner fut servi dans la même pièce qu'autrefois, mais dans une ambiance si différente ! À sa grande surprise, la maisonnée semblait tout savoir de son travail. On le bombarda de questions sur le dispensaire, sur le Honduras. Pour le café, ils passèrent au salon ; les murs étaient couverts de cadres, portraits ou photos, et parmi eux des clichés d'Abigail et lui petits. Dire qu'il faisait partie d'une famille et qu'il ne le savait même pas ! Abigail ne l'avait jamais abandonné.

Son mari et ses enfants les laissèrent bientôt en tête à tête.

— Si tu savais comme je suis contente de te voir, dit-elle. Tu m'as manqué.

— Toi aussi, tu m'as manqué.

Il parlait sincèrement et il en était le premier surpris.

— J'aurais dû mieux jouer mon rôle de grande sœur, dit-elle tristement. Je n'aurais pas dû renoncer.

Touché, il pensa au fardeau qu'elle avait porté, elle aussi.

— Tu ne pouvais rien faire, dit-il. C'était moi.

— Quand tu rentrais pour Noël, je ne te reconnaissais plus ! Je n'arrivais plus à parler avec toi. Même quand papa est mort, tu n'es pas revenu vers nous. Comme si tu m'en voulais autant qu'à lui.

C'était vrai. Sa mère partie, son père hostile, sa sœur refusant de le prendre avec elle… Il avait coupé les liens sans faire dans le détail.

— J'aurais voulu m'organiser pour que tu t'installes avec moi, disait-elle justement. Papa ne voulait rien entendre. Il disait que j'étais trop jeune pour te tenir, que tu devais apprendre la discipline. Il ne voyait qu'une solution, l'internat. Je me suis battue pour toi, tu sais ?

Muet, il secoua la tête. Depuis tout ce temps, il croyait…

— Ces années-là ont été dures pour moi aussi, dit-elle encore. C'était terrible d'être séparés, et encore pire que tu ne veuilles plus me parler. Avec le temps, je ne savais plus comment refaire le lien.

Il maîtrisa son émotion et réussit à articuler :

— C'est surtout ma faute.

— Alors reprenons tout à zéro, et avançons ! Promets-moi que nous allons nous revoir, souvent. C'est important, la famille !

La famille. Il eut un grand sourire. Finalement, il aimait bien ce mot.

— Je te donne ma parole.

— Tu passes Noël avec nous.

C'était une affirmation, pas une question.

— J'y serai, répondit-il sans hésiter.

— Et puis… Tu ne vas pas vouloir en parler, mais je t'ai gardé ta part de l'héritage. C'est à la banque, tu n'as qu'à te servir.

Il n'aurait jamais cru s'intéresser à cet argent, mais il savait désormais comment l'employer !

— Merci.

Cette soirée venait de renverser quantité d'idées fausses sur sa sœur, sur son passé. La question s'imposa, incontournable : s'était-il montré aussi injuste envers Ellen qu'envers Abigail ? Pourrait-il la voir, la convaincre qu'il l'aimait ? Qu'il ne la repousserait plus jamais ? Tout à coup, il se sentait prêt à prendre le risque.

10.

Chance fit une grimace en tirant les basques de son smoking. Il détestait ce genre de tenue, mais avait-il le choix ? Faire le chien savant dans les galas de charité faisait partie du parcours obligé pour décrocher des financements, et cette soirée, organisée dans le grand hall du Metropolitan Museum of Art, pouvait boucler le budget du dispensaire pour l'année à venir. Peut-être même leur offrir de quoi lancer les travaux d'un bâtiment en dur !

Le lendemain, il irait trouver Ellen, et la supplierait de lui pardonner. Abigail l'avait accueilli à bras ouverts, Ellen en ferait peut-être autant ? Mais il aurait davantage de mal à la convaincre !

— C'est magnifique, toutes ces petites lumières, et l'arbre de Noël géant ! dit joyeusement Abigail.

Ils s'étaient rendus à la soirée ensemble, Abby, son mari Stan, et lui. Le faste de ce musée prestigieux le mettait assez mal à l'aise. C'était si loin de son quotidien au Honduras ! Ellen serait-elle là ? Elle était invitée, mais rien ne l'obligeait à accepter, excepté son éventuel désir de soutenir le dispensaire. Pourvu qu'elle vienne ! Ici, elle écouterait peut-être plus facilement ce qu'il voulait lui dire.

La présidente du comité de collecte de fonds parut sur le podium et demanda en souriant l'attention de la foule. Lorsque le murmure des conversations faiblit, elle remercia tout le monde d'être venu et appela Chance au micro. Il la rejoignit, la remercia à son tour et se lança dans son discours, dans lequel il décrivait comment un médecin de passage avait su communiquer avec les jeunes filles d'un village hondurien autour d'un flacon de vernis à ongles. Un petit rien qui changeait tout ! Ellen lui avait appris cela : leur travail n'était pas seulement d'ouvrir l'accès aux soins, mais de bâtir également une relation de confiance de personne à personne.

Tout en parlant, il parcourait la foule du regard. Il ne la voyait toujours pas. Les visages levés vers lui exprimaient l'intérêt, l'approbation... Mais quelle importance si Ellen n'était pas là ? Quand il se tut, la présidente attendit la fin des applaudissements nourris et reprit le micro :

— Nous avons imaginé une formule un peu différente ce soir. Une sorte d'enchère. Nous allons demander aux messieurs de proposer une somme pour le privilège de danser avec la dame de leur choix. Qui veut se lancer ?

Un léger murmure parcourut la salle, puis un monsieur très correct leva la main au milieu de la foule.

— Je m'engage à verser mille dollars pour une danse avec ma femme.

— Oh ! voyons, Henry, Margaret vaut plus que cela ! répliqua la présidente.

L'éclat de rire fut général ; la formule plaisait.

— D'accord, cinq mille ! répondit l'homme de bonne grâce.

— Merci beaucoup ! Venez signer votre carte de donation et escortez votre partenaire vers la piste de danse. Qui d'autre ? Allons, messieurs, que vaut une danse à vos yeux ?

— Cinq mille dollars pour une danse avec Jena Marshall, dit un jeune homme.

— Six mille pour la même dame, cria une autre voix.

— Sept mille, renchérit le premier.

La dame au micro interrogea du regard le deuxième homme, qui secoua la tête.

— Mademoiselle Marshall, dit-elle, je crois que vous avez votre partenaire.

De sa place près du podium, Chance vit un beau sourire illuminer le visage de la jeune femme. Au micro, la présidente, décidément très efficace, encourageait de nouvelles enchères quand, enfin ! Il repéra Ellen dans la foule. La joie éclata en lui, si puissante qu'il lui sembla que sa poitrine ne pourrait pas la contenir.

— Dix mille dollars pour une danse avec Ellen Cox, lança une voix masculine sur sa gauche.

Sans la moindre hésitation, il leva la main.

— Cinquante mille dollars !

Le cœur d'Ellen tressauta douloureusement. Un grand silence s'était abattu sur l'assistance, tout le monde la regardait. Muette de saisissement, elle sentit ses joues brûler.

Quand Chance avait été appelé au micro, son être entier avait crié en silence : « il est là ! » Et pourtant, s'il ne l'avait pas contactée, c'était bien qu'il ne tenait pas à la revoir ! Puis son discours si vivant, si passionné avait ravivé tout son amour pour le Honduras… et pour lui. Résultat, elle ne savait plus où elle en était.

Tétanisée, elle sentit qu'on la poussait doucement en avant. La foule s'écarta et elle s'avança vers lui, les jambes tremblantes. Pourquoi voulait-il danser avec elle ? Il pouvait donner cet argent au dispensaire sans la mêler à la transaction. Et où avait-il trouvé une somme pareille ?

Quelques minutes plus tôt, elle avait souri en entendant expliquer les modalités des dons. L'idée était intéressante, mais pouvait aussi faire un flop. Et maintenant, Chance était devant elle, si beau dans son smoking qu'elle était éblouie. Être fidèle à sa colère allait lui demander un effort.

L'orchestre joua les premières notes d'une valse ; il lui offrit sa main.

— Je ne veux pas, dit-elle tout bas.

Un mouvement de stupéfaction parcourut les gens qui les entouraient. Les yeux dans les yeux, il lui dit :

— Ma douce, je te présente mes excuses.

— Ne m'appelle pas comme cela. Deux mois de silence…

Son sourire ne vacilla pas.

— Ne nous disputons pas ici. Nous pourrons trouver un endroit plus tranquille après notre danse.

Ses yeux la suppliaient. Elle prit la main qu'il lui tendait. Le toucher de nouveau, c'était comme de rentrer chez elle. Il l'entraîna sur la piste de danse, son bras encercla sa taille. Le souffle court, les mains tremblantes, elle luttait pour maîtriser le bonheur qui l'inondait, pour qu'il n'emporte pas ses réticences et sa fureur. Chance était un excellent danseur, c'était le paradis d'être dans ses bras, mais… Elle était furieuse contre lui, elle ne devait pas l'oublier.

— Tu m'as manqué, dit-il.

Elle lui avait *manqué* ? Elle venait de passer deux mois à se ronger les sangs et il osait dire… Une nouvelle bouffée de colère l'éblouit, ses pieds se figèrent.

— Tu crois que tu n'as qu'à m'inviter à danser ? demanda-t-elle tout bas. Après deux mois sans un mot ? Tu crois que je vais me jeter à tes pieds ?

— Non, c'est bien la dernière chose que je croie. Je savais bien que je devrais me battre pour me racheter.

Il l'attira contre lui ; elle le repoussa des deux mains.

— Où as-tu trouvé cinquante mille dollars ?

— Disons que j'en ai hérité. Tu sais que tu es très belle, ce soir ? Ce vert te va merveilleusement bien.

Malgré elle, le compliment la réchauffa jusqu'au cœur.

— Comment vas-tu ? demanda-t-il encore. Ta jambe ?

— Parce que tout à coup, cela t'intéresse ?

C'était décidé, elle ne lui donnerait pas l'occasion de la blesser de nouveau. Elle essaya à nouveau de se dégager.

— Cela m'a toujours intéressé, lui dit-il à l'oreille.

— Tu as eu une drôle de façon de le montrer !

Il la fit tournoyer et la ramena contre son torse.

— Je mérite tous tes reproches, mais j'ai pris de tes nouvelles.

— Quand ? demanda-t-elle avec un regard de défi.

— J'ai parlé à ton père deux jours après ton retour. Et Michael m'a fait un rapport.

Elle secoua la tête, le visage fermé. Avec douceur, il répéta :

— Je regrette de tout mon cœur. J'ai été lâche.

— Là, je suis tout à fait d'accord avec toi.

Il scruta attentivement son visage et murmura :

— Comment vas-tu *vraiment* ?

— Tu tiens vraiment à le savoir ?

— Oui. Je veux tout savoir de toi.

— Je vais très bien ! fit-elle, sarcastique.

Puis elle précisa d'une voix amère :

— J'ai eu un bon médecin.

— Bon médecin, mais humainement pas au top.

— Là encore, je ne peux pas te contredire.

— Je suis sincèrement désolé, tu sais ? Si tu veux bien me pardonner, je passerai le reste de ma vie à essayer de me racheter.

Un espoir fabuleux jaillit en elle. *Le reste de sa vie ?...* La musique s'arrêta, Chance la libéra, mais garda sa main dans la sienne.

— Je voudrais te présenter ma sœur et son mari.

— *Comment ?*

Il avait fait cela ? Contacté sa sœur ? Sous l'effet de la surprise, elle se laissa entraîner sans protester.

— Je t'ai connue plus difficile à déconcerter, dit-il avec un sourire.

Il s'arrêta devant un couple élégant qui leur sourit avec chaleur.

— Abigail, Stan, je vous présente le Dr Ellen Cox. Elle a travaillé au dispensaire pendant quelque temps. J'espère la convaincre de revenir.

Les yeux d'Ellen s'arrondirent. Il *voulait* qu'elle revienne ?

— C'est formidable de vous rencontrer, Ellen, dit Abigail.

Le sourire de la sœur de Chance paraissait sincère. Ellen avait un peu le vertige : elle venait de basculer dans un monde parallèle où tout le monde semblait comprendre ce qui se passait sauf elle. Chance venait de lui dire... eh bien, tout ce qu'elle rêvait d'entendre, mais comment lui faire confiance après ce long silence ? Toute à son trouble, elle n'entendit rien de ce qu'on lui disait et espéra vaguement avoir donné des réponses à peu près cohérentes. Puis Chance dit subitement :

— Si Ellen veut bien, j'aimerais lui parler en privé. Abigail, je te verrai demain, à l'hôtel.

Sa sœur approuva de la tête et il entraîna de nouveau Ellen, un bras autour de sa taille.

— Qu'est-ce qui te fait croire que je veux te parler ? demanda-t-elle pendant qu'ils se frayaient un chemin dans la foule.

— Mais tu le veux, non ?

Il la guidait vers la sortie sans lui laisser le temps de protester.

— Je n'en suis pas si sûre. Ton silence a été assez parlant, dit-elle en arrivant au vestiaire.

— Je t'en prie, laisse-moi m'expliquer.

Il tendit leurs tickets au préposé, prit son manteau et la longue cape d'Ellen du même vert que sa robe, doublée de fourrure blanche.

— On dirait une fée de Noël, dit-il, ébloui, en la posant sur ses épaules. Je te trouvais déjà belle, mais, là, tu me coupes le souffle.

— Ce n'est pas un peu trop ? lança-t-elle en esquissant un mouvement pour pivoter sur elle-même.

C'était le premier mot presque cordial qu'elle lui adressait. Enfin un progrès !

— Tu es stupéfiante, dit-il franchement.

Quand elle lui sourit, il sentit son cœur s'envoler. Il enfila rapidement son manteau en murmurant pour la deuxième fois :

— Tu m'as manqué.

Ils franchirent les grandes portes. Il faisait nuit, il neigeait ; elle leva la tête vers les lumières des gratte-ciel.

— C'est beau. J'aime New York à Noël.

Il lui offrit le bras pour descendre la longue volée de marches.

— C'est assez différent du Honduras, dit-il d'un ton neutre.

— Qui est beau aussi, à sa façon.

Elle avait pris son bras, mais c'était clairement pour assurer son pas sur les marches glissantes. Elle ne lui pardonnait pas encore.

— Où allons-nous ? demanda-t-elle.

— Un tour en calèche, ça te dit ?

— Tu essaies la carte romantique ?

— C'est mon Ellen : pas de quartier !

— Je ne suis pas ton Ellen.

Bon. Il devait ralentir, poser les choses, la laisser formuler ses objections. Il s'arrêta et la contempla un instant.

— Non, dit-il franchement, mais j'espère que tu le deviendras. Tu veux bien m'écouter ? Je t'en prie.

Elle détourna les yeux… mais hocha la tête. Il l'entraîna vers la calèche rangée contre le trottoir, décorée pour les fêtes de lumières blanches et de clochettes. Après quelques mots avec le cocher, il aida Ellen à monter et la rejoignit sur la banquette en tirant la grande couverture sur leurs genoux.

— Tu auras assez chaud ?

— Mmm.

Les sabots du cheval claquèrent sur le pavé, la voiture s'ébranla vers Central Park. Bientôt, la ville sembla s'évanouir, il n'y eut plus que la neige et les arbres. Dans ce silence feutré, le tintement des clochettes du harnais évoquait les hivers d'antan. Un rêve.

— Cela fait une éternité que je n'ai pas fait le tour du parc en calèche, dit Ellen spontanément. Et je crois bien ne l'avoir jamais effectué de nuit, sous la neige. Le son des clochettes, c'est magique !

Enchantée, elle offrait son visage aux flocons. Chance se risqua à prendre sa main ; aussitôt, elle tourna la tête vers lui et le transperça d'un regard aigu.

— Pourquoi n'as-tu pas téléphoné ?

— Parce que je ne voulais pas affronter mes sentiments.

— Enfin une vraie réponse.

Son regard restait froid, accusateur. Il effleura sa joue pour balayer un flocon de neige.

— Oui. Quel imbécile ! Il n'y a pas eu un moment où je n'ai pas pensé à toi.

— Ce n'était pas si compliqué de venir me le dire.

— Je le sais. Grâce à toi, j'ai enfin osé refaire le pari

d'aimer, mais tu as aussi réveillé ma peur d'être rejeté. J'ai eu besoin de me mettre au clair avec le passé avant de venir te demander l'avenir.

— Donc, tu es retourné voir ta sœur ?

Il acquiesça de la tête… et sentit la main d'Ellen presser légèrement la sienne ! Émerveillé, il sentit qu'elle comprenait. Elle commençait à croire en sa sincérité.

— C'est bien. Cela n'a pas dû être facile.

— Tu sais que, si tu étais morte, ça m'aurait tué ?

Elle retira sa main… mais pour la poser sur sa joue, tendre et tiède sur son visage glacé.

— Je suis beaucoup plus solide que tu ne le penses.

— Tu l'as prouvé, dit-il en couvrant sa main de la sienne. Je t'aime, ma douce.

Son beau visage s'épanouit dans un merveilleux sourire.

— C'est tout ce que je demandais. Moi aussi, je t'aime.

Il la serra contre lui, l'embrassa. Ses lèvres étaient froides, elles aussi, mais elles se réchauffèrent vite.

— J'ai prévenu mon père que je retournais au Honduras, dit-elle un peu plus tard, la tête sur son épaule.

— Il l'a pris comment ?

— Mieux que je ne m'y attendais. Il veut toujours me protéger, mais il commence à comprendre mon besoin d'indépendance. Et cette fois, il sait que je ne me précipite pas sans savoir où je mets les pieds.

— Finis les risques inconsidérés ? demanda Chance.

— Je promets de réfléchir à deux fois avant d'agir.

— Et moi, je promets de te laisser être qui tu es.

Elle lui offrit de nouveau son sourire radieux.

— Si tu savais comme je t'aime ! Je promets aussi de ne jamais te quitter.

Il prit son visage entre ses mains et l'embrassa avec fougue.

— Si tu essayais de partir, je saurais te retrouver.

Il avait enfin trouvé ce qui manquait dans sa vie : l'amour. Un amour qu'il tenait entre ses bras.

JANICE LYNN

Ce secret à conserver

Traduction française de
MARCELLE COOPER

BLANCHE

HARLEQUIN

Titre original :
THE DOCTOR'S SECRET SON

Ce roman a déjà été publié en 2017.

1.

C'était bien elle.

Ses cheveux blonds étaient plus longs, son corps plus pulpeux, mais son sourire n'avait pas plus changé que l'étincelle qui brillait dans ses yeux verts.

Le Dr Trace Stevens n'avait aucun doute sur l'identité de la jolie infirmière qui se tenait devant lui. Aucune femme ne produisait d'effet aussi impérieux sur ses sens que Chrissie Tomberlain.

La journée s'illuminait soudain. Il gardait un souvenir mémorable du week-end qu'il avait passé autrefois en sa compagnie, juste avant de prendre l'avion. Elle avait décidément le chic pour surgir dans sa vie au moment où il s'apprêtait à quitter les États-Unis. Cette fois, il avait encore un peu de temps devant lui, et il l'emploierait fort agréablement avec elle.

En matière de distractions, elle était ce qu'il y avait de mieux. Le nec plus ultra. Encore maintenant, il lui arrivait de se réveiller en sueur, le corps tenaillé par un désir qu'il n'était pas parvenu à satisfaire en quatre ans. Il l'avait plus d'une fois cherchée sur les réseaux sociaux, pour voir si elle était célibataire et si des « retrouvailles » l'intéresseraient.

Quelle coïncidence de tomber sur elle ! Mais peut-être ne s'agissait-il pas d'un hasard puisque c'était ici même, au cours de la soirée caritative annuelle en faveur de la recherche contre le cancer en pédiatrie, qu'ils s'étaient rencontrés jadis. En tout cas, un week-end avec Chrissie était exactement ce qu'il lui fallait.

Dans quelques semaines, il repartirait exercer ailleurs, auprès de populations qui, n'en déplaise à sa famille et à ses amis, avaient autrement plus besoin de lui que les bonnes gens d'Atlanta, Géorgie.

C'était la première fois en trois ans que Chrissie Tomberlain passait une soirée loin de son fils. Pourquoi s'était-elle laissée convaincre que ce week-end loin de lui était une bonne idée ?

Au grand désespoir de Savannah, sa meilleure amie, la vie de Chrissie tournait exclusivement autour de son travail et de son fils. Qu'y pouvait-elle ? Elle adorait s'occuper de Joss, passer du temps avec lui, l'écouter babiller, rire, sentir ses petites mains lui tapoter les joues.

Autrefois, elle faisait parfois du bénévolat pour des associations dans sa ville natale de Chattanooga, et, à l'occasion, prêtait main-forte aux organisateurs de la fête de bienfaisance qui récoltaient tous les ans des fonds à Atlanta pour la prévention du cancer chez les enfants. Une soirée à laquelle Chrissie n'assistait plus depuis qu'elle était tombée enceinte.

Joss avait été conçu dans les coulisses de cet événement, et elle n'avait pas revu son partenaire d'un week-end.

Jusqu'à aujourd'hui.

Trace Stevens n'avait guère changé. Il était toujours aussi séduisant. Et sexy. Sa seule vue éveillait en elle toutes sortes de délicieux frissons et lui rappelait les souvenirs torrides de cette nuit, quatre ans auparavant, pendant laquelle elle était tombée enceinte. Enceinte d'un inconnu qui n'avait jamais su que l'un de ses spermatozoïdes avait remporté la mise.

Trace était le géniteur de Joss, rien de plus. Joss était son fils à elle, son petit garçon chéri.

La gorge nouée, elle rassembla son courage pour ce qu'elle n'aurait jamais cru possible.

Ils n'étaient pas censés se revoir. Que faisait-il ici ?

Sois honnête. Avoue que, en prenant le volant à Chattanooga, tu as envisagé cette éventualité, et qu'elle ne te déplaisait pas.

Durant le trajet de deux heures, elle avait joué avec cette idée.

Et si Trace était là ?

Si leurs chemins se croisaient de nouveau ?

Son regard avait-il toujours le pouvoir d'enflammer ses sens ?

Elle était désormais fixée. Il était là devant elle, en chair et en os, sous le chapiteau de l'Association de prévention contre le cancer.

Quand leurs regards s'étaient croisés, elle avait vu son visage s'éclairer d'un sourire à faire fondre la banquise. Il se souvenait d'elle, lui aussi.

Bien sûr qu'il se souvenait d'elle. Ils avaient passé un week-end entier ensemble. Collés-serrés, sur un sac de couchage, entre deux permanences au poste médical. Un week-end aussi torride ne s'oubliait pas en quatre petites années.

À moins qu'il n'ait l'habitude de faire des folies de son corps avec des inconnues.

Elle ne savait rien de lui hormis qu'il était fabuleux au lit, et bénévole, comme elle. Quatre ans plus tôt, l'association avait organisé une marche sur trois jours. Cette année, l'accent était mis sur la famille.

L'ouverture des festivités aurait lieu dans la soirée. Après les discours d'usage pour expliquer le but de l'opération et appeler à la générosité des participants, il y aurait une soirée dansante avec DJ, tombola, trampoline, château gonflable avec balles, et bain de mousse — une grande nouveauté — ouverte à tous les participants et à leurs familles. Le lendemain, samedi, les adultes prendraient part à une course à pied ; libre à eux d'accomplir la distance de leur choix, cent mètres pour les poussifs, un semi-marathon pour les plus endurants, en passant par toutes les distances intermédiaires. Puis, le soir, ce serait au tour des enfants de se mesurer au cours de jeux style olympiades sponsorisés par les entreprises de la région.

Comme autrefois, Chrissie s'était engagée à tenir la tente médicale durant tout le week-end. Avec une impatience teintée d'appréhension, elle avait à la première heure déposé Joss chez Savannah, et mis le cap sur Atlanta pour tout mettre en place pour le grand soir.

Et, à peine arrivée, voilà qu'elle tombait sur Trace.

Pendant quatre ans, elle avait fantasmé à loisir sur le moment où l'homme qui hantait ses rêves serait face à elle. À vrai dire, la réalité était quelques crans en dessous de son imagination. La terre n'avait pas tremblé, la foudre n'était pas tombée du ciel. Rien. Ils se tenaient debout sous ce dais, à se regarder, un homme et une femme dont les routes s'étaient brièvement croisées jadis, ce qui n'empêchait pas le reste du monde de continuer à tourner.

En apparence, rien n'avait changé. Sauf que son cœur cognait à coups redoublés contre ses côtes et qu'elle avait la sensation d'être en apnée.

Le message que lui délivraient les yeux de braise de Trace y était sans doute pour quelque chose.

« On remet ça ce week-end ? », semblaient-ils lui dire.

À son grand dam, elle sentait chaque fibre de son corps crier « Oui ! »

Son corps, mais pas son cerveau, qui lui conseillait de garder ses distances. Si elle renouait avec Trace, elle risquait de tout perdre.

Vue sous cet angle, la perspective d'un week-end coquin était nettement moins alléchante.

Il avait le teint plus bronzé que naguère et semblait plus mince, bien que toujours aussi athlétique. Ses short et T-shirt estampillés du logo de l'A.P.C. ne cachaient rien de sa splendide musculature. À sa main gauche, aucune alliance ni marque blanche révélatrice. Remontant le regard vers son visage, elle observa ses cheveux blonds, son nez aquilin, son menton fendu d'une fossette à la Kirk Douglas et ses yeux couleur caramel qui la regardaient avec un intérêt non dissimulé.

Le sourire s'accentua encore, et elle se sentit fondre. Pas de doute, il lui faisait toujours le même effet. Cette fois, elle n'y donnerait pas suite, elle avait bien trop à perdre pour se laisser entraîner dans une escapade sexuelle avec Trace. Mais Dieu que la tentation était forte !

— Cela fait un bail, dit Trace.

Quatre ans. Quatre longues années durant lesquelles il avait vu des choses qu'il souhaitait oublier. Chrissie pourrait justement l'y aider, ne fût-ce que pour quelques heures.

Quelques heures d'oubli, ce serait le paradis. Cette parenthèse lui permettrait de recharger ses batteries avant de retourner en enfer.

— Comment vas-tu ?

À part le changement de coiffure et les quelques kilos en plus, elle était la même que dans ses souvenirs. En mieux, en fait. Ses rondeurs lui plaisaient. Ses seins étaient plus ronds, ses hanches plus pleines…

Comme le prouvait la réaction sans équivoque d'une certaine partie de son anatomie, il aimait les courbes de Chrissie.

Bon sang. Il avait l'impression d'être un homme de Néandertal. Il ne vivait pourtant pas comme un moine, mais à quand remontait son dernier cinq-à-sept ? Et quel était le nom de sa partenaire, à quoi ressemblait-elle ? Une chose était sûre, elle ne l'avait pas marqué, contrairement à Chrissie.

L'attirance était toujours aussi forte de son côté. S'ils étaient sur la même longueur d'onde, le week-end promettait d'être torride.

Le sexe n'avait pas fait partie de ses priorités, ces derniers temps. Dans le pays à feu et à sang où il avait effectué sa dernière mission, son seul objectif était d'aider et de soigner, avec des moyens parfois dérisoires. Et de survivre, coûte que coûte. En espérant un jour pouvoir effacer de son esprit les images des morts et des suppliciés.

— Ça va plutôt bien, dit-elle, passant d'une jambe sur l'autre comme si elle était nerveuse.

Elle n'avait aucune raison de l'être. Après leur week-end de folie, ils s'étaient séparés en bons termes. Vu le nombre de fois où il avait pensé à elle depuis, il s'en serait souvenu s'il y avait eu un problème. Chaque image de ces trois jours était gravée dans sa mémoire en Technicolor incandescent.

— Que deviens-tu ? demanda-t-il.

Fuyant son regard, elle ignora la question.

— Excuse-moi, dit-elle d'un ton guindé, j'aperçois quelqu'un à qui je dois parler. Contente de t'avoir revu, Travis.

Travis ? Cela faisait mal.

Il la regarda s'éloigner en direction d'Agnes Coulson, la fondatrice de l'association. Forte femme au mental comme au physique, Agnes entoura Chrissie de ses bras de maman ourse et la serra sauvagement contre elle.

— Agnes, tu m'étouffes !

— C'est pour te montrer à quel point tu m'as manqué, mon enfant.

Chrissie se dégagea en riant.

— Toi aussi, tu m'as manqué. Ça me fait tellement plaisir de te revoir !

Trace aurait bien voulu qu'elle lui témoigne autant d'enthousiasme. Et cela ne l'aurait pas dérangé qu'elle l'embrasse comme elle venait d'embrasser Maman Ourse.

Au lieu de quoi Chrissie l'avait sèchement remis à sa place en l'appelant Travis. Comme si elle avait oublié son prénom.

Elle ne pouvait pas avoir oublié. Mais elle avait voulu qu'il le croie. C'était sa manière de lui signifier qu'il ne l'intéressait plus.

Or ses yeux avaient délivré un tout autre message lorsqu'elle l'avait aperçu. Il aurait pu jurer qu'elle avait ressenti la même excitation que lui. Il en était même sûr.

Peut-être avait-elle décelé, en observant de plus près son visage, la dureté qui lui servait de carapace de survie et avait-elle préféré garder ses distances. Il n'était plus le même que quatre ans auparavant. À certains égards, il était un homme meilleur, sauf lorsque ses démons se déchaînaient. À force de côtoyer l'horreur, il avait parfois l'impression d'être lui-même devenu un monstre.

— Il s'est passé quelque chose entre vous deux autrefois, n'est-ce pas ? Juste avant que tu partes au Soudan ? demanda Bud Coulson, le mari d'Agnes.

Depuis vingt ans, Agnes et Bud organisaient cette festive récolte de fonds pour l'association qu'ils avaient créée en souvenir de leur enfant unique, morte d'un type rare de cancer du cerveau. Ils avaient consacré leur vie à sensibiliser les gens à leur cause, et la famille de Trace comptait parmi leurs plus fidèles mécènes. Il y avait quatre ans, avant de partir en mission à l'étranger avec Médecins du Monde, Trace ne s'était pas contenté de sortir son chéquier ; il avait fait don de son temps et de ses compétences.

Même avant de travailler pour une O.N.G., il faisait plus que simplement pratiquer la médecine, bien à l'abri dans un hôpital ou une clinique. C'étaient Bud et Agnes qui avaient planté en lui la graine du bénévolat et de l'altruisme.

Comment ne pas soutenir leur association alors qu'elle permettait de soigner des enfants comme Kerry, de faire que sa mort n'ait pas été vaine ?

Un sentiment de culpabilité envahit Trace, comme chaque fois qu'il se souvenait de la fillette et de son échec à la sauver. Vite, il fallait penser à autre chose.

— C'est vrai, Chrissie m'avait charmé lors du week-end que nous avions passé ensemble.

Les souvenirs de Chrissie chassèrent tout le reste. Il s'était souvent demandé si l'intensité de ces moments passés ensemble avait un rapport avec le fait qu'il s'apprêtait à partir pour l'inconnu.

Aujourd'hui, il partait aussi pour une nouvelle mission, malgré ses parents qui le suppliaient de rester. Leur inquiétude se concevait, après l'attentat à l'hôpital de Shiara au Yémen.

Sa main alla machinalement se poser en bas de son abdomen. L'artère fémorale avait été touchée mais, contrairement à ses collègues, il s'en était sorti.

Maudits terroristes qui avaient attaqué l'hôpital d'une organisation humanitaire. Et pourquoi avait-il fallu qu'il en réchappe, lui, alors que tant de gens précieux y avaient laissé la vie ?

— Ton père m'a raconté ce qui s'est passé, dit Bud avec un signe vers sa main. Tu aurais dû rentrer au pays te faire soigner.

Trace enfouit la main dans sa poche.

— Personne n'aurait rien pu faire. Et puis j'ai eu de la chance, puisque j'ai survécu.

De la chance… Pas vraiment, mais il ne voulait pas choquer Bud en lui livrant le fond de sa pensée.

Ce dernier secoua la tête, l'air songeur.

— Remarque, ça ne m'a pas vraiment surpris que tu choisisses de rester là-bas après l'attentat.

— Je n'avais pas le choix.

Il devait à ses compagnons morts de poursuivre le travail. Médecin humanitaire, c'était d'ailleurs plus une mission qu'un travail. La sienne. Revenir au pays et se caser avec femme et enfants ne faisait pas partie de ses objectifs, ni maintenant ni dans dix ans.

Son regard dériva vers la femme qui bavardait avec Agnes. Elle était en train d'agiter les mains comme si elle cherchait à décrire un objet. En les voyant éclater de rire, il sentit son cœur se serrer.

— Ton père remuera ciel et terre pour te convaincre de rester au pays, dit Bud. Il ne renoncera jamais.

— Papa sait que je repartirai dès que j'aurai reçu mon ordre de mission. Il s'entête à croire qu'il peut m'en empêcher.

— Je ne connais pas beaucoup de parents qui laisseraient leur fils partir dans des zones à hauts risques sans tenter de le retenir…

— Ne me dis pas que tu es comme lui. Toi entre tous, tu devrais comprendre le besoin d'agir, le désir d'améliorer le monde et de soutenir les peuples opprimés par l'obscurantisme. Ton association est la preuve que tu ne te contentes pas de pieuses intentions.

— L'A.P.C. est ma vie, c'est vrai. Mais fut une époque où c'était mon engagement dans le corps des marines qui constituait ma raison de vivre. J'ai servi sous bien des latitudes avec mes camarades, dont certains sont devenus des frères, et je crois que nous avons contribué à rétablir la paix dans des zones qui étaient de véritables poudrières. Mais cela ne veut pas dire que je retournerais à cette vie-là. Parfois, il faut savoir renoncer à des activités auxquelles nous tenons pour nous rendre disponible pour autre chose, dit Bud en tournant un regard attendri vers sa femme.

— Alors, toi aussi, tu voudrais me dissuader de retourner sur le terrain ?

Bud haussa les épaules.

— Toi seul sais ce que tu as à faire…

Il fit un geste du menton en direction d'Agnes et de Chrissie qui rattrapaient visiblement le temps perdu.

— Peut-être pourrais-tu trouver une raison de rester, au lieu d'aller au bout du monde sauver des inconnus ?

— Ces inconnus, comme tu dis, ont autant besoin d'aide que les enfants dont tu finances les opérations ; davantage, même, car des bombes explosent tous les jours au-dessus de leurs têtes.

Cherchait-il à fuir quelque chose en partant avec Médecins du Monde ? C'était ce que Bud semblait insinuer, mais Trace préférait ne pas se laisser entraîner sur ce terrain-là.

— Les civils sont toujours les victimes innocentes des conflits, concéda son vieil ami. Fais en ton âme et conscience. Ici aussi il y a bien des gens qui auraient besoin de ton aide ; penses-y, c'est tout ce que je te demande.

— Papa t'aurait-il convaincu de plaider sa cause ? demanda Trace, soupçonneux.

Bud rit.

— Je ne vais pas prétendre qu'il ne m'a jamais parlé de son désir de te retenir au bercail, mais je parle en mon nom et en celui de personne d'autre. Je suis intimement persuadé que ta place est ici.

Trace ne doutait pas un instant de sa sincérité. Bud avait tout intérêt à ce qu'il reste à Atlanta, l'association ne fonctionnait que grâce à l'action des bénévoles, et un médecin bénévole valait son pesant d'or pour prêcher la bonne parole et attirer les mécènes. De plus, si Bud le convainquait de poser définitivement ses valises au pays, le père de Trace, magnat de l'immobilier, financerait l'A.P.C. jusqu'à la fin de ses jours en guise de remerciement.

Faire du bénévolat tout au long de l'année pour la cause des enfants malades n'aurait pas déplu à Trace. Mais il y avait le revers de la médaille : son père voudrait de nouveau se mêler de sa vie.

— Au cas où tu ne l'aurais pas remarqué, une jolie blondinette te regarde.

Trace avait remarqué. Un intense intérêt se lisait dans les yeux émeraude que Chrissie tournait toutes les deux secondes vers lui. L'attirance était de toute évidence réciproque.

Alors, pourquoi l'avait-elle snobé ?

Chrissie s'efforçait de se concentrer sur la conversation d'Agnes mais ses yeux, mus par une volonté propre, revenaient sans cesse vers Trace.

Pourquoi fallait-il qu'il soit si séduisant ? Il l'attirait comme un aimant. Pas étonnant qu'elle ait perdu la tête, quatre ans plus tôt. Cet homme débordait de charme, de charisme, il était si beau que c'en était indécent…

— Ça fait plaisir d'avoir de nouveau Trace parmi nous, n'est-ce pas ? dit Agnes d'un ton goguenard.

Oups. Elle avait compris ce qui retenait son attention, et ne se gênait pas pour le lui signifier. Chrissie aurait pu faire semblant de ne pas comprendre, mais son amie n'aurait probablement pas été dupe. Après tout, la dernière fois, Trace et elle n'avaient eu d'yeux que l'un pour l'autre, nul doute que tout le monde l'avait remarqué, à l'époque.

— Où se cachait-il tout ce temps ?

— Son dernier poste était au Yémen.

— Au Yémen ? dit-elle, étonnée.

— Tu ne savais pas qu'il travaillait pour Médecins du Monde ? Il va repartir bientôt, malheureusement. Il est revenu parce que sa cousine unique vient d'avoir un bébé et qu'il avait un peu de temps libre entre deux missions.

Le regard de Chrissie se reporta sur Trace. Le Yémen. Elle savait que ce pays se situait quelque part au Moyen-Orient, à moins que ce fût en Afrique… Elle aurait dû être plus attentive durant les cours d'histoire-géo.

— En le voyant, je me suis demandé si vous étiez restés en contact et si vous aviez convenu d'un rendez-vous aujourd'hui, dit Agnes. Ou est-ce le hasard qui vous a réunis ?

Autant mettre tout de suite les choses au point.

— Je garde, certes, de bons souvenirs de ma rencontre avec Trace…

De bons souvenirs. Un euphémisme. Ils étaient gravés au fer rouge dans sa mémoire.

— Mais lui comme moi savions qu'il n'y aurait pas de suites, dit-elle. Je n'avais aucune idée qu'il serait là aujourd'hui.

— Dommage. Ce garçon aurait besoin de quelqu'un dans sa vie.

— On dirait que tu le connais bien, dit Chrissie.

Elle adoptait un ton désinvolte pour cacher son intérêt.

— Je le connais depuis qu'il est bébé. Son père et Bud ont usé leurs fonds de culottes sur les mêmes bancs d'école. Ils étaient inséparables. Trace avait quelques mois de plus que notre fille. Nous espérions qu'ils tomberaient amoureux l'un de l'autre en grandissant et qu'un mariage scellerait l'union entre nos deux familles, fit Agnes d'une voix triste. Au lieu de cela, Kerry est morte et Trace passe le plus clair de son temps à l'étranger.

— Tu es en train de dire du mal de moi, Agnes ?

Les joues d'Agnes virèrent au rose pivoine.

— Au contraire, dit-elle en se retournant vers Trace. Je chantais tes louanges.

— Je ne mérite pas de louanges.

Il l'avait dit sur le ton de la plaisanterie, mais, vu l'amertume de son regard, la remarque était plus sérieuse qu'il n'y paraissait.

— Ne fais pas le modeste, répondit Agnes. Alors, où allons-nous faire travailler notre Chrissie cette année ?

Elle tiqua. Elle n'était pas « leur » Chrissie, du moins pas celle de Trace.

— J'aimerais bien être à l'accueil, si tu es d'accord, dit-elle à Agnes en ignorant ostensiblement Trace. C'est ce que j'avais fait la dernière fois.

— Tu étais là l'année dernière ? demanda Trace en se méprenant sur le sens de sa phrase.

Agnes répondit pour elle.

— Non. Chrissie est une revenante, comme toi. Mais nous sommes drôlement contents de la revoir. C'est notre petit ange en blouse blanche.

Un ange qui n'avait rien d'éthéré. Ses hormones se déchaînaient depuis qu'elle avait vu Trace, le sang cognait à ses tympans, du feu coulait dans ses veines, alors qu'il ne l'avait même pas touchée.

Agnes n'avait pas précisé le nombre d'années où elle était restée absente de la manifestation. L'avait-elle fait à dessein ? Et dans quel but ?

— Trace, tu veux bien conduire Chrissie à la zone d'accueil pour lui montrer comment s'organisent les choses cette année ?

— Bien, chef. Suis-moi, Chrissie.

Le sourire à cent mille volts était de retour. L'expression de Trace ressembla soudain tellement à celle qu'elle voyait tous les jours sur le visage de son fils qu'elle en eut le souffle coupé. Ses pieds refusèrent d'avancer. Les murs de la tente se mirent à flotter.

— Chrissie ?

Secouant la tête pour dissiper le vertige, elle s'avança vers lui.

Trois jours. Il fallait tenir trois jours, puis elle laisserait tomber l'A.P.C. pour toujours et se chercherait une autre cause caritative à défendre à Chattanooga afin de n'avoir jamais plus à revoir Trace Stevens.

2.

— Tu as changé.

Chrissie jeta un regard noir à Trace. Bien sûr qu'elle avait changé. Elle était mère. Mais elle n'avait pas l'intention de le lui révéler.

Bien qu'ils n'aient pas beaucoup parlé, quatre ans plus tôt, il avait tout de même pris le temps de lui dire qu'il était « un célibataire endurci qui n'avait aucune intention de se reproduire », fin de la citation. Ces mots, et la bataille de ses propres parents pour obtenir sa garde lorsqu'elle avait sept ans, avaient convaincu Chrissie que Joss n'était qu'à elle, à elle seule. Pour Trace, elle ne représentait qu'une aventure sans lendemain, une rencontre d'un week-end, un *one shot*, pour parler trivialement. Il serait plus embarrassé qu'autre chose de se savoir père.

Tout de même, il a le droit de le savoir, lui souffla une petite voix qu'elle étouffa aussitôt.

Elle n'avait aucune raison de se sentir coupable. Ils avaient, il y avait longtemps, passé un week-end ensemble, juste pour le plaisir, et il lui avait clairement signifié de ne rien attendre de sa part. Manque de chance, elle était tombée enceinte.

Aurait-elle voulu le prévenir qu'elle ne l'aurait pas pu, car il ne lui avait pas laissé ses coordonnées. Bien sûr, elle aurait pu les obtenir par Bud et Agnes. Mais elle ne les leur avait pas demandées.

Trace et elle s'étaient séparés sans intention de rester en contact ni de se revoir. S'il avait voulu la retrouver, fût-ce de l'étranger, il lui aurait suffi de quelques secondes de recherche sur Internet. Il n'y avait pas trente-six mille Chrissie Tomberlain infirmière à Chattanooga. Mais il n'en avait de toute évidence pas pris la peine, aussi ne s'était-elle jamais sentie d'obligations à son égard. Enfin, presque jamais. Sa conscience la tourmentait parfois, mais, dans l'ensemble, elle savait qu'elle avait pris la bonne décision pour son fils. En gardant le silence, elle avait même d'une certaine manière protégé Trace qui avait clairement exprimé son refus d'avoir des enfants.

La manière et la personne avec laquelle elle avait conçu Joss n'avaient plus guère d'importance aujourd'hui. Ce qui comptait, c'était ce merveilleux petit garçon autour de qui elle avait construit son existence. Il était le centre de son monde, et elle ferait tout son possible pour lui éviter les déchirements qu'elle avait subis dans sa propre enfance. Elle voulait le meilleur pour lui. Point barre.

Trace n'entrait pas dans l'équation. Jamais elle n'avait pensé le revoir.

Les yeux caramel exprimaient une émotion qu'elle ne parvenait pas à déchiffrer. Se pouvait-il qu'il soit content de la revoir ?

Elle ignorait qu'il passait son temps à l'étranger. Jamais il ne lui en avait parlé durant leur week-end de folie. Mais, pour être honnête, ils n'avaient pas beaucoup discuté…

— Depuis quand travailles-tu pour Médecins du Monde ?

— Je vois qu'Agnes t'a raconté des choses sur moi.

Il éludait la question. Intéressant. La plupart des hommes auraient sauté sur l'occasion de raconter en détail leur travail de médecin humanitaire, ô combien valorisant. Ils auraient souligné leur altruisme pour marquer des points auprès de la gent féminine. Pas Trace. Quatre ans auparavant, il ne lui en avait pas dit un mot non plus.

Aujourd'hui, en quinze minutes, elle venait d'en apprendre plus à son sujet que durant tout un week-end.

Était-ce parce qu'il avait été sur le départ pour une mission humanitaire qu'il n'avait pas voulu davantage qu'une aventure sans lendemain ?

— De quand date ton engagement avec Médecins du Monde ? demanda-t-elle, revenant à la charge.

Cela ne l'avancerait guère, mais elle voulait une réponse. Peut-être le comportement de Trace s'expliquait-il plus simplement qu'elle ne le croyait ; et si, à l'époque, il ne l'avait pas informée de sa profession parce qu'elle était à ses yeux quantité négligeable, une fille de passage juste bonne pour quelques parties de jambes en l'air ?

— Je suis parti la semaine après notre rencontre, dit-il enfin. J'avais repoussé la date de mon départ pour aider Agnes et Bud à la fête de l'A.P.C. et passer un peu de temps avec eux. C'est pour cette raison que je ne m'étais pas inscrit sur la liste des participants en tant que médecin, mais simplement en tant que bénévole.

Il était parti quelques jours après leur week-end…

— C'est la première fois que je reviens aux États-Unis depuis.

En quatre ans, il n'était pas rentré une seule fois au pays. Pendant toute la durée de la vie de Joss, Trace avait été occupé à aider les populations meurtries dans les zones de conflit.

À cette pensée, le vertige la saisit.

— Oh.

— Comme tu dis.

Il tendit la main pour lui caresser la joue.

— Je n'ai pas dû être d'une grande efficacité comme bénévole, lors de ce week-end ; je ne me rappelle même plus ce que j'y ai fait. Tout ce dont je me souviens, c'est de toi.

Incapable de se dérober à son contact, elle le fixait, sous le charme de ses envoûtants yeux caramel.

« C'est vrai ? » avait-elle envie de demander. Elle ne valait pas mieux qu'une collégienne amoureuse.

Toutes les certitudes qu'elle s'était patiemment construites en quatre ans s'écroulaient. Durant sa grossesse, elle s'était persuadé qu'il passait son temps à faire la fête à Atlanta en compagnie de beautés filiformes pendant que son tour de taille à elle s'arrondissait, ce qui avait alimenté sa rancune contre lui. Elle découvrait qu'elle s'était trompée sur toute la ligne. La dureté qu'elle lisait dans son regard témoignait à elle seule des atrocités qu'il avait dû voir au cours de ses missions. Non, il n'avait pas mené la vie insouciante d'un séducteur volage, mais celle, ô combien éprouvante, d'un médecin humanitaire.

— T'est-il arrivé de penser à moi, Chrissie ?

Tout le temps. Mais elle ne le lui avouerait certainement pas. Comment aurait-elle pu ne pas penser à lui alors que Joss lui ressemblait comme deux gouttes d'eau ?

Les traits et la couleur des yeux étaient identiques. Mais, maintenant qu'elle avait revu Trace, elle constatait avec effroi qu'ils avaient également les mêmes expressions de visage. Joss était un miniTrace.

— Ou m'as-tu oublié dès la seconde où tu as quitté Atlanta ?

Croyait-il qu'elle collectionnait les aventures ? Si c'était le cas, il avait tout faux. Avant lui, elle n'avait connu qu'un autre homme, un ancien camarade de lycée qui lui avait pris sa virginité et s'était révélé un amant médiocre. Et, depuis le week-end qui avait bouleversé sa vie, elle n'était plus jamais sortie avec personne.

Il valait mieux ne pas le lui dire. Beau et séduisant comme il l'était, il avait dû multiplier les conquêtes à l'étranger.

— Tu sais très bien que tu n'es pas le genre qu'on oublie, dit-elle en prenant son ton le plus désinvolte. Pareil pour notre week-end, il était assez mémorable.

— Tant mieux, dit-il en souriant. Moi aussi, j'y ai souvent repensé. Entre nous, c'était fabuleux, n'est-ce pas ?

Il attendait visiblement qu'elle acquiesce, mais elle garda le silence. Elle avait répondu à suffisamment de questions.

— Quelque chose me dit pourtant que tu n'as pas envie de renouveler l'expérience ? fit-il d'une voix hésitante.

Bien vu. Son corps était d'un autre avis, évidemment, mais c'était heureusement son cerveau qui décidait. Et son cerveau lui criait de garder ses distances avec Trace.

C'était le père de son fils. Un fils dont il ignorait l'existence. Pour qu'il ne la découvre pas, il fallait qu'elle évite de se retrouver en sa présence, sinon elle risquait de laisser échapper une parole qui la trahirait. Rien que d'imaginer qu'il lui fasse le même coup que son propre père…

La pensée que Trace puisse disparaître avec Joss lui était insupportable. Bien sûr, il était peu probable que le célibataire endurci qu'il était s'intéresse à Joss, mais le risque existait néanmoins. Après tout, son père ne lui avait pas accordé la moindre attention durant les sept premières années de sa vie, avant de déclarer une guerre sans merci à sa mère pour obtenir sa garde.

Elle aurait dû répondre bien sagement qu'il avait raison, qu'elle n'avait aucune envie de recommencer.

— À quoi vois-tu cela ? répondit-elle à sa grande surprise.

Elle jouait avec le feu.

Le visage de Trace s'éclaira.

— Alors, tu acceptes qu'on remette cela ?

Prudence.

— Toi, que veux-tu ?

— Quel homme sain d'esprit ne voudrait pas revivre ce que nous avons vécu ?

— Tu veux dire du sexe, sans aucun engagement sentimental ? répondit-elle, brutale à dessein.

L'expression sembla le choquer.

— Ce n'est pas ainsi que je décrirais notre… relation.

Quelle relation ?

— Inutile d'enjoliver la réalité. Nous ne voulions rien d'autre que du plaisir, dit-elle en durcissant encore le ton.

Il l'observa d'un air presque chagrin.

— Es-tu si sûre que tu ne voulais rien d'autre ?

Le sang afflua à ses joues. Attention à ce qu'elle allait répondre.

— Tu m'avais dit que tu voulais rester célibataire, je n'espérais donc rien de toi…

Elle n'espérait certainement pas tomber enceinte et devenir maman.

— Pas d'attaches, cela me convenait fort bien, dit-elle en insufflant le maximum de conviction dans sa voix.

L'air soudain très las, il se passa la main dans les cheveux.

— Je quittais le pays trois jours plus tard. Même si je l'avais voulu, je n'aurais rien pu te proposer de plus.

Décelait-elle une note de regret dans sa voix ?

Mais non. Elle se sermonna. Elle prenait ses désirs pour une réalité. Elle devait s'en tenir à sa résolution de l'éviter, et tout se passerait bien pour Joss et pour elle.

Si Trace pouvait revenir en arrière, quatre ans auparavant, changerait-il quelque chose à son comportement ?

Il s'était souvent posé la question. Et la réponse ne variait pas. S'il n'avait pas signé de contrat avec Médecins du Monde, tout aurait été différent.

— À l'époque, il m'était impossible de m'engager auprès de quelqu'un.

Toute relation sentimentale avait été exclue, mais il n'aurait pas été contre l'idée de passer davantage de temps avec elle pour laisser leur passion de se consumer naturellement.

Le joli visage de Chrissie s'était crispé.

— Ce qui explique que tu ne m'aies pas demandé mon numéro de téléphone ?

Elle prétendait avoir été sur la même longueur d'onde que lui, mais, d'après sa question, elle avait été blessée.

— Ça ne m'aurait servi à rien de l'avoir.

— Je vois.

— Je ne crois pas, non.

Glissant un doigt sous son menton, il plongea son regard dans les yeux émeraude de Chrissie.

— J'étais sur le départ pour une mission dans une zone de guerre. Il n'aurait pas été juste de t'entraîner, toi ou une autre, dans une relation à distance d'où il ne serait rien sorti de bon.

Les lèvres de Chrissie se mirent à trembler, ces lèvres qu'il désirait tellement embrasser qu'il en avait mal. Ils étaient désormais seuls sous la tente médicale, mais quelqu'un risquait à tout moment d'entrer. Et alors ? Pour un rescapé de l'enfer comme lui, il y avait pire que d'être surpris en train d'embrasser une jolie femme. Le problème, c'étaient les signaux contradictoires que lui envoyait Chrissie.

Elle soufflait le chaud et le froid.

Quand il l'embrasserait de nouveau, et il savait que cela ne tarderait pas, il voulait qu'elle désire ce baiser autant que lui. Sans doute refusait-elle de l'admettre, mais elle se languissait de ce moment — tout en elle l'indiquait, sa posture corporelle, son expression, ses yeux.

— Bref, tu es un saint.

Encore cette ironie glaciale. Et cette note sous-jacente de rancune qui trahissait une blessure.

— Bien sûr que non.

— Agnes ne jure pourtant que par toi.

— Elle manque d'objectivité. C'est ma marraine.

Les yeux de Chrissie s'écarquillèrent. Agnes n'avait de toute évidence pas poussé ses confidences jusque-là.

— Son mari Bud et mon père étaient autrefois voisins, et meilleurs amis. C'est un miracle qu'ils le soient restés malgré le caractère de mon père.

— Il a mauvais caractère ?

— La plupart des gens diraient qu'il a du caractère, point barre. Ses subordonnés le décrivent comme un homme quasi parfait…

— Mais pas toi ?

Son père arrivait en tête des sujets qu'il n'avait pas envie d'aborder, avec le Soudan, le Yémen, Kerry…

— Parlons d'autre chose, si tu veux bien. Tu as vu le dernier match des Braves ?

Il vit les émotions défiler sur le joli visage de Chrissie. Ce visage auquel il s'était raccroché comme à une bouée de sauvetage durant quatre ans. Quand la cruauté des hommes devenait trop insupportable, il fermait les yeux pour se le rappeler, pour puiser du réconfort dans les lacs verts de ses yeux.

— Tu ne t'en souviens peut-être pas, à moins que tu ne l'aies jamais su, mais je ne suis pas une fan de base-ball.

Personne n'était parfait. Pas même elle.

— Tous les Américains aiment le base-ball, voyons.

Elle haussa les épaules.

— À mon avis, les Braves sont des gamins attardés. Et surpayés.

— Pourtant, ils ne se ménagent pas sur le terrain, ils ont un *home run* de folie. Un cogneur comme Nick Markakis mérite chaque dollar de son salaire.

Elle secoua la tête d'un air consterné.

— Toi, tu m'as tout l'air d'avoir une vocation contrariée.

Il rit. Seigneur, comme cela faisait du bien ! Cela faisait longtemps qu'il n'avait pas entendu ce son sortir de sa gorge. Attention, ses missions ne lui laissaient pas que des souvenirs négatifs. Il avait soigné des gens qui avaient désespérément besoin d'aide, sauvé des femmes, des enfants. Il s'était senti vivant, utile.

— Pas du tout. Je n'ai jamais rêvé d'être joueur de base-ball. Mais j'ai quelques amis dans l'équipe.

— L'équipe des Braves d'Atlanta ? dit-elle, incrédule.

Il hocha la tête. Son promoteur immobilier de père gérait, à ses heures perdues, les finances de plusieurs joueurs vedettes des Braves. Avant son départ des États-Unis, Trace avait gravité dans les mêmes cercles huppés que lui et fréquenté le gratin d'Atlanta. À présent, il n'avait que faire de ces mondanités alors que des millions de gens mouraient de faim sur d'autres continents ou étaient persécutés en raison de leurs croyances religieuses ou de leurs origines.

S'efforçant de chasser ses souvenirs, il se concentra sur le ravissant minois face à lui. Chrissie lui faisait l'effet d'une bouffée d'oxygène.

Elle fronçait pourtant les sourcils.

— Peux-tu me dire au juste qui tu es ? demanda-t-elle, l'air contrarié

Il fit mine de ne pas comprendre.

— Je m'appelle Trace Stevens. Trace, pas Travis.

Pour la première fois, un sourire apparut sur les lèvres de Chrissie. Un sourire un peu coupable qui confirma ce qu'il avait soupçonné. L'« oubli » de son prénom était aussi révélateur que sa remarque sur le fait qu'il ne lui avait pas demandé son numéro de téléphone.

— Je me suis porté bénévole pour assurer la permanence dans la tente médicale, dit-il, jouant le jeu jusqu'au bout. Nous allons travailler en étroite collaboration durant le week-end.

— Pas trop étroite, j'espère, dit-elle sèchement.

Cette vertueuse protestation était-elle censée cacher ses véritables sentiments ?

Mais peut-être interprétait-il mal les signaux qu'elle lui envoyait. Peut-être ne voulait-elle sincèrement rien avoir à faire avec lui.

Sa vie à lui était restée en suspens depuis quatre ans, mais pas celle de Chrissie. Elle pouvait très bien s'être mariée entre-temps ou vivre en couple avec quelqu'un.

Convaincu qu'elle éprouvait la même attirance pour lui que naguère, il avait d'emblée supposé qu'elle était célibataire, disponible.

Son regard se porta sur sa main gauche et son annulaire.

— Pas d'alliance, dit-il. Un petit ami ?

— Je ne suis pas mariée. Mais il m'arrive de sortir de temps en temps avec des hommes.

Le démon vert de la jalousie le nargua.

Il se raisonna. Il n'avait aucun droit sur elle. Il n'en avait jamais eu.

Quand il l'avait vue à l'entrée de la tente, il avait été si heureux de la retrouver qu'il n'avait pas songé un seul instant qu'elle pouvait être en couple. Il la désirait si fort qu'elle ne pouvait être qu'à lui…

Sauf que quatre ans avaient passé. Et qu'il ne lui avait jamais demandé de l'attendre, bien au contraire.

Pourquoi l'aurait-elle attendu ? Pour un rendez-vous fugace une fois tous les quatre ans ?

Il n'avait, hélas, rien d'autre à lui offrir. Ni aujourd'hui ni demain.

3.

Chrissie devait s'éloigner de Trace. En sa présence, elle perdait tous ses moyens et devenait de plus en plus vulnérable, tant elle était sensible à son charme, à la douceur de sa voix, de ses yeux qui savaient se faire si caressants.

Une seule solution pour échapper à son pouvoir d'attraction : prendre de la distance.

— Si nous passions aux choses sérieuses ? dit-elle en prenant son ton le plus professionnel. Que reste-t-il à mettre en place ?

— Rien. Bud et Agnes ont déjà tout organisé. Les caisses qui contiennent les dons sont là-bas, dûment étiquetées, répondit-il, geste à l'appui. Jouets, livres, CD, vêtements… Les gens donnent ce qu'ils veulent en échange. Si ça te va, on n'a qu'à faire comme il y a quatre ans.

Faisait-il exprès d'utiliser cette formule vague, ambiguë à souhait ? Ou était-ce elle qui y voyait un sens caché ?

— Partager la zone en deux et installer un espace dédié aux premiers soins ?

Dans une manifestation avec compétition sportive qui attirait des centaines de participants, il fallait un poste de secours d'urgence.

— Oui. Mais, cette fois, il faudrait prévoir un rideau pour assurer l'intimité des patients.

Et la leur ?

Son imagination lui jouait des tours, elle prêtait certainement à Trace des intentions qu'il n'avait pas.

Elle avait les joues en feu. Sans doute s'en rendait-il compte. Pourvu qu'il l'attribue à la chaleur qui régnait sous le chapiteau.

— Entendu. Combien de bénévoles avons-nous cette année pour tenir la tente médicale ?

Plus il y en aurait, mieux ce serait. Si seulement ils avaient pu être assez nombreux pour rendre impossible tout tête-à-tête avec Trace.

— Une douzaine, je crois.

Tirant une liste de sa poche, il lut.

— Deux médecins, quatre infirmières, un interne, deux brancardiers et quelques étudiants en médecine. Cela devrait suffire.

À cet instant, une jeune femme entra sous la tente.

— Trace Stevens ?

Sa voix avait un léger accent. Ravissante avec ses yeux noisette et ses longs cheveux bruns rassemblés en queue-de-cheval, la nouvelle venue se dirigea droit vers Trace. Elle semblait si contente de le voir que Chrissie crut qu'elle allait se jeter à son cou.

— Alexis ! dit-il, l'air tout aussi réjoui.

Et il la prit dans ses bras pour la serrer contre lui.

— Je viens de voir ton nom sur la liste.

— Quel plaisir de te revoir ! dit Alexis avec un sourire à faire pâlir un mannequin de pub pour dentifrice. On m'avait dit que tu étais de retour en ville et que tu serais à la fête de l'A.P.C., mais cela paraissait trop beau pour y croire !

— Tu vois, on ne t'a pas menti, dit-il en rendant son sourire à la belle jeune femme.

Pour être belle, elle l'était. Elle avait un visage d'ange, des mensurations de déesse, et une voix rauque que son accent exotique rendait plus envoûtante encore. Surtout, elle dévorait Trace du regard comme s'il était en chocolat et qu'elle n'avait pas mangé depuis des semaines.

Chrissie déglutit. On aurait dit elle, il y avait quatre ans.

Non, non et non. Je ne suis pas jalouse, se répéta-t-elle dans l'espoir de s'en convaincre. *Cette sublime Alexis peut bien lui faire les yeux doux tant qu'elle veut, je m'en fiche.*

Trace ne représentait rien pour elle. C'était simplement un

inconnu dont elle avait autrefois partagé le lit le temps d'un week-end.

Un inconnu qui lui avait fait un enfant.

Voilà pourquoi elle ne pouvait pas supporter de les voir flirter. Elle pensait à Joss. Sa contrariété n'avait rien à voir avec de la jalousie et tout avec l'instinct protecteur d'une mère.

— Euh… Je vais préparer le comptoir d'accueil, je vous laisse rattraper le temps perdu.

La jeune femme, qui parlait d'amis communs avec Trace, se retourna soudain vers Chrissie d'un air contrit.

— Je vous ai interrompus ? Je suis désolée. J'ai vu Trace, il fallait que je vienne lui dire bonjour. Et, comme toujours avec lui, je me suis laissée emporter…

Elle fit un clin d'œil à Chrissie comme si elles partageaient un secret.

— Il a cet effet sur les femmes, dit Alexis. Soyez prudente.

Une mise en garde dont Chrissie n'avait pas besoin. Elle savait combien Trace pouvait être dangereux.

— Merci du conseil, répondit-elle en forçant un sourire sur ses lèvres.

— Chrissie est immunisée contre mon charme.

Pourquoi prenait-il la peine de dire cela à Alexis ? Pour lui montrer qu'ils n'étaient pas ensemble et que la voie était libre ?

Encore une fois, son imagination s'égarait.

Alexis haussa les sourcils d'un air intrigué, sans toutefois poser de questions.

Quant à Trace, son regard allait de l'une à l'autre. Sans doute voyait-il le contraste entre elles. Il aurait été difficile de ne pas le remarquer.

— Chrissie, je te présente le Dr Alexis Gianakos. Alexis est l'un des meilleurs cardiologues avec qui j'ai eu le plaisir de travailler.

Une cardiologue ? Intelligente, en plus d'être belle.

— Comme tu l'as peut-être deviné, elle et moi exercions dans le même hôpital avant que je rejoigne Médecins du Monde. Elle va être bénévole durant tout le week-end.

Avait-il l'intention de travailler en étroite collaboration avec elle aussi ?

Chrissie se garda évidemment de poser la question.

Autant être honnête avec elle-même. Elle était jalouse. Et elle détestait ce sentiment.

— Enchantée.

Alexis lui donna une poignée de main à la fois douce et ferme. Ses ongles étaient impeccablement manucurés.

Chrissie ne put s'empêcher de regarder sa propre main. Ses ongles vierges de tout vernis étaient coupés court, aucune bague n'ornait ses doigts.

Et aucun beau chevalier à l'horizon qui risquait de lui en offrir une un jour.

Elle se lassait vite des hommes avec lesquels elle sortait. Soit ils la prenaient pour une conquête facile parce qu'elle était mère célibataire, soit ils ne comprenaient pas que Joss passe avant eux. Au bout de deux rendez-vous, c'était terminé.

C'était Savannah, sa meilleure amie, qui la poussait à sortir. Savannah était une femme comblée depuis qu'elle avait épousé le Dr Charlie Keele, et elle poussait Chrissie à multiplier les rencontres afin de trouver, elle aussi, la perle rare.

Mais ce qui convenait à Savannah ne convenait pas forcément à Chrissie. Le seul homme qu'elle voulait dans sa vie, c'était Joss.

— Vous êtes aussi une vieille amie de Trace ?

L'accent d'Alexis semblait plus prononcé.

— Non, nous sommes de simples connaissances. Nous nous sommes rencontrés ici il y a quelques années.

— Ah, dit Alexis comme si elle comprenait soudain.

Cette fois, ce fut à son tour de les regarder à tour de rôle.

— Si vous voulez bien m'excuser, dit Chrissie, je vais me mettre au travail.

Elle s'éloigna avant que l'un ou l'autre ne puisse la retenir. Elle n'avait aucune envie de rester plantée là à regarder cette beauté brune flirter avec Trace.

Avaient-ils été amants par le passé ? Si oui, ils avaient dû former un beau couple.

Il était libre de faire ce qu'il voulait avec qui il voulait. Tout ce qu'elle demandait, c'était de ne pas le savoir.

Ce qu'elle aurait par-dessous tout aimé, c'était l'effacer de sa mémoire. Affichant un calme qu'elle était loin de ressentir, elle déposa les bulletins d'adhésion sur le comptoir.

Il fallait qu'elle fasse illusion le temps du week-end. Trois petites journées à jouer la comédie de l'indifférence. C'était dans ses cordes, non ?

Chrissie était jalouse.

Elle n'avait aucune raison de l'être, mais qu'elle le soit réjouissait Trace. Cela prouvait qu'il ne la laissait pas indifférente.

Alexis enchaînait les anecdotes à propos d'anciens collègues à eux, mais Trace ne l'écoutait que d'une oreille. Son attention était fixée sur Chrissie qui s'affairait avec une énergie féroce et un sourire forcé. Les tables, les chaises, tout était déjà en place, mais elle s'activait comme si tout restait à faire.

— Qui est-ce ?

La question d'Alexis ne le surprit pas. Fine mouche, elle avait décelé son intérêt pour Chrissie.

— Quelqu'un que j'ai rencontré il y a quatre ans.

— Vous êtes restés en contact ?

Le regard toujours fixé sur Chrissie, il secoua la tête.

— Aujourd'hui, c'est la première fois que je lui reparle.

— Elle a l'air de t'avoir marqué. Ça a dû être quelque chose, il y a quatre ans.

— Sans doute, répondit-il, laconique.

Pas question de se répandre en confidences sur Chrissie, surtout pas auprès d'Alexis.

Debout au milieu de l'assistance, Chrissie suivait avec attention le discours de Bud. Elle adorait les cérémonies d'ouverture.

Elle aimait connaître l'histoire derrière les événements, savoir à qui profiterait la collecte de fonds, quels types de patients avaient déjà été aidés et guéris. Et elle écouta avec émotion Bud puis Agnes parler de leur fille défunte, de ces maladies terribles qu'étaient les cancers du cerveau — en progression constante —, de la manière dont l'association qu'ils avaient fondée avait évolué au fil des ans et de leurs espoirs de créer un réseau d'entraide au sein des grandes villes américaines.

Si une maladie mortelle devait toucher son fils, elle ne savait comment elle réagirait. Si le pire devait arriver, elle voulait croire que, à l'instar d'Agnes et de Bud, elle surmonterait son chagrin pour aider d'autres petits patients atteints du même mal.

À moins qu'elle ne s'effondre complètement et ne renonce à vivre.

— À quoi penses-tu ?

La voix de Trace la fit sursauter.

— Je m'émerveillais du fait qu'Agnes et Bud aient su transformer cette perte si tragique en une expérience positive.

— Ce sont des gens bien qui aiment donner aux autres.

— Un médecin qui consacre quatre ans de sa vie aux autres me semble également quelqu'un de bien.

Le visage de Trace se durcit.

— Même en faisant mon maximum, je n'arrive pas à la cheville des deux personnes qui se trouvent sur cette estrade.

— Qui te dit que je parlais de toi ? dit-elle, malicieuse.

Elle lui arracha un sourire, ce qui était le but recherché. Quatre ans auparavant, il n'avait pas ces ombres au fond des yeux. Ce qu'il avait vu au cours de ses missions l'avait visiblement marqué.

Avait-il quelqu'un dans sa vie qui l'aidait à supporter ce fardeau ? Quelqu'un qui l'avait soutenu lors de ses missions à l'étranger ?

— Alexis est une ancienne petite amie ?

Zut. Ce n'était pas la question qu'elle voulait poser, mais les mots avaient jailli sans qu'elle puisse les arrêter.

— Nous sommes sortis ensemble une fois ou deux.

De grave, son expression était devenue presque jubilatoire. Le monstre avait deviné qu'elle était jalouse.

— Moi, tu ne m'as pas fait cet honneur, dit-elle. Je suppose que ça répond à ma question.

À son grand dam, son ton trahissait son amertume ; elle paraissait encore plus jalouse. Elle aurait mieux fait de se taire.

— Quelle question ?

— Celle de savoir si tu avais couché avec elle.

Cela faisait des années qu'elle se torturait en imaginant ce qu'il faisait, et avec qui, pendant qu'elle élevait leur fils. À présent, elle avait au moins un visage à mettre sur l'une de ses nombreuses maîtresses.

— Je n'ai pas couché avec Alexis.

— C'est ça, dit-elle en levant les yeux au ciel.

— Peut-être me suis-je mal exprimé. Ce que je voulais dire, c'est que nous sommes sortis ensemble, en ville, pour aller dîner au restaurant ou faire la fête avec des collègues. Je ne l'ai jamais ramenée chez moi. Je ne vois pas pourquoi je te mentirais, dit-il en voyant sans doute de l'incrédulité dans son regard.

Il marquait un point. En effet, pourquoi lui aurait-il menti alors qu'il n'avait aucun compte à lui rendre ?

— C'est vrai, tu n'as aucune raison de le faire.

— Si j'avais couché avec elle, cela aurait-il fait une différence ?

Bon sang, cet homme lisait dans ses pensées !

— Pas du tout.

Un beau mensonge. S'il avait été l'amant d'Alexis, cela aurait tout changé. À cause de Joss. Sa jalousie s'expliquait uniquement par le fait qu'elle avait porté l'enfant de Trace. C'était du moins ce qu'elle se répéterait jusqu'à en être convaincue.

Elle reporta son attention sur l'estrade. Agnes lançait un vibrant appel aux dons, et Chrissie essaya de se concentrer sur son discours. Las, elle avait du mal, avec Trace tout près d'elle, si près qu'elle sentait la chaleur de son corps contre son bras.

— Je ne te crois pas, lui murmura-t-il soudain à l'oreille.

Son souffle lui chatouillait la peau. Seigneur, étaient-ce ses lèvres qu'elle sentait sur sa nuque ?

— Je me fiche de ce que tu crois ou pas, dit-elle en s'écartant. À tout à l'heure.

Et elle joua des coudes à travers la foule pour s'éloigner de lui.

Et, surtout, pour fuir ses propres réactions à cet homme.

La soirée battait son plein. Sous la tente médicale, Trace était en train d'examiner la cheville gonflée d'une bénévole.

— Une belle entorse, madame… Perez, dit-il après un coup d'œil à son badge. Vous, vous avez fait du trampoline…

— J'ai sauté un peu trop énergiquement dans le château gonflable.

— Je vois ça.

Il pressa le mollet de la patiente et observa la réaction du muscle et du pied.

— Le tendon d'Achille n'est pas déchiré, mais la fête est terminée pour vous.

La consternation se lut sur le visage de Mme Perez.

— Oh non ! Ne pourriez-vous pas me donner un de vos comprimés miracles ?

Il rit.

— Désolé, je n'ai pas cela en magasin. Un antidouleur, c'est tout ce que je peux vous proposer. Et une poche de glaçons pour résorber le gonflement. Vous allez rester assise ici une vingtaine de minutes, le pied sur un coussin. Vous n'êtes pas en état de conduire, y a-t-il quelqu'un qui pourrait venir vous chercher ?

La quinquagénaire secoua la tête.

— Ma fille est en déplacement en Floride pour son travail, et mon fils habite Chicago avec sa femme et ses enfants. Je vis seule.

— Bon, on va trouver une solution pour vous ramener chez vous. En attendant, défense de poser le pied à terre.

— Moi qui me faisais un tel plaisir de faire du bénévolat

dans la tente cafétéria ! Je n'ai pas raté une seule fête depuis la naissance de l'association.

— Hélas, vous n'êtes pas en état de travailler au comptoir.

— Peut-être pourrais-je servir des boissons et des sandwichs en restant assise ?

Trace ne voulait pas jouer les rabat-joie, mais Mme Perez ne semblait pas en état de se rendre utile de quelque manière que ce soit.

— L'analgésique que je vais vous administrer va atténuer un peu la douleur mais ne la fera pas disparaître. Je vous conseille de rester assise sans vous fatiguer. Et de laisser le pied au repos complet durant les jours à venir.

— Alors, mon week-end de bénévolat est à l'eau ?

— Hélas.

Il suréleva le pied de la patiente et lui posa un sac de glace pilée sur la cheville.

— Voulez-vous quelque chose à lire ? Un livre ? Un magazine ?

Mme Perez sortit une tablette de son sac.

— Inutile. J'ai téléchargé les romans qui m'intéressaient. Ce qui me manquait, c'était le temps pour les lire.

— Alors, bonne lecture, dit-il. Appelez-moi si vous avez besoin de quoi que ce soit.

Les patients ne se bousculaient pas. Il fallait bien sûr se réjouir qu'il n'y ait pas affluence sous la tente médicale, mais il détestait se tourner les pouces.

Alexis était en train de soigner un homme qui souffrait d'indigestion suite à une overdose de hot-dogs très généreusement garnis d'oignons et de sauce pimentée.

Les autres bénévoles s'occupaient comme ils le pouvaient, certains étouffant parfois discrètement un bâillement

Quel contraste avec le monde de bruit et de fureur dans lequel il évoluait il n'y avait pas si longtemps ! Les tentes de Médecins du Monde débordaient de blessés et de malades, tous souffrant de maux autrement pires qu'une entorse à la cheville.

Il ferma les yeux. Rien ne l'obligeait à travailler dans des zones de guerre. Il pouvait demander à être affecté ailleurs, dans des endroits moins dangereux, mais, jusqu'à présent, il avait toujours choisi de retourner au front.

— Ça va ?

Ouvrant les yeux, il découvrit Chrissie qui le regardait avec inquiétude. Ainsi, elle lui adressait la parole pour autre chose qu'un problème lié à un patient ? Étonnant. Jusqu'à présent, elle l'avait snobé chaque fois qu'il avait essayé de lui faire la conversation.

— Très bien.

— Tu n'en avais pas l'air. On aurait dit que tu souffrais.

— Je pensais au Yémen…

À l'issue de sa mission, la direction de Médecins du Monde avait insisté pour qu'il voie un psychologue, qui ne lui avait pas diagnostiqué de syndrome de stress post-traumatique. Pourtant, Trace faisait des cauchemars toutes les nuits. Les horreurs qu'il avait vues l'avaient marqué à jamais.

— Tu as des flashs ?

— Pas de toi, hélas, dit-il pour plaisanter.

Il n'avait aucune envie d'entrer dans les détails.

— Très drôle, dit-elle d'une voix sévère. Sérieusement, tu étais pâle comme un linge il y a quelques secondes.

Il fallait qu'il ait l'air malade pour qu'elle consente à lui parler. Que n'aurait-il pas donné pour retrouver la Chrissie gaie et chaleureuse de quatre ans auparavant…

Et pour retrouver un peu d'insouciance, ne fût-ce que pendant quelques jours…

— Ça te dit, d'aller faire un plongeon dans la mousse ?

— Tu plaisantes ?

— Pas du tout. Nous n'avons pratiquement aucun patient, dit-il avec un geste à la ronde. Demain, ce sera une autre affaire. Cette soirée mousse est une nouveauté ; Agnes l'a essayée personnellement, malgré son gabarit, et elle m'a dit qu'elle s'était « éclatée ».

Dis oui, Chrissie.

Il voulait jouer, se détendre, s'amuser. En compagnie de Chrissie.

— Mais… Nous ne pouvons pas laisser Mme Perez, dit-elle, l'air un peu paniqué.

— Bien sûr que si, répondit celle-ci, qui avait de toute évidence suivi leur conversation. Vous m'avez donné un anti-douleur ; j'ai mon coussin, ma poche de glaçons, mon livre. Je m'adresserai à l'une des infirmières si, d'aventure, j'ai besoin de quelque chose.

Trace articula un « merci » silencieux à son intention avant de se tourner vers Chrissie.

— Tu vois ? On a la bénédiction de Mme Perez. On lui dédiera une danse au milieu de la mer de mousse.

Chrissie semblait toujours hésitante.

— Hé, Gianakos ! cria-t-il à Alexis qui venait de donner un antiacide à son amateur de hot-dogs. Pourrais-tu garder un œil sur Mme Perez ? Il faudrait lui retirer la poche de glace dans une dizaine de minutes puis trouver quelqu'un pour la raccompagner chez elle. Chrissie et moi, on va faire un tour du côté de l'aire de jeux.

— Pas de problème, répondit Alexis en leur jetant un regard envieux.

— Voilà, c'est réglé, dit Mme Perez. Allez, zou, hors d'ici, tous les deux !

Elle avait retrouvé le sourire, et était visiblement ravie de jouer les cupidons.

Trace attrapa la main de Chrissie avant qu'elle ne trouve une autre excuse, et l'entraîna hors de la tente médicale.

— Ça nous fera du bien à tous les deux de nous détendre un peu.

— Peut-être n'ai-je pas envie de me détendre. Tu ne m'as même pas demandé mon avis…

Soudain, elle s'arrêta, le visage grave.

— J'accepte de te suivre si tu me dis à quoi tu pensais tout à l'heure. Quand tu avais cette expression pas possible sur le visage.

Il secoua la tête.

— Rien d'important. Viens, on va piquer une tête dans la mousse.

La main de Chrissie était toujours dans la sienne. Sans réfléchir, il la porta à ses lèvres pour y déposer un baiser.

— Trace, il ne faut pas.

Elle avait raison. Mais il ne regrettait pas son geste.

Ils étaient seuls dans l'allée derrière la tente médicale, quelqu'un pouvait surgir à tout moment. Raison de plus pour ne pas perdre une seule minute.

— Je sais.

Il savait aussi qu'il avait besoin de Chrissie. Et tant pis s'il n'avait rien de plus à lui offrir que ce week-end.

Elle tenait un discours de raison, mais ses yeux lui délivraient un message bien différent, qui encouragea Trace à poursuivre.

— Nous avons vécu des moments magiques autrefois. Nous pourrions les revivre.

Le visage de Chrissie se referma.

Dieu seul savait quand il reviendrait au pays pour quelques semaines de répit loin de son enfer quotidien. Devait-il laisser tomber ou insister ?

Il n'avait pas le choix. Depuis qu'il avait posé les yeux sur Chrissie cet après-midi, la messe était dite. Son désir l'emportait sur toutes les considérations de bienséance ou de prudence. Le pire, c'était qu'ils étaient sur la même longueur d'onde et qu'elle refusait de le reconnaître.

— Je vois bien que tu éprouves toujours de l'attirance pour moi.

— Et alors ? Ça n'a aucune importance.

Sa voix trahissait une forte exaspération. Pourtant elle ne niait pas, ne tentait pas de dégager ses doigts entrelacés aux siens.

— Bien sûr que si.

Pour le lui prouver, il se pencha vers elle et lui effleura les lèvres d'un baiser léger qui lui laissait toute latitude de le repousser.

Pourvu qu'elle ne le fasse pas. Ses lèvres étaient si douces.

Elle ne le repoussa pas, mais il sentit la bataille à laquelle elle se livrait en son for intérieur, et cela le fit réfléchir.

Loin de lui l'intention de la forcer à quoi que ce soit. Il recula d'un pas et plongea le regard dans ses grands yeux limpides.

Des yeux emplis de désarroi. Et de désir.

Elle voulait renouer avec lui, mais quelque chose l'en empêchait. Était-ce le qu'en-dira-t-on ? Elle n'avait pas semblé s'en soucier, quatre ans plus tôt. Voulait-elle le punir de n'être pas resté en contact avec elle ? Dans ce cas, elle se punissait elle aussi puisqu'elle venait de lui avouer que l'attirance était partagée.

Ce petit baiser lui donnait envie d'aller plus loin. Chrissie était comme une drogue. Y goûter, c'était devenir accro.

— Tes lèvres sont comme un nectar que je pourrais boire jusqu'à plus soif. Lâchons la bride à notre désir, Chrissie. Je sais que tu en as envie autant que moi.

4.

L'homme qui hantait les rêves de Chrissie depuis quatre ans venait de l'embrasser. Et son corps lui réclamait désormais davantage qu'un baiser.

Elle n'avait qu'une envie, c'était de l'attirer de nouveau à elle pour l'embrasser jusqu'au vertige, jusqu'à ce que le monde entier disparaisse et qu'ils se retrouvent seuls.

Comme quatre ans plus tôt.

— Quelle fête merveilleuse…

Un groupe de femmes apparut au bout de l'allée.

Chrissie recula dans l'ombre projetée par la tente, et Trace l'y rejoignit.

— Je ne rate jamais un bal caritatif de l'A.P.C., dit une autre femme. On récolte de l'argent pour une bonne cause, et en plus on s'amuse comme des fous !

— Ce n'est que le premier jour, murmura Chrissie à Trace, et nous voilà déjà en train de nous cacher.

— Ce qui prouve une chose.

— Que je suis folle ?

— Qu'il se passe vraiment quelque chose entre nous.

Et encore, il ne savait pas tout.

— Rien ne nous oblige à y donner suite, protesta-t-elle.

Il fallait qu'elle pense à Joss. Entre les intérêts de son fils et la satisfaction de ses besoins charnels, il n'y avait pas de comparaison possible.

— Dois-je m'excuser de te désirer, Chrissie ? Veux-tu que je joue la comédie de l'indifférence ?

Le sang battait à ses oreilles.

— Si je répondais oui, me laisserais-tu tranquille ?

Il l'observa un instant.

— Si tu disais oui, je respecterais ton choix, dit-il d'une voix triste.

Dis non. Dis non. Dis non.

Sa voix intérieure battait à l'unisson de son cœur déchaîné.

— Je sais que tu hésites, Chrissie. Je le vois dans ton regard, je l'ai senti dans ton baiser. Tu voulais te laisser aller, mais quelque chose t'en a empêchée.

Il était perspicace.

— Ce que j'ignore, c'est pourquoi, dit-il.

Vite. Il fallait une réponse plausible.

— J'ai mûri en quatre ans. Les parties de jambes en l'air ne m'intéressent plus.

— C'est ainsi que tu qualifies ce que nous avons vécu ?

Allait-il lui faire le numéro du grand romantique ? Il serait malvenu.

— Qu'était-ce d'autre ? J'ai désormais un peu plus de plomb dans la cervelle, je préfère me méfier des beaux inconnus.

— Parce que je suis un inconnu pour toi ?

— Bien sûr.

— Alors, raison de plus pour apprendre à nous connaître au cours du week-end.

Cet homme avait réponse à tout.

— Pourquoi faire ?

— Pas besoin de raison précise.

Elle le fixa, indécise. Était-il dans son intérêt de mieux connaître Trace ?

Oui. Dans quelques années, quand Joss lui poserait des questions sur son père, elle serait armée pour répondre. S'il lui demandait quelle était sa couleur préférée, quels sports il aimait pratiquer, quels étaient ses aliments de prédilection, elle saurait au moins quoi lui dire.

Pour l'heure, elle ne savait rien de l'homme avec qui elle avait fait un enfant hormis qu'il était médecin, et qu'elle se sentait la femme la plus désirable au monde lorsqu'il la regardait.

Chaque fois qu'il posait le regard sur elle, ses yeux semblaient se liquéfier et devenir incandescents de désir. C'était enivrant de voir l'effet qu'elle lui faisait.

— Par « connaître », qu'entends-tu au juste ? Tu veux qu'on bavarde autour d'une tasse de café, c'est ça ?

Elle prêchait le faux pour connaître le vrai.

— Pas seulement, dit-il en riant. Je ne te cache pas que mon but est de te connaître de nouveau au sens biblique du terme, mais j'aimerais aussi savoir quel genre de personne tu es.

Au moins, il était franc. Il voulait coucher avec elle et accessoirement apprendre une ou deux choses à son sujet.

— Je ne sais pas…

Ne joue pas avec le feu. Refuse.

— Tu es toujours attirée par moi, ça saute aux yeux, dit-il.

Était-ce si évident ?

— Tu es un bel homme, et je ne suis pas aveugle.

Sans Joss, elle n'aurait pas hésité une seconde.

— Il suffit d'être un bel homme pour te plaire ?

— Non…

— Alors, qu'est-ce qui me rend si spécial ?

S'il avait su…

— Si c'est des compliments que tu cherches, adresse-toi ailleurs, dit-elle, lasse de toutes ces questions. Le Dr Giannakos, par exemple, se fera un plaisir de te brosser dans le sens du poil.

Il rit.

— C'est toi que je veux pour cet exercice, et personne d'autre. Mais assez parlé de choses sérieuses. Allons nous amuser.

— Ça me va.

Cette fois, elle prit sans états d'âme la main qu'il lui tendait. Tout ce qu'elle savait, c'était qu'elle était aux anges de sentir sa main dans la sienne.

Chrissie n'avait jamais vu une aussi grande aire de jeux.

Sur un immense tapis en caoutchouc se dressaient plusieurs châteaux gonflables remplis de balles multicolores. Au centre se trouvait le clou de la soirée : le bassin de mousse, pris d'assaut par des dizaines d'enfants et d'adultes qui tous dansaient dans cette mer en s'en donnant à cœur joie sous la houlette du disc-jockey animateur.

— On lève les mains au-dessus de la tête ! hurlait celui-ci dans le micro. Et on les agite !

— Tu as une tenue de rechange ?

Chrissie se tourna vers Trace.

— Comment ?

— As-tu apporté des vêtements de rechange ?

Il ôta ses tennis puis se pencha pour lui soulever d'autorité un pied puis l'autre et lui enlever ses chaussures. Elle essaya de résister en écartant son pied et ne fit que lui faciliter la tâche.

— Bien sûr. J'ai ma valise, je te rappelle que nous sommes censés passer trois jours sur place. Mais je refuse de plonger dans cette… matière !

Sans l'écouter, il la fit basculer dans le bassin et la rejoignit d'un bond.

— Oh non ! cria-t-elle, consternée.

Enfouie jusqu'à mi-poitrine dans les bulles, elle souleva la matière savonneuse étonnamment compacte dans sa paume et souffla dessus.

Joss aurait adoré cela.

— On fait un tour complet sur soi-même en agitant la main droite, continuait à hurler le maître de cérémonie. Attention, la cadence va s'accélérer…

Elle remua les orteils, laissant les bulles lui chatouiller la plante des pieds et la peau des cuisses sous son short. Un rire lui échappa. Zut. Elle ne voulait pas s'amuser.

Bien sûr que si. Quand aurait-elle l'occasion de jouer de nouveau dans une baignoire géante remplie de mousse, entourée d'une centaine d'autres baigneurs ?

Probablement jamais.

Elle devait profiter du moment présent sans se poser trente-six mille questions.

Amuse-toi. Tu en as le droit.

Et elle appliqua aussitôt sa résolution en agitant les mains comme le faisait le DJ.

— Tu y prends goût, dit Trace.

Son sourire ravageur lui donna le vertige. Mais elle se pâmerait plus tard. Pour le moment, elle voulait s'éclater !

— Toi, je te trouve encore bien sec.

Elle essaya de l'éclabousser, mais la mousse qu'elle lui destinait lui colla à la main avant de retomber dans le bassin.

Riant, il lui enfonça la tête sous les bulles puis l'aida à se redresser.

— Je te trouve très jolie comme ça.

— Tu ne perds rien pour attendre ! dit-elle en enlevant la mousse de sa bouche et de ses yeux.

Sans doute la taquinait-il en la complimentant ainsi, mais lui était par contre fort agréable à regarder, avec son T-shirt qui lui collait au torse. Les circonstances ne plaidaient pas pour le romantisme, mais elle ne pouvait s'empêcher d'être émue tant il riait sans réserve.

Ses défenses étaient en train de se fissurer. Grâce à ce bain de mousse et au rire de Trace.

Personne n'aurait pu rester fâché dans de telles circonstances.

— Je te trouve vraiment jolie…

— Tais-toi et fais la danse des canards.

Suivant les instructions du DJ, une farandole était en train de former, tout le monde se dandinait en agitant les mains au-dessus de la tête. Trace et Chrissie ne se firent pas prier pour entrer, hilares, dans la danse.

Aujourd'hui, l'enfant qui sommeillait en elle renaissait. À cause de l'ambiance festive qui régnait autour d'eux, des facéties des uns et des autres, du rire de Trace, de cette manière qu'il avait de la regarder…

Ils se tartinèrent de mousse, dansèrent de toutes les manières envisageables, chantèrent à tue-tête en répétant les paroles d'une chanson stupide que le DJ jouait sur ses platines. Quand celui-ci annonça le concours du plus grand bonhomme en mousse, une activité qui faisait la joie des moins de dix ans, ils décidèrent de sortir des bulles.

— Admets que tu t'es éclatée.

— C'est vrai.

Elle en souriait encore.

À la grande surprise de Chrissie, un adolescent s'approcha pour leur tendre leurs chaussures et des serviettes. Les autres participants avaient apporté leurs propres serviettes ; tous étaient d'ailleurs en maillots de bain pour inaugurer la nouvelle attraction. Seuls Trace et Chrissie s'étaient baignés avec leurs vêtements.

Remerciant l'ado, elle s'essuya énergiquement les bras et les jambes.

— Il a eu pitié de nous ?

La lueur malicieuse qui brillait dans le regard de Trace lui donna sa réponse.

— Tu l'as soudoyé pour qu'il vienne nous porter des serviettes ?

— Soudoyé ! Tout de suite les grands mots ! Disons que je lui ai donné de quoi se payer un hamburger et un soda.

— Merci tout de même d'y avoir pensé. Et merci pour cette inoubliable expérience.

— De rien, Chrissie. Ton sourire est ma récompense.

Il y avait eu plus de bénévoles que nécessaire dans la tente médicale, mais, à la tombée de la nuit, la moitié d'entre eux regagnèrent leurs pénates, et l'équipe de nuit prit ses quartiers dans les tentes montées derrière le chapiteau médical.

Chrissie partageait une tente à deux personnes avec une infirmière d'une quarantaine d'années qui travaillait pour l'hôpital des enfants malades. Bernadette, c'était son nom, avait commencé à faire du bénévolat pour l'A.P.C. après que les parents d'un de ses petits patients lui eurent vanté les mérites de l'association qui avait pris leurs frais médicaux en charge.

Outre le financement d'actions de prévention contre le cancer, l'A.P.C. aidait également les familles aux revenus modestes à payer les opérations et les frais d'hospitalisation de leurs petits malades. Au cours de la journée, plusieurs intervenants avaient défilé sur l'estrade pour livrer des témoignages qui avaient fait chaud au cœur à Chrissie.

Elle se glissa sous la tente pour prendre sa trousse de toilette et des vêtements de rechange. Assise sur son sac de couchage, Bernadette consultait son portable.

— Je vais enlever les bulles de savon qui me collent à la peau.

— À ton retour, j'irai moi aussi prendre une douche avant que les cabines ne soient prises d'assaut, dit Bernadette. Comme tout est calme au poste médical, je vais en profiter pour appeler mon mari et mes enfants.

Chrissie quitta la tente pour lui laisser un peu d'intimité. Une intimité toute relative, car on entendait tout d'une tente à l'autre. Pourtant, c'était dans l'une de ces tentes que Trace et elle avaient fait et refait l'amour quatre ans auparavant. Ils étaient seuls à assurer la garde de nuit, cela avait aidé.

Trace.

Devant son insistance, elle avait accepté de mieux le « connaître », sans savoir ce que ce mot englobait au juste.

Au moins, il avait eu la franchise d'avouer qu'il voulait coucher avec elle.

Et elle, que voulait-elle ?

Pleine de questions, elle se dirigea lentement vers l'immense semi-remorque qui abritait les douches. Inutile de se mentir. Elle le désirait autant qu'il la désirait.

Sans doute davantage. Mais quatre ans s'étaient écoulés depuis leur brève rencontre, elle était désormais plus mûre et ne s'autorisait plus d'escapades sexuelles.

Plus mûre… Quand elle ne s'ébattait pas dans une mer de bulles en faisant la danse des canards.

Mais elle ne regrettait pas. Elle n'avait pas autant ri depuis des mois, voire des années. Et la présence de Trace à ses côtés avait été la cerise sur le gâteau.

Faux. Elle riait beaucoup avec Joss.

Et avec Savannah et sa petite fille. La veille de son mariage, sa meilleure amie avait couché chez elle, et elles avaient passé la nuit à papoter et à rire — en sourdine pour ne pas réveiller Joss.

Avec Trace, c'était différent. Plus intense. Ils s'étaient amusés, mais ils avaient aussi partagé un moment magique.

Ou peut-être prenait-elle ses désirs pour des réalités.

La plupart des bénévoles se trouvaient encore autour de l'aire de jeu. Le camion des douches était vide. Elle s'enferma dans l'une des cabines, se déshabilla et laissa avec délice l'eau chaude couler sur sa peau. Puis elle se lava les cheveux. Les bulles de shampoing coulaient le long de son dos.

Elle ne put s'empêcher de repenser à Trace. Il lui avait dit qu'elle était jolie… Et tout à l'heure, derrière le poste médical, elle l'avait laissé l'embrasser.

C'était de la folie.

Mais comment aurait-elle pu le repousser alors que son corps vibrait pour la première fois en quatre ans au contact d'un homme ?

Elle aurait voulu lui rendre son baiser passionnément, l'embrasser jusqu'à ce qu'ils soient hors d'haleine et prêts à passer à la vitesse supérieure, comme quatre ans auparavant.

Excitée à cette pensée, elle acheva de rincer le shampoing puis, le cœur battant à deux cents à l'heure, s'adossa à la paroi de la cabine.

Elle se sécha du mieux qu'elle le put dans le minuscule réduit puis enfila un short et un T-shirt propres ; elle termina en se brossant les dents au lavabo.

Puis elle reprit l'allée en direction du poste médical.

— Quelle chance de tomber sur toi !

Une voix reconnaissable entre mille.

Elle se retourna vers Trace.

— Cela dépend de ce que tu entends par « chance ».

— Chaque fois que je pose les yeux sur toi, je me sens le plus chanceux des hommes.

— N'en jette plus, s'il te plaît ! dit-elle en affectant un ton moqueur pour cacher son émotion. Si ma mémoire est bonne, tu n'avais pas recours à ce genre de compliments ringards autrefois.

— C'est la stricte vérité. Quant au côté ringard, je l'assume. Si je n'ai pas rendu hommage à ta beauté il y a quatre ans, j'ai eu tort. J'ai eu beaucoup de chance que tu me remarques.

— Ç'aurait été difficile de ne pas te remarquer.

À l'époque, elle n'avait pas tenté de lui cacher l'attirance qu'elle éprouvait pour lui. Contrairement à maintenant. Mais, à la flamme qui brillait dans les yeux de Trace, il n'était pas dupe de sa désinvolture affichée.

— Tu te souviens de notre premier baiser, Chrissie ?

Il parlait à voix basse, bien qu'il n'y eût personne en vue.

— Aide-moi à me souvenir…

Encore une fois, elle jouait avec le feu.

— Tout le monde était allé dîner. Nous étions seuls sous la tente médicale…

— Je me rappelle. Nous étions restés pour nettoyer après les points de suture que le médecin avait posés sur la main d'une femme. Elle s'était entaillé le gras de la paume en ouvrant une cannette.

— La patiente venait de s'en aller. C'était la première fois que nous nous retrouvions seuls, vraiment seuls, et ce qui devait arriver est arrivé.

— Nous nous sommes embrassés…

Plus tard, ils avaient fait l'amour passionnément, presque sauvagement. Jamais elle ne se serait crue capable d'un tel lâcher prise.

— À présent, nous voilà de nouveau seuls. Laisse-moi te faire revivre le passé autrement que par des mots, dit-il d'une voix caressante.

— Quelqu'un pourrait nous voir.

— Je ne suis pas sûr d'aimer cette nouvelle Chrissie plus mûre.

Elle avait mûri par la force des choses.

— On vieillit tous. Toi comme les autres.

— Je ne le sais que trop.

Ces quelques mots en disaient long sur les épreuves qu'il avait traversées au cours de ces quatre années.

Soudain, elle n'eut plus envie de jouer à cache-cache avec lui.

— Tu as raison sur un point : je suis toujours attirée par toi…

Le sourire à cent mille watts revint.

— Et… ?

— Rassure-toi, je ne vais pas te faire de déclaration. Tout ce que je veux dire, c'est qu'il existe une puissante alchimie sexuelle entre nous.

— As-tu connu cela avec d'autres ?

« Seulement avec toi », retint-elle *in extremis*. Si elle le lui avouait, elle serait complètement à sa merci.

— Rarement, dit-elle comme si elle avait eu des dizaines d'amants. Et toi ?

— Pas depuis notre rencontre.

Lui avait le courage de le reconnaître. Attention, il ne lui disait pas qu'elle était la première à lui inspirer un tel sentiment, mais simplement qu'il ne l'avait plus éprouvé depuis elle. Ce qui lui faisait tout de même chaud au cœur.

Le plus étrange, c'était qu'elle ne doutait pas un seul instant de sa sincérité. Cet homme pensait ce qu'il disait.

— Te voilà bien silencieuse…

— Nous sommes là, à discuter de choses… intimes, dans une allée en plein air. J'allais vers le poste médical, dit-elle en se remettant à marcher.

Il lui emboîta le pas.

— Agnes m'a dit qu'elle ne t'avait pas revue depuis quatre ans. C'est un problème de famille ou de travail qui t'a empêchée de faire du bénévolat ?

— Un problème de famille.

— Parle-moi de tes parents.

Pas question. Et elle connaissait la parade.

— À condition que tu me parles des tiens, en particulier de ce père avec qui tu sembles entretenir des rapports si conflictuels.

Il fit la grimace.

— D'accord, tu as gagné. Nous ne parlerons pas de nos

familles. Mais j'espère qu'il n'est pas interdit de t'interroger sur ta vie à Chattanooga.

— Vas-y, interroge-moi.

Si la question l'embarrassait, elle botterait en touche.

— Eh bien, tu travailles toujours aux soins intensifs en chirurgie cardiovasculaire et thoracique ?

Il s'en souvenait.

— Oui. J'ai été promue infirmière en chef il y a deux ans, dit-elle non sans fierté.

— Mes félicitations. Ta famille doit être fière de toi…

— Je croyais que nous ne devions pas parler de nos familles ?

— C'est vrai. Alors, disons que tu dois être fière de toi.

— J'adore mon travail et j'essaie de le faire du mieux possible. Cette fois, le mérite a été récompensé.

— Tu avais l'impression qu'il ne l'était pas auparavant ?

Elle secoua la tête.

— Non, ce n'est pas ce que je voulais dire. Et toi ? Parle-moi de tes missions avec Médecins du Monde.

À l'approche de la tente médicale, ils ralentirent le pas.

— Que veux-tu savoir, au juste ?

— Qu'est-ce qui t'a décidé à suivre cette voie ?

— Sans doute l'influence d'Agnes et de Bud au fil des années. Je voulais apporter ma petite pierre à l'édifice humanitaire. Un ami à moi qui collaborait avec Médecins du Monde m'a facilement convaincu que cela donnerait un nouveau sens à ma vie, que cela me permettrait de m'accomplir pleinement, ce qui n'était pas le cas à Atlanta.

— Tu es parvenu à t'accomplir pleinement au Yémen ?

5.

La question méritait réflexion.

Rejoindre Médecins du Monde avait permis à Trace de satisfaire un besoin qui était allé en grandissant après la mort de Kerry. Dans les hôpitaux de campagne de M.D.M., il s'était senti pour la première fois de sa vie réellement utile, voire indispensable, à la survie de ses patients.

Le revers de la médaille était qu'il y avait laissé des plumes.

On n'avait rien sans rien.

— Si c'était à refaire, je n'hésiterais pas un seul instant, répondit-il à Chrissie. Je suppose donc que la réponse est oui.

Ils s'arrêtèrent de marcher et, comme d'un commun accord, se tournèrent l'un vers l'autre.

— Je n'ai pas cessé de penser à toi durant toutes ces années.

La surprise se lut dans les yeux verts.

— C'est vrai ?

— Je n'ai jamais rencontré quelqu'un comme toi.

La poitrine de Chrissie se soulevait comme si elle avait du mal à respirer.

— Qu'allons-nous faire maintenant ? demanda-t-elle.

Elle le prenait au dépourvu.

— Que veux-tu qu'on fasse ?

— Cesse de répondre à mes questions par d'autres questions ! dit-elle presque férocement. J'essaie de savoir à quoi tu joues. Tu as admis que tu voulais coucher de nouveau avec moi. Est-ce tout ce que tu attends de ma part, un nouveau week-end de sexe ?

Cette fois, il savait quoi répondre.

— Dans quelques semaines, je repars au Moyen-Orient. Te

proposer une relation sérieuse serait malhonnête. Ce week-end, c'est tout ce que j'ai à t'offrir.

Soudain très pâle, elle hocha la tête.

— Dois-je prendre cela pour un assentiment ? demanda-t-il.

— Non, Trace. Je ne suis pas d'accord avec tes conditions. Je ne suis pas venue ici en quête d'aventures. Peut-être t'ai-je fait l'impression d'être une fille facile, mais ce n'est pas le cas. Je n'ai pas l'habitude de coucher avec le premier venu juste pour le plaisir.

— C'est peut-être un tort.

Tout en se tournant et se retournant dans son sac de couchage, Chrissie repensait aux mots choquants de Trace.

Une demi-douzaine de patients s'étaient présentés au poste médical durant la soirée, la plupart des éclopés du bassin de mousse. Chrissie n'avait pu regagner sa tente qu'après minuit. Il était désormais 1 heure du matin, et elle ne parvenait toujours pas à s'endormir. Pourtant, elle allait avoir besoin de toute son énergie le lendemain. Le samedi, la fête battrait son plein, avec son lot de coups de soleil, de visiteurs déshydratés, de dérapages incontrôlés sur les trampolines et autres avanies dans la mer de bulles.

Las, elle avait beau fermer les yeux et s'exhorter au sommeil, Morphée ne voulait pas d'elle.

Finalement, prenant soin de ne pas réveiller Bernadette, elle sortit de la tente.

À la lumière de la lune aux trois-quarts pleine, elle se dirigea vers le poste médical. À son entrée sous le chapiteau, elle s'arrêta net. Trace, assis à une table, lisait un roman policier.

— Chrissie ? dit-il en dépliant son mètre quatre-vingt-dix pour se lever.

— Ce n'est pas ce que tu penses…

Mais peut-être que si, car elle savait pertinemment qu'il serait ici. Tout en sachant qu'elle risquait de se brûler les ailes, elle était attirée par lui comme un papillon de nuit par la flamme.

— Et je pense quoi, à ton avis ?

Ses yeux pétillaient de malice.

— Je ne pouvais pas dormir, répondit-elle en ignorant sa question. Alors, je me suis dit que je pourrais prêter main-forte au bénévole de permanence…

Sa voix manquait singulièrement de conviction. Pour cause, elle savait qu'elle racontait des sornettes.

— Depuis ton départ, c'est le calme plat. Il n'y a pas eu un seul patient.

— Si tu veux aller te reposer, je prends la relève. J'irai te réveiller en cas de besoin.

Il secoua la tête.

— Je n'ai pas sommeil. Pourquoi n'arrives-tu pas à dormir ?

S'efforçant d'afficher son air le plus désinvolte, elle haussa les épaules et se laissa tomber sur une chaise en face de lui.

— C'est à cause de moi ? poursuivit-il devant son silence.

— Sans doute.

Cela faisait du bien de dire la vérité.

— Je suis désolé de te causer du souci, dit-il.

Désolé ? Il n'en avait pas l'air, avec son sourire victorieux. Le monstre jubilait de son aveu.

— Puis-je faire quoi que ce soit pour t'aider ? demanda-t-il en se rasseyant lentement.

Assez tourné autour du pot. Elle connaissait la véritable raison pour laquelle le sommeil la fuyait : la frustration sexuelle.

Son abstinence durait depuis quatre longues années. Et la solution pour y mettre fin était là, devant elle.

— Je te désire, Trace.

Le regard de Trace s'assombrit.

— Chrissie…

— Je ne te demande rien. J'avais juste besoin de te le dire. Malgré tous mes vertueux discours, la vérité est que je ne parviens pas à te résister.

— Alors tu es d'accord pour que nous renouions, le temps du week-end ?

D'accord ? Son cerveau s'y opposait, mais son corps ne lui

pardonnerait jamais d'avoir laissé passer cette occasion. Cette fois, bien sûr, il faudrait qu'ils se protègent. Ils n'avaient pas eu de préservatif sous la main pour leur première fois, et Joss était né neuf mois plus tard.

Joss.

Un instant, elle fut tentée de s'enfuir puis elle se reprit. Elle était une femme adulte, indépendante. Coucher avec un homme séduisant ne menaçait en rien le bien-être de son enfant.

Entre Trace et elle, ce serait uniquement sexuel. Leurs corps exulteraient puis chacun se rhabillerait, et au revoir.

Elle se rendit compte qu'il attendait sa réponse.

— Oui. Désolée pour ces tergiversations. Ça m'a fait un choc de te revoir, je ne savais plus trop où j'en étais.

Il avait perdu son sourire triomphant et semblait songeur.

— Tu as bien compris que je ne peux rien t'offrir de plus ?

Oui, fit-elle de la tête. Elle comprenait très bien.

— Je ne veux rien de plus.

Pour la seconde fois de sa vie, elle allait lâcher prise et accepter une relation éphémère avec Trace, sans sentiments ni obligations d'aucune sorte. Sans sentiments de sa part à lui car, elle, elle en éprouvait.

— Chrissie, j'ai tellement envie de toi que je voudrais rendre mon tablier de bénévole pour t'emmener dans un hôtel et t'avoir à moi tout seul durant tout le week-end.

— C'est impossible. Bud et Agnes comptent sur nous.

— Je le sais bien, et je ne les laisserai pas tomber. Je regrette simplement de ne pouvoir disposer d'un lit et d'une chambre confortable, avec un service d'étage vingt-quatre heures sur vingt-quatre afin de pouvoir te consacrer tout mon temps.

Fermant les yeux, elle imagina un instant ce cas de figure. Elle, enfermée avec Trace dans une chambre d'hôtel où ils n'avaient pas d'autre occupation que de se donner du plaisir l'un à l'autre. Quand ils avaient besoin de recharger les batteries, ils passaient commande au garçon d'étage et enfilaient un peignoir juste le temps de réceptionner le plateau, avant de retourner au lit…

Ce serait le paradis.

— Alors, comment va-t-on procéder ?

Si elle n'avait pas bridé son imagination, elle aurait été capable de le renverser là, tout de suite, sur la table, pour ne pas perdre une précieuse seconde de leur week-end.

Il rit.

— Je te propose de tester mon lit de camp, derrière cette cloison, dit-il en indiquant l'espace situé derrière la zone de soins.

Ce qu'il appelait une cloison était plutôt un grand paravent. Mais ils n'avaient pas le choix.

— D'accord, s'entendit-elle répondre.

Incroyable. Elle venait d'accepter de suivre Trace derrière un paravent pour se mettre nue, dans une tente où n'importe qui risquait d'entrer à tout moment.

Non, ils ne se déshabilleraient pas complètement. Ils enlèveraient juste ce qu'il fallait pour satisfaire leurs besoins, aussi silencieusement et discrètement que possible.

Présenté ainsi, cela semblait sordide. La chambre d'hôtel devenait de plus en plus tentante.

— Je sais que ce n'est pas l'idéal, dit-il comme s'il lisait dans ses pensées.

Il se leva pour lui prendre la main. Comme ils s'apprêtaient à passer derrière la cloison, un bruit se fit entendre près de l'entrée. La toile de tente se souleva.

— Il y a quelqu'un ? demanda une femme.

— Bonsoir, dit Chrissie en se dirigeant vers elle.

La nouvelle venue tenait une fillette en bas âge par la main.

Au temps pour le moment d'intimité que Chrissie avait espéré partager avec Trace. Mais elle oublia vite ses regrets, l'enfant se grattait le cou jusqu'au sang.

Trace s'avança.

— Viens dans la zone de soins, dit-il à la fillette.

Il la souleva pour la faire asseoir sur la table et alluma une lampe.

— Désolée de vous déranger si tard, dit la maman. Chloe s'est plainte de démangeaisons alors que nous venions de nous coucher dans le camping-car. Quand j'ai vu que ça s'étendait à tout le corps, j'ai préféré venir tout de suite plutôt que d'attendre le matin.

— Ça me rend folle, dit Chloe en se grattant furieusement le bras.

— Ne te gratte pas, dit la mère. Ça ne fera qu'empirer. Laisse le docteur t'examiner.

— Je m'appelle Chrissie. Pourriez-vous remplir quelques formulaires pendant que le Dr Stevens s'occupe de votre fille ?

La femme prit les documents et se mit à les remplir.

— Chloe, c'est un très joli prénom, dit Chrissie. Ma cousine vient d'avoir une petite fille qui se prénomme Chloe Jane.

— Moi, je m'appelle Chloe Darlington, dit la fillette en continuant à se gratter pendant que Trace enfilait des gants en latex.

— Quel âge as-tu, Chloe ?

— Quatre ans.

Presque le même âge que son Joss. Chrissie ne put s'empêcher de caresser affectueusement la joue de l'enfant.

À l'aide d'un spéculum, Trace procéda à un examen interne de la gorge, du nez et des oreilles pour s'assurer qu'il n'y avait pas de gonflement des muqueuses. Voyant que tout était normal, il examina l'éruption cutanée. Des plaques circulaires de prurit apparaissaient aux endroits où la peau n'était pas recouverte par les vêtements.

— Chloe, as-tu déjà eu ce type de boutons ?

— Non, jamais.

— Hum. Il s'agit d'une réaction allergique, c'est ce que l'on appelle une dermatite de contact, poursuivit-il à l'adresse de la mère. Chloe a été en contact avec un produit auquel elle est allergique.

— Elle a commencé à se gratter quand nous nous sommes couchés dans le camping-car. Jusque-là, elle allait bien. Sa sœur et mon mari n'ont pas plus de symptômes que moi.

— Avez-vous changé de savon ou de lessive par exemple ?

— Non. Par contre, c'est la première fois qu'elle dort dans son sac de couchage. Il est pratiquement neuf, je ne l'ai moi-même utilisé qu'une fois ou deux.

Trace observa le tracé de l'éruption cutanée.

— Portait-elle un pyjama ?

— Non. Elle était en culotte et T-Shirt.

Ce qui confirmait le diagnostic de Trace. Toutes les zones où la peau avait été à nu, c'est-à-dire le cou, les jambes et les bras, étaient recouvertes de plaques rougeâtres.

— Elle est allergique à quelque chose qui se trouve à l'intérieur du sac de couchage.

— C'est un sac d'été. J'ai laissé celui en duvet à la maison, sinon Chloe aurait étouffé par cette chaleur. Mais attendez…, dit Mme Darlington en semblant se rappeler quelque chose. J'ai vaporisé du produit insecticide sur nos sacs — on entend tellement parler de maladies transmises par les moustiques. Croyant bien faire, je n'ai pas lésiné sur la quantité ; je crois bien avoir vidé le spray…

— Inutile de chercher plus loin, dit Trace, on a trouvé l'explication. Les allergies aux insecticides sont courantes. Je vais lui administrer un corticoïde et un antihistaminique par voie orale, cela devrait résorber l'inflammation. Si l'on ne voit pas d'amélioration dans les heures qui viennent, je lui ferai une injection intramusculaire de corticostéroïdes, mais je préférerais l'éviter.

— Alors, vous allez garder Chloe en observation ?

Il acquiesça.

— Je vais dormir ici ? demanda la fillette en bâillant.

— Si tu veux. Tu sais quoi ? Dès que tu iras mieux, tu pourras prendre mon lit avec ta maman ; il n'est pas question que tu retournes dans ton sac de couchage.

— C'est très gentil à vous, docteur, dit la maman. Mais nous ne voudrions pas vous déranger.

— Vous ne me dérangez pas. De toute façon, je n'avais pas prévu de dormir.

Il ne mentait pas. Chrissie et lui avaient eu une tout autre intention…

De toute façon, les nuits sans sommeil étaient désormais son quotidien. Lors de ses missions en zones de guerre, il avait pris l'habitude de ne somnoler que par bribes, en gardant un œil ouvert en cas d'attaque de l'ennemi pour protéger ses patients. Et il n'était pas parvenu à dormir d'une traite depuis son retour aux États-Unis.

Cela ne ferait guère de différence qu'il cède son lit à Chloe. Ce lit qu'il destinait à ses ébats avec Chrissie…

Tant pis. Ils trouveraient une autre occasion. Le week-end ne faisait que commencer.

6.

— Je constate qu'elle va nettement mieux, ce matin, dit Trace à Linda Darlington.

Tous deux regardaient Chloe qui courait dans la tente médicale en miaulant comme si elle se prenait pour un chat.

— Elle est en pleine forme ! J'aimerais bien avoir le dixième de son énergie pour affronter la journée qui m'attend. J'espère ne pas paraître ingrate en disant que votre lit était assez inconfortable. Je suis toute courbaturée.

Linda n'avait pratiquement pas fermé l'œil. Pas plus que lui, en somme. Au petit matin, il s'était allongé au sol sur une couverture et avait pu dormir un peu. Mais, contrairement à Linda, il se sentait reposé et excité à l'idée de démarrer une nouvelle journée aux côtés de Chrissie.

Il avait insisté pour qu'elle retourne dormir dans sa tente. Être bénévole n'était pas de tout repos, elle allait avoir besoin de toutes ses forces. Y compris pour l'activité qu'il lui réservait.

Durant ses quelques minutes de sommeil, il avait rêvé de tout ce qu'ils auraient fait pendant la nuit s'ils n'avaient pas été interrompus par l'arrivée de Chloe et de sa mère. Chrissie serait-elle toujours d'accord pour ce qu'ils avaient convenu ou ferait-elle marche arrière maintenant qu'il faisait jour ?

— Les gamins ont une résilience qui m'étonnera toujours, dit Linda. Avez-vous des enfants, docteur ?

— Non…

Sa vie n'était pas compatible avec des obligations parentales. Elle ne le serait jamais.

— Les enfants, ce n'est pas pour moi. Je n'ai pas la fibre paternelle.

— Quel dommage ! Vous étiez si gentil et patient avec Chloe. Elle m'a dit ce matin que vous étiez son nouveau fiancé — vous avez visiblement détrôné le petit camarade de maternelle à qui elle jurait un amour éternel il y a quelques jours.

— Elle m'aime bien parce que je l'ai guérie de ses démangeaisons, voilà tout.

— C'est plus que cela. Elle ne parle que de vous depuis son réveil. De vous et de son chat Freckles qui lui manque beaucoup.

Soudain, il se rendit compte que Chrissie se trouvait à l'entrée de la tente, à les écouter. Elle avait deux tasses de café fumant à la main.

— Comment va Chloe ? demanda-t-elle en tendant une tasse à Trace.

— Beaucoup mieux, répondit Linda. J'étais justement en train de dire au Dr Stevens combien nous lui étions reconnaissantes.

Il but une gorgée de son café. Noir et fort, sans sucre, il était exactement comme il l'aimait. Chrissie s'en était-elle souvenue ?

— Chloe, viens ma chérie, dit Linda. Allons prendre le petit déjeuner avant qu'il n'y ait trop de monde à la cafétéria.

La fillette répondit en miaulant.

— Son père et sa sœur vont nous rejoindre. Merci encore pour tout ce que vous avez fait.

— À votre place, je ne remercierais pas le médecin, dit Chrissie en riant. J'ai l'impression que les médicaments ont transformé votre fille en chat.

Comme pour le confirmer, les miaulements s'accentuèrent.

— Allez, viens, minette, dit la maman en prenant la main de la gamine. Allons chercher tes croquettes.

Ils les regardèrent sortir en riant.

— Qu'elle est mignonne, cette enfant ! dit Chrissie. Elle me fait penser à…

Sa voix s'effilocha. Les joues soudain en feu, elle baissa la tête vers sa tasse.

— À qui ?

Avait-elle des nièces ou des neveux ? Il ne savait vraiment rien d'elle, hormis sa profession et son lieu de résidence.

— Tu as pu dormir ? demanda-t-elle.

Elle préférait de toute évidence changer de sujet.

— Un peu. Si tu le veux toujours, nous essaierons de trouver un moment pour…

Il s'interrompit, des bénévoles les rejoignaient.

Le sourire de Chrissie le rassura.

— J'ai hâte, murmura-t-elle.

Et lui donc.

L'après-midi, un bénévole repéra un nid de guêpes dans un arbre de l'allée et voulut le décrocher. Malheureusement, les guêpes ne se laissèrent pas faire. Ethan Meadows, l'imprudent en question, fut piqué au visage et sur tout le corps, et ne fut pas la seule victime.

Ce fut la principale crise de la journée sous la tente médicale. À part quelques ampoules aux pieds et autres bobos mineurs, il n'y eut rien d'autre à signaler.

Tout le monde attendait avec impatience les « Jeux Olympiques » du soir. Chrissie apprit que c'était la première année qu'ils se tenaient, et elle espérait que ce serait un succès. Seuls les enfants auraient le droit d'y participer.

Bud et Agnes allaient et venaient dans la tente, étrangement aux petits soins pour Trace. Que craignaient-ils donc ?

Les bénévoles allèrent manger à tour de rôle. Quand ce fut son tour, Chrissie chercha Trace du regard. En deux enjambées, il fut près d'elle.

— Je crois qu'on a la même idée. Allons grignoter quelque chose sur le pouce puis direction ma tente.

— Tu as une tente ? Je croyais que tu dormais au poste médical ?

— Comme tout mâle un tant soit peu organisé, bien sûr que j'ai une tente ! dit-il en riant. Elle est un peu à l'écart, à l'ombre des cèdres, mais il y fera chaud quand même.

— Ça ne me dérange pas.

— À la bonne heure.

Chrissie s'en tenait à sa décision. Ce week-end, elle serait une femme normale qui assouvirait des besoins sexuels normaux, pas une mère poule célibataire qui ne vivait que pour son fils.

Son fils. Elle cachait son existence à Trace et essayait, sans succès, de ne pas s'en sentir coupable. Pour se raisonner, elle se disait qu'il n'avait de toute façon pas envie de savoir. Même si c'était un homme bien, dans sa situation il ne pouvait pas s'embarrasser de contraintes familiales.

Dans le cas contraire, si jamais elle se trompait et qu'il veuille de Joss, ce serait pire. Et s'il l'emmenait dans un pays lointain et qu'elle ne revoie jamais son fils adoré ?

S'efforçant de chasser ces peurs irrationnelles, elle entra dans la tente cantine et prit place dans la file d'attente.

— Nous ne mangeons pas ici, lui dit Trace.

— Ah non ?

Il se dirigea vers une bénévole qui, un grand sourire aux lèvres, lui tendit un petit sac à dos de derrière le comptoir. Le sac sur l'épaule, Trace prit la main de Chrissie et l'entraîna dehors.

— Prête pour l'aventure ?

— Dans ta tente surchauffée ?

— Non. À la réflexion, je garde la tente pour plus tard.

Où l'emmenait-il ? Comme elle lui avait avoué son impatience de se retrouver en tête à tête avec lui, se faisait-il désirer de manière un peu perverse ? Non, il suffisait de le regarder pour savoir qu'il avait autant qu'elle hâte de revivre le passé.

— Alors, va pour l'aventure.

Il la guida vers un quad et lui tendit un casque.

— Je ne suis jamais montée sur ce genre d'engins…

— Il y a un début à tout. Tu es une vraie aventurière, non ?

Être maman était la plus grande aventure qu'elle ait vécue. La vie avec Joss ne manquait certes pas d'imprévus, mais cela ne faisait pas d'elle une aventurière dans le sens où il l'entendait.

— Pas vraiment.

Elle enfila docilement le casque, prit le sac à dos et grimpa sur le siège derrière Trace. Alors qu'il n'y avait personne à la ronde, il n'avait même pas essayé de lui voler un baiser, ce qui était un peu décevant. Mais sans doute attendait-il d'être à destination.

— Accroche-toi à ma taille.

Elle obéit sans se faire prier. Il mit les gaz, et elle sentit le moteur rugir entre ses jambes. Seigneur.

— Tiens-toi bien, dit-il.

Et ils filèrent sur la route.

Fermant les yeux, elle invoqua le ciel. Pourvu qu'elle s'en sorte indemne.

— Ça va ? demanda Trace par-dessus son épaule.

— Très bien.

Un pieux mensonge. Elle entrouvrit les paupières pour regarder le paysage. Ils avaient quitté l'enceinte du campement et roulaient à travers une zone légèrement boisée.

À l'approche d'une clairière, Trace ralentit.

— Prête ?

Après avoir voyagé collée-serrée contre lui, elle était plus que prête.

Il coupa à travers la clairière pour s'arrêter de l'autre côté, près d'un ruisseau. Mettant pied à terre, il accrocha son casque à la poignée et aida Chrissie à descendre du siège. Elle ôta son propre casque et passa la main dans ses cheveux emmêlés.

— Laisse, dit-il. Tu es très belle ainsi.

— Toi, tu as besoin de lunettes.

Détachant une couverture du porte-bagages, il l'étala sur l'herbe, à quelques mètres du cours d'eau.

— C'est magnifique, ici, dit-elle en promenant son regard à la ronde.

Ils se trouvaient en lisière d'un bois assez clairsemé. Le soleil passait à travers les frondaisons et parait la végétation d'une belle lumière dorée. On aurait dit une forêt magique. Un petit pont en bois parfaitement entretenu permettait de passer sur l'autre rive, et des fleurs poussaient au pied des arbres, des fleurs qui avaient été plantées par quelqu'un…

— Ça m'a tout l'air d'être une propriété privée.

— Ne t'inquiète pas, dit-il en s'asseyant sur la couverture. Je connais le propriétaire.

Le ton qu'il avait employé lui fit dresser l'oreille.

— Bud ?

Il secoua la tête.

— Mon père.

Elle mit quelques secondes à digérer l'information.

— Tu ne veux pas t'asseoir ? demanda-t-il.

— Si, dit-elle en se laissant tomber à côté de lui. C'est un domaine magnifique.

— Il l'a acheté il y a quelques années avec l'intention de construire un terrain de golf et une résidence pour seniors fortunés, mais les travaux n'ont pas encore commencé.

— Pourquoi ?

— Parce qu'Agnes et Bud ont besoin de la zone en amont pour organiser la fête annuelle de l'A.P.C. Le terrain s'étend pourtant sur des centaines d'hectares, mon père aurait pu mener son projet à bien sans que cela nuise à la fête.

— Ce serait dommage de détruire ces prés et cette forêt.

— Je suis bien d'accord.

Il ouvrit le sac de victuailles.

— Le pique-nique de madame est servi, dit-il en sortant des sandwichs, des fruits et deux petites bouteilles d'eau minérale. Si tu manges sagement ton repas, tu auras droit à un dessert.

Elle savait ce qu'il y avait au dessert. Et elle avait hâte d'y être.

— Tu es sûr qu'on peut s'absenter si longtemps du poste médical ? Je me sens un peu coupable…

— Alexis a mon numéro de portable, au cas où on aurait besoin de moi. On y sera en à peine un quart d'heure.

— Alors Alexis est au courant de notre petite escapade ?

— Je lui ai demandé de garder le fort pendant que je t'enlevais pour une petite heure. Elle m'a même encouragé à prendre davantage de temps.

— Décidément, cette femme m'est de plus en plus sympathique.

— En tout cas, elle aime rendre service, dit-il, de toute évidence peu intéressé par le sujet. Tu as faim ?

— Je meurs de faim.

Mais elle n'avait pas faim d'un sandwich. Sa voix rauque mit sans doute la puce à l'oreille de Trace car il arrêta de fouiller dans le sac.

— Tu veux directement passer au dessert ?

Enfin, il avait compris.

Hochant la tête, elle s'allongea sur la couverture et tendit les bras pour l'attirer à elle.

Trace caressa la joue de Chrissie puis laissa son doigt descendre le long de sa gorge. Il la sentit frissonner malgré la chaleur de septembre et mesura le pouvoir qu'il avait sur elle. Leurs doigts s'entrelacèrent, et il souleva sa main à ses lèvres pour y déposer un baiser.

— Tu ne sais que ce n'est pas nécessaire, dit-elle soudain d'une voix transformée par le désir.

— Quoi donc ?

— Ces préliminaires. Tu n'as pas besoin de me séduire, je suis à toi.

— Tu veux que je te prenne tout de suite ?

— Oui. Nous n'avons pas beaucoup de temps, alors, inutile d'en perdre.

Ce n'était pas ainsi qu'il avait envisagé leurs retrouvailles. Bien sûr, il rêvait de lui faire l'amour et, d'une certaine façon, cette impatience le flattait, mais il n'avait pas l'habitude de se conduire comme un homme de l'âge de pierre.

Comme si elle devinait ses scrupules, elle se redressa pour enlever son T-shirt et dégrafer son soutien-gorge. Puis elle lui prit la main pour la poser sur son sein rond et lourd.

La réaction de son membre viril fut sans équivoque.

Si elle voulait du sexe pur et dur, il allait lui en donner. Il fit glisser le short de Chrissie sur ses cuisses puis s'empara de sa bouche. Ce n'était plus un baiser aguicheur, mais un baiser brutal, empli d'urgence. Et elle lui répondit de la même manière, tout en faisant glisser la fermeture Éclair de sa braguette.

Quand elle le caressa, il faillit tout oublier mais se reprit, le temps de sortir un préservatif de sa poche avant de perdre complètement le contrôle.

Soudain, elle poussa un petit cri. Elle fixait la large cicatrice qui lui barrait l'aine du côté gauche.

— Que t'est-il arrivé ?

— C'est une longue histoire.

Pas question de parler maintenant de ce qui s'était passé à Shiara.

Elle passa le doigt sur sa peau blessée, mais il ne voulait pas de sa pitié. Déchirant le sachet argenté, il enfila le préservatif et la pénétra. Puis il observa le plaisir qui se lisait sur son visage tandis qu'il allait et venait en elle. Il accéléra le rythme jusqu'à ce qu'il ne puisse plus respirer, jusqu'à ce que le feu qui embrasait leurs corps se consume.

L'orgasme la fit trembler, et ce fut son tour à lui quelques secondes plus tard. Il retomba doucement à côté d'elle.

— J'avais oublié, murmura-t-elle. J'avais oublié à quel point c'était merveilleux de faire l'amour avec toi.

Se redressant sur le coude, il la contempla tout son soûl. Elle avait le regard apaisé d'une femme heureuse et comblée.

Une émotion sur laquelle il ne pouvait pas mettre de mot le saisit à la gorge.

— Moi, je n'avais pas oublié notre alchimie, dit-il en déposant un baiser sur le bout de son nez. Quand ça allait mal autour de moi, j'y repensais. J'ai pensé à toi des milliers de fois, ces dernières années.

7.

Le lendemain matin, Chrissie, debout à côté de l'estrade, écoutait le discours de clôture de Bud. Elle avait le cœur lourd.

La nuit précédente, elle avait partagé la tente de Trace et refait l'amour avec lui. Probablement pour la dernière fois. Dès qu'ils auraient démonté la tente médicale et aidé les bénévoles à charger le semi-remorque, leurs chemins se sépareraient. Elle retournerait à Chattanooga, auprès de Joss, son fils. Et celui de Trace.

Retenant son souffle, elle se répéta ce qu'elle se disait chaque fois qu'elle était tentée de lui révéler l'existence de leur enfant. Son devoir était de protéger Joss. Trace ne voulait pas d'enfant.

Ce fut au tour d'Agnes de prendre le micro pour remercier les participants et annoncer le montant récolté. Entre les dons et la vente des billets pour les différentes attractions, la somme dépassait le million, de quoi financer des centaines d'opérations chirurgicales et autant d'actions de prévention.

Alexis, qui avait été de garde la nuit précédente, était déjà partie en laissant son numéro de téléphone à Chrissie et en lui promettant de rester en contact. N'était-ce pas ce que l'on se disait toujours ?

Le démontage de la tente prit un certain temps, malgré la présence des professionnels de l'agence de location du chapiteau. Le compte à rebours avait commencé. Plus que trois heures, plus que deux avant le moment des adieux avec Trace.

Elle avait le ventre noué. L'idée de le quitter pour toujours lui était insupportable. Hélas, il avait annoncé la couleur dès le départ. À la fin du week-end, tout serait terminé entre eux.

Elle rentrerait chez elle et lui s'envolerait pour un pays où la guerre faisait rage.

Malgré cela, elle ne regrettait rien. Ce week-end lui avait permis de mieux connaître Trace. Elle savait désormais qu'il était fils unique, qu'il avait fréquenté de sélectes écoles privées, que son père aurait voulu qu'il prenne sa suite, et qu'il avait fait médecine contre son avis. Trace avait répondu à toutes ses interrogations, sauf à ses questions à propos de la cicatrice sur le bas-ventre. Pendant la nuit, quand entre deux ébats elle l'avait interrogé à ce sujet, il avait aussitôt dévié la conversation.

Si Joss lui posait un jour des questions sur son géniteur, elle serait en mesure de lui répondre que c'était un homme bien qui consacrait sa vie à aider son prochain.

Las, le père et le fils ne se rencontreraient jamais. Quatre ans plus tôt, Trace lui avait expressément dit qu'il ne voulait pas d'enfant, et elle l'avait entendu répéter en substance la même chose à la mère de Chloe qui lui demandait s'il était père.

Lui révéler l'existence de Joss aurait été égoïste. Et risqué.

— À quoi penses-tu ?

— Aux adieux que nous allons nous faire bientôt.

— Nous ne sommes pas obligés de nous dire adieu.

Son cœur se mit à battre plus vite.

— Comment cela ?

— Tu pourrais rester à Atlanta jusqu'à demain. Nous passerions la soirée — et la nuit — ensemble.

Comme c'était tentant ! Mais elle s'était engagée auprès de Savannah pour récupérer Joss ce soir. Et puis, son petit garçon lui manquait.

Il fallait qu'elle rentre à Chattanooga reprendre le cours de sa vie.

— Désolée, je ne peux pas rester.

La déception se peignit sur le visage de Trace.

— Tu es de garde demain ?

— Non, je ne reprends le travail que mardi, mais…

— Tu veux rentrer faire la lessive et te laver les cheveux ?

Le ton moqueur de la remarque l'irrita.

— Je dois rentrer, c'est tout.

— Pourquoi ?

— J'ai des choses à faire.

— Qui ne peuvent pas attendre vingt-quatre heures ?

Savannah se montrerait sans doute compréhensive si elle lui demandait de garder Joss un jour de plus. Mais chaque heure passée avec Trace, chaque regard, chaque caresse, chaque sourire de sa part accroîtraient son désir de le voir avec son fils. Poussée par la culpabilité, elle risquait de lui avouer l'existence de leur enfant. Que se passerait-il ensuite ?

— N'insiste pas, s'il te plaît.

— Tant pis, dit-il, l'air résigné. Nous nous serions bien amusés.

Ces mots la confortèrent dans sa décision. S'amuser, c'était tout ce qu'il voulait.

— Nous en avons bien profité, et les meilleures choses ont une fin. Tu étais d'ailleurs très clair à ce sujet : le week-end, rien de plus.

— Tu as raison. Nous garderons les souvenirs. En tout cas, merci pour tout, Chrissie.

Encore une remarque qu'elle n'apprécia pas. Il la remerciait d'avoir été sa partenaire sexuelle alors qu'elle aurait voulu représenter tellement plus pour lui…

Effrayée par le tour que prenaient ses pensées, elle s'éloigna pour prêter main-forte aux bénévoles qui chargeaient tables et chaises dans le camion.

Vint le moment des au revoir. Chrissie embrassa Bernadette. Tandis que celle-ci lui notait son adresse, Trace discutait avec un collègue qui désirait s'engager dans l'humanitaire.

Bernadette partie, Agnes vint rejoindre Chrissie.

— Te reverra-t-on l'an prochain, Chrissie ?

— Peut-être.

— Et Trace ?

— Quoi, Trace ? fit-elle avec plus de véhémence qu'elle l'aurait voulu.

— Tu comptes le revoir ?

— Non.

Un claquement de langue réprobateur lui répondit.

— Quel dommage ! Ta compagnie lui fait du bien, à ce garçon.

Trace n'était plus un « garçon », c'était un homme. Un homme qui, pour son malheur à elle, refusait de s'engager.

Agnes la dévisageait comme si elle cherchait à lire en elle.

— Il faut que tu lui dises.

Inutile de faire semblant de ne pas comprendre. Agnes l'avait percée à jour. Elle avait compris qu'elle tenait à Trace.

— Non. C'est mieux ainsi.

— Mieux pour qui ?

— Pour tous les deux.

— Tu es mariée ?

— Non !

— Inutile de t'emporter. J'essaie d'imaginer les raisons qui empêcheraient toute relation sérieuse entre vous.

Agnes venait de prononcer les mots qui expliquaient tout. « Relation sérieuse ». Trace fuyait tout ce qui y ressemblait de près ou de loin.

Pas question toutefois de faire des confidences à la marraine de Trace.

— Je sais que tu ne comprends pas, Agnes, mais la situation me convient très bien ainsi. Trace et moi, c'était juste pour s'amuser, dit-elle en s'efforçant de prendre un ton désinvolte.

Agnes secoua la tête.

— Ah, les jeunes, de nos jours !

Sans doute croyait-elle maintenant que Chrissie couchait à droite et à gauche, mais il valait mieux ne pas la détromper. Sinon, Chrissie devrait expliquer pourquoi elle avait violé ses principes pour coucher avec Trace il y avait quatre ans, et de nouveau ce week-end. Parce qu'il était différent des autres. Parce qu'il l'attirait comme nul autre ne l'avait jamais fait.

Agnes continuait à l'observer d'un air déçu, avec une pointe de compassion.

De la compassion, Chrissie en aurait besoin puisqu'elle avait commis l'erreur de s'attacher à Trace.

Estimant plus sage de couper court à la conversation, elle embrassa Agnes et s'éloigna vers le parking.

Adieu, Agnes, Atlanta et Trace.

— Comment ça, elle est partie ? demanda Trace à Agnes.

Celle-ci l'avait entraîné dans la tente médicale qui n'était plus qu'une coquille vide. Heureusement, elle avait attendu que les autres bénévoles soient partis pour lui annoncer la nouvelle.

— C'est comme je te le dis. La pauvre petite essayait de donner le change, mais je voyais bien qu'elle en avait gros sur le cœur. À cause de toi. À mon avis, tu as fait ou dit quelque chose qui lui a déplu, dit-elle en lui faisant les gros yeux.

— Non, tu te trompes.

Il avait été honnête avec Chrissie, il l'avait prévenue qu'il ne fallait rien espérer de sa part en dehors de ce week-end.

Tant pis si elle était partie, tenta-t-il de se convaincre. Elle leur avait rendu service en leur évitant la scène des adieux. D'autant qu'il aurait peut-être essayé de la retenir. Dans une tentative désespérée pour la faire rester encore un jour, il serait revenu à la charge, l'aurait suppliée, lui qui n'avait jamais supplié personne.

— Eh bien, que comptes-tu faire ?

La voix d'Agnes l'arracha à ses pensées.

— Rien du tout.

Dire au revoir à Chrissie aurait été un supplice. Étrange. Quatre ans auparavant, cela ne lui avait pas posé de problèmes particuliers, peut-être parce que, à l'époque, en partance pour sa première mission humanitaire, il passait son temps à dire au revoir à tout le monde, à sa famille, à ses amis.

Dans quelques semaines, il recommencerait.

— Tu ne vas pas la rattraper ? demanda Agnes d'un air indigné.

— Elle est partie sans me dire au revoir. Une femme n'agit pas ainsi sans raison.

— Justement, tu devrais peut-être te poser des questions sur ses raisons.

— N'invente pas de problèmes là où il n'y en a pas. Ma relation avec Chrissie est plus simple que tu ne le crois. Elle est purement physique.

— Ça t'arrange de le croire. Si tu veux mon avis…

— Je ne te l'ai pas demandé, Agnes.

— Tu devrais avoir honte de me parler ainsi !

Sa colère n'était que feinte. Agnes l'aimait et le lui montrait sans doute davantage que sa propre mère.

— Ne te fâche pas, dit-il en l'embrassant. Je t'assure que c'est mieux ainsi. Je vais bientôt repartir pour des mois, voire des années, il vaut mieux en rester là.

Chrissie avait eu l'intelligence de trancher dans le vif. Lui ne l'aurait peut-être pas eue.

Malgré sa joie de retrouver Joss, Chrissie ne pouvait empêcher les regrets. Elle aurait dû dire au revoir à Trace, l'embrasser une dernière fois, lui souhaiter bonne chance pour sa prochaine mission, lui dire de prendre soin de lui, de ne pas jouer les héros…

— Je te trouve bien mélancolique, dit Savannah, assise en face d'elle sur le canapé pour donner le sein à son bébé.Il s'est passé quelque chose ce week-end ?

Pour toute réponse, Chrissie leva vers elle un regard plein de détresse.

— Je le savais ! s'exclama Savannah.

Sans doute surprise par le cri de sa mère, Amelia cessa de téter et poussa un vagissement. Savannah berça sa file contre elle pour l'apaiser.

— Raconte-moi, dit-elle à voix basse.

Chrissie regarda le petit garçon qui dormait dans ses bras. Fou de joie de la revoir, Joss lui avait offert une carte de bienvenue pour son retour à la maison, carte qu'il avait confectionnée avec l'aide de « tante » Savannah. Cette dernière avait insisté pour qu'ils restent dîner. Durant le repas, son mari, Charlie, avait été appelé en urgence à l'hôpital.

Joss avait été intarissable sur ses aventures du week-end, puis il était monté sur ses genoux pour se blottir contre elle et s'endormir. La gorge serrée par l'amour qu'elle éprouvait pour son fils, Chrissie sentait son petit cœur battre contre le sien.

À cause d'elle, Trace ne connaîtrait jamais ce bonheur. La culpabilité faisait rage en elle, les larmes lui brûlaient les paupières.

Ah non, elle n'allait pas pleurer.

— Alors, tu me racontes ? insista Savannah.

— Il était là.

— Qui ? Le type d'il y a quatre ans ?

Les joues en feu, Chrissie acquiesça.

— Tu as refait l'amour avec lui ?

— Chut ! Joss pourrait t'entendre.

— Il dort comme un loir. Alors, tu as de nouveau couché avec son père ? dit son amie dans un murmure théâtral.

Autant tout dire sur-le-champ à Savannah puisque c'était de toute façon ce qui arriverait.

— Oui, et je ne regrette pas. C'était encore mieux que dans mes souvenirs.

— Contente pour toi. Quelque chose me dit que, cette fois, c'est la bonne !

Savannah adorait jouer les cupidons.

— Ne t'emballe pas. Ni lui ni moi n'avons l'intention de jouer les prolongations. Ce n'était qu'une aventure d'un week-end, comme la dernière fois.

— Ce n'est pas comme la dernière fois ! Il y a Joss, maintenant.

— Trace ne le sait pas.

— Pourquoi ne lui as-tu rien dit ?

— Pour les mêmes raisons pour lesquelles tu n'avais pas révélé ta grossesse à Charlie durant les premiers mois.

— Je croyais qu'il ne voulait pas d'enfant. Mais je me trompais…

Chrissie, elle, ne se trompait pas. Trace avait été très clair à ce sujet.

— Il faut que tu lui dises. Plus tu attendras, plus ce sera difficile.

— Il ne veut pas s'encombrer d'un d'enfant.

— Parce que tu considères Joss comme un fardeau ?

— Bien sûr que non ! dit-elle, resserrant les bras autour de son fils. Je parlais du point de vue de Trace. Il travaille pour Médecins du Monde, il va repartir bientôt en mission.

— Raison de plus pour profiter de son passage à Atlanta pour lui dire. Quelles que soient les circonstances, un homme a le droit de savoir qu'il a un fils. C'est à cause de ce que ton père a fait autrefois que tu as préféré ne rien dire à Trace ?

— Peut-être…

Les larmes coulaient à présent sur ses joues.

— Il y a quatre ans, il m'a dit qu'il tenait à son célibat et qu'il n'aurait jamais d'enfant. Et il n'a pas changé d'avis. S'il était au courant pour Joss, il accepterait ses obligations parentales, contraint et forcé, parce que c'est un homme bien. Mais, moi, je veux un père aimant pour mon fils.

— Tu as peur qu'il te l'enlève, comme ton père l'a fait avec toi ?

— Sincèrement, je ne crois pas que Trace irait jusque-là. Mais ma mère pensait la même chose, et ça n'a pas empêché mon père de me kidnapper. Il a suffi d'un samedi où il avait ma garde.

Au départ, elle n'avait pas compris qu'il s'agissait d'un kidnapping. Son père avait prétendu qu'il l'emmenait en vacances. Quelques jours plus tard, quand elle avait voulu appeler sa mère, il l'en avait empêchée ; et il l'avait giflée lorsqu'elle s'était mise à pleurer et à la réclamer. Les « vacances » s'étaient révélées être une longue cavale dans toutes sortes de voitures différentes — volées par son père, avait-elle appris plus tard.

— Les hommes ne sont pas tous comme ton père, loin de là. Tu dis toi-même que Trace est quelqu'un de bien…

— C'est un médecin humanitaire, Savannah. Dans son mode de vie, il n'y a pas de place pour un enfant. Non, il vaut mieux qu'il ne sache rien.

Toutefois, si les rôles avaient été inversés, elle aurait voulu être au courant. Elle aurait voulu faire partie de la vie de Joss. Y avait-il une chance que Trace renonce au célibat en apprenant qu'il avait un fils ?

— De toute façon, je n'ai aucun moyen de le contacter.

Elle n'avait pas son numéro de téléphone. Échanger leurs coordonnées aurait signifié qu'ils souhaitaient rester en contact, qu'ils se projetaient dans l'avenir.

Par contre, Alexis lui avait laissé son numéro de portable. Et la belle cardiologue possédait sans doute les coordonnées de Trace.

— Chrissie, je vois bien à quel point ce dilemme te fait souffrir. Et cela me donne ma réponse. Il faut que tu parles à Trace.

Accablée de fatigue et d'émotions, Chrissie secoua la tête. Il fallait qu'elle réfléchisse à tête reposée avant de prendre sa décision, car celle-ci risquait de changer à jamais la vie de son fils.

Ainsi que celle de Trace.

8.

Chrissie adorait travailler dans l'unité de soins intensifs du service de chirurgie cardiovasculaire et thoracique. Depuis deux ans, elle chapeautait les infirmières et était appréciée de tous ses collègues.

Ils formaient une équipe soudée, solidaire, et l'ambiance était au beau fixe depuis que Savannah était revenue de son congé maternité.

— Je suis tellement contente que tu sois là, dit Chrissie à sa meilleure amie. Même si ce n'est qu'à mi-temps. Je sais qu'Amelia te manque.

— J'ai eu beaucoup de chance que la coordinatrice des personnels infirmiers accepte d'aménager mes horaires et de me laisser travailler pratiquement à la carte. Aujourd'hui, Charlie était de repos, il pouvait garder la petite. Il me suffira de passer deux fois dans la journée pour donner le sein à Amelia. Crois-moi, après des mois en vase clos avec un bébé, j'apprécie mon retour dans le monde des adultes.

Chrissie, elle, n'avait pas eu le choix. Elle avait dû travailler à plein temps jusqu'à la fin de sa grossesse pour mettre de l'argent de côté et subvenir aux besoins de son bébé. En plus des couches et du chauffe-biberon, il avait fallu acheter le landau, le siège-auto, la poussette, sans oublier le berceau et les meubles pour la nursery. Et les visites chez le pédiatre. Un bébé coûtait cher.

Heureusement, elle était déjà propriétaire de sa petite maison à deux pas de celle de sa mère, dans un quartier tranquille de Chattanooga. Cela facilitait grandement la vie d'habiter à côté de chez Iris, qui adorait son petit-fils et répondait toujours présente pour faire du baby-sitting et, à l'occasion, offrir une épaule pour pleurer. L'apprentissage de mère célibataire n'avait en effet pas été facile, au départ, et Chrissie était souvent passée par des moments de panique ou de découragement. Mais elle se ressaisissait vite. Joss était son monde. Il lui manquait quand elle était de garde, mais elle avait l'esprit tranquille en le sachant en sécurité auprès de sa mère, et cela atténuait un peu sa culpabilité de le laisser. Une culpabilité sans doute partagée par toutes les mamans qui travaillaient.

Elle se dirigea vers la chambre de son premier patient de la matinée, un jeune homme de vingt ans qui avait subi la veille une opération de reconstruction d'une des valvules ventriculaires.

Sous ventilation artificielle, le patient dormait. Son père somnolait à son chevet dans un fauteuil et ouvrit les yeux quand elle entra.

— Bonjour.

L'homme aux traits fatigués répondit d'un hochement de tête avant de tourner son attention vers son fils.

— Comment va-t-il ce matin ?

Chrissie consulta la feuille de température accrochée au pied du lit puis prit les constantes.

— Bien. Le pouls est stable. Il devrait se réveiller bientôt.

— Je l'espère. Son sourire me manque. Ce gamin est toute ma vie.

— Je comprends. J'ai un fils de trois ans qui représente également toute ma vie.

— Il faut qu'il guérisse.

— Le Dr Flowers a tout fait pour. L'opération devrait permettre à Joe de vivre désormais normalement.

— Que le ciel vous entende, dit le père en passant la main dans ses cheveux poivre et sel. J'ai raté toute son enfance et son adolescence, nous nous sommes vus pour la première fois l'année dernière. Maintenant, je ne peux pas imaginer ma vie sans lui.

Elle observa l'homme qui, penché en avant, regardait monter et descendre la poitrine couverte de pansements du post-opéré.

— Vous étiez divorcé de la maman ?

— Elle et moi, nous n'étions pas mariés. Quand Amy est entrée dans la phase terminale de sa maladie, elle lui a parlé de moi. Et, après son décès, il a fait des recherches pour me retrouver…

Il esquissa une grimace amère.

— Je me suis conduit comme un salaud quand Joe m'a appelé. « Qu'est-ce qui me prouve que vous êtes mon fils ? » lui ai-je dit.

— Vous n'étiez pas au courant de son existence ?

— Comment aurais-je pu l'être ? Sa mère et moi n'étions sortis que quelques semaines ensemble avant de nous perdre complètement de vue. Si seulement Amy m'avait dit que j'avais un fils…

Elle avait l'impression qu'un étau lui enserrait la poitrine et l'empêchait de respirer.

— Qu'auriez-vous fait si vous l'aviez su ? demanda-t-elle, tremblante.

La question sembla le décontenancer.

— Je ne sais pas. Mais je me serais manifesté auprès de Joe et j'aurais joué mon rôle de père d'une manière ou d'une autre. Au lieu de garder notre fils pour elle toute seule, Amy aurait dû m'en parler. Elle a agi en égoïste. Ça ne se fait pas d'être en colère contre une morte, mais j'ai du mal à lui pardonner.

S'efforçant de se ressaisir, Chrissie termina l'examen du patient. Quand elle sortit de la chambre, elle était en sueur. Une sueur froide, glaciale.

« Elle aurait dû m'en parler. Elle a agi en égoïste. »

Des phrases que Trace pourrait prononcer un jour.

Si c'était lui qui le privait de son fils, elle lui en voudrait à mort.

Elle parcourut le couloir du regard. Après un début de matinée un peu chaotique en raison de l'absence d'une infirmière, tout était rentré dans l'ordre grâce à l'arrivée de Savannah venue jouer les remplaçantes au pied levé.

Entrant dans une chambre vide, Chrissie sortit son portable de sa poche et composa le numéro d'Alexis. Il était temps qu'elle fasse ce que sa conscience lui dictait depuis longtemps.

Trace avait reçu son nouvel ordre de mission. Médecins du Monde l'envoyait cette fois en Afrique de l'Ouest. Malheureusement, il ne partirait que dans trois semaines, et il rongeait son frein. L'action sur le terrain lui manquait.

Il trompait l'attente en renouant avec ses amis. Ce midi, il avait retrouvé Agnes et Bud dans un restaurant du centre-ville d'Atlanta. Il ne les avait pas revus depuis la fête de bienfaisance qui datait déjà d'une semaine.

— As-tu des nouvelles de Chrissie ? demanda Agnes.

— Pourquoi en aurais-je ? Tu sais bien que nous n'avons pas prévu de rester en contact.

— Les hommes ! Ils ne voient pas ce qui est sous leur nez.

— Que veux-tu dire, ma chérie ? demanda Bud.

— Ah non ! Ne me dis pas que tu ne t'es rendu compte de rien, toi non plus !

— Du calme, ma douce, dit Bud en lui tapotant la main. Puisque Trace ne veut rien avoir à faire avec Chrissie, il faut respecter son choix.

— Son choix ! Comme s'il savait ce qu'il veut !

C'en était trop.

— Cela vous dérangerait d'arrêter de parler de moi à la troisième personne ? Agnes, je te répète pour la énième fois que je pars bientôt en mission au bout du monde et que ce n'est pas le moment de nouer des liens avec une femme. Même si je le voulais, ça ne servirait à rien.

— Ah ! C'est donc que tu le veux !

Chère Agnes. Elle ne lâchait jamais rien.

— Non, non et non. Je ne veux pas d'une relation avec Chrissie.

Ce qui ne l'empêchait pas de beaucoup penser à elle depuis une semaine. Mais, il en revenait toujours à la même conclusion. Elle était partie sans lui dire au revoir parce qu'elle savait, comme lui, qu'ils n'avaient aucun avenir ensemble. Plutôt que des adieux déchirants, elle avait préféré trancher dans le vif.

À quoi bon commencer quelque chose avec elle alors qu'il allait s'envoler pour un autre continent ? Tout ce qu'il aurait à lui proposer, ce seraient des conversations sur Skype. Il n'en avait pas le droit.

— Il dit non, mais il pense oui, murmura Agnes avec un clin d'œil à l'adresse de son mari.

Le portable de Trace sonna. Soulagé d'échapper à la conversation, il s'excusa auprès de ses amis et tira le téléphone de sa poche.

— Allô !

— Trace ? C'est Chrissie.

Quand on parlait du loup…

— Je te dérange ?

— Tu aurais pu tomber plus mal.

— Je peux rappeler plus tard si tu veux.

— Inutile. Que puis-je faire pour toi ?

— Je… J'aimerais te voir.

Le cœur de Trace bondit. Conscient du regard de lynx d'Agnes, il s'efforça d'afficher une expression désinvolte. Surtout, ne pas laisser échapper le nom de son interlocutrice, ou sa marraine jubilerait.

— Pourquoi veux-tu me voir ?

— Je préfère ne pas te le dire au téléphone.

— Tu es à Atlanta ?

— Non, à Chattanooga.

— Tu voudrais que ce soit moi qui vienne te voir ?

Elle ne manquait pas de toupet après être partie sans même lui dire au revoir.

— Si ça ne te dérange pas. Ce serait préférable étant donné les circonstances…

Quelles circonstances ? La demande l'intriguait, mais il ne pouvait pas questionner Chrissie à sa guise en présence de Bud et d'Agnes.

— Je suis très occupé.

C'était une réponse de goujat, il en avait bien conscience.

— Je sais, Trace.

Sa voix trahissait un tel embarras qu'il s'en voulut.

— Tu ne veux pas m'en dire un peu plus sur la raison de ton appel ?

— Je… J'ai eu un bébé.

Heureusement, il était assis.

— C'est impossible, dit-il sous le choc. Nous deux, ça ne fait qu'une semaine.

C'était la chose la plus stupide qu'il ait jamais dite.

— J'ai eu un bébé… Autrefois.

Bon. Et alors ? Quel rapport cela avait-il avec lui et ce besoin soudain qu'elle avait de lui parler ?

À présent, il comprenait pourquoi le corps de Chrissie s'était arrondi. Quand ils avaient fait l'amour, il n'avait pas vu de vergetures sur son ventre ni ses cuisses, mais toutes les femmes ayant porté un enfant n'en avaient pas. Et puis, il avait été si obsédé par ses propres cicatrices qu'il ne les avait peut-être pas remarquées.

Chrissie était mère.

Première nouvelle.

Soudain, certaines choses s'expliquaient.

— Est-ce à cause de cet enfant que tu n'as pas voulu rester un jour de plus avec moi ?

Agnes ouvrit des yeux ronds comme des soucoupes. Bud allait être couvert de bleus, avec tous les coups de coude qu'elle lui donnait.

— Oui, murmura Chrissie.

— Et pourquoi m'appelles-tu pour me dire que tu as un bébé ?

— Parce que cet enfant est aussi le tien, Trace. C'est un garçon, il a trois ans…

Elle continua à parler, mais il n'écoutait plus.

Cet enfant était le sien. Il était père.

Non, elle mentait ! Ils ne pouvaient pas avoir conçu d'enfant lors de leur rencontre, quatre ans plus tôt, pour la bonne raison qu'ils avaient utilisé des préservatifs.

Pas la première fois.

9.

Après cinq gardes de douze heures chacune en une semaine, Chrissie était épuisée. Pourtant, quand elle alla récupérer Joss chez sa mère ce soir-là, elle se força à arborer son plus beau sourire pour embrasser son fils ; et elle joua avec lui comme si elle était en pleine forme.

Après le repas et le bain, ce fut l'heure du coucher et des trois histoires rituelles accompagnées de fous rires. Une fois Joss endormi, elle alla prendre sa douche.

Le téléphone sonna, et elle le laissa sonner. Sans doute était-ce Savannah qui venait aux nouvelles — après le coup de fil à Trace, Chrissie s'était effondrée dans les bras de sa meilleure amie.

Elle la rappellerait plus tard. Durant de longues minutes, elle laissa l'eau chaude couler sur son corps. Si seulement elle pouvait effacer le stress…

En sortant de la douche, elle alla vérifier le numéro d'appel et se rendit compte que ce n'était pas Savannah. C'était le numéro donné par Alexis, celui qu'elle avait entré dans ses contacts.

Le numéro de Trace.

Il l'avait appelée.

Elle sursauta en entendant la sonnerie résonner de nouveau. C'était lui !

D'une main tremblante, elle décrocha.

— Allô !

— Chrissie.

— Pourquoi me téléphones-tu, Trace ?

— Tu croyais que j'allais disparaître après la bombe que tu as lâchée ?

Le sang afflua à ses joues.

— Après la manière assez brutale dont tu as raccroché tout à l'heure, je ne savais que croire.

Elle avait pleuré toutes les larmes de son corps et trempé la blouse de Savannah. Oh ! pourquoi, pourquoi avait-il fallu qu'elle revoie Trace ! Sa vie s'écoulait tranquillement avec Joss, ils étaient heureux. Et il avait fallu qu'elle gâche tout en voulant revisiter le passé.

Dès la seconde où elle avait aperçu Trace à la fête de bienfaisance, elle aurait dû prendre ses jambes à son cou. Si cela se terminait mal, elle n'aurait à s'en prendre qu'à elle-même.

— J'étais sous le choc, répondit-il. Il me fallait un peu de temps pour comprendre ce que tu me disais.

Elle ferma les yeux. Son intention n'avait pas été de lui annoncer la nouvelle au téléphone. L'idéal aurait été de le rencontrer dans un endroit neutre, un café par exemple, pour le préparer en douceur, lui parler de Joss, lui montrer une photo et le laisser décider de la manière dont il voulait s'impliquer dans la vie de leur fils.

À supposer qu'il le veuille.

— Et tu y es parvenu ?

Un soupir se fit entendre au bout de la ligne.

— Pas vraiment.

Mettant le haut-parleur, elle enfila un shorty et un T-shirt extra-large. Habillée d'autre chose que d'une serviette, elle se sentirait peut-être plus à l'aise.

Le haut-parleur n'amplifia que le silence à l'autre bout de la ligne.

— Allô ! Tu es toujours là ?

— Oui. Comment s'appelle-t-il ?

— Joss.

— Je veux le voir.

Elle laissa échapper un petit cri. Était-ce un soupir de soulagement ou un gémissement de désespoir ? Sans doute un croisement entre les deux.

Elle s'assit sur le lit et tenta de réprimer le tremblement qui s'emparait de son corps.

— Quand ?

— Maintenant.

— Maintenant ? Mais il dort !

C'était une réponse absurde. Elle n'était plus capable de réfléchir correctement.

— Je ne le réveillerai pas. Je veux juste le voir.

— Où es-tu ?

— À l'entrée de la ville. Je me suis garé devant une station-service. Puis-je venir ?

— Je sors de la douche, dit-elle, les doigts agrippés au combiné. Laisse-moi le temps de passer des vêtements, je ne m'attendais pas à de la visite.

— Ce n'est pas toi que je viens voir, c'est… Joss.

L'hésitation qu'il avait marquée avant de prononcer son nom ne lui échappa pas.

— D'accord. Donne-moi un quart d'heure. Ne sonne pas à ton arrivée, cela risquerait de le réveiller. Je te guetterai par la fenêtre.

Elle lui donna l'adresse puis raccrocha et enfila un pantalon de jogging et un soutien-gorge sous son T-shirt. Elle était en train de passer un peigne dans ses cheveux mouillés quand elle entendit une voiture s'arrêter dans l'allée.

Cela faisait à peine cinq minutes qu'ils s'étaient parlé. Il ne lui accordait pas le quart d'heure qu'elle avait demandé. Tant pis pour le coup de chiffon rapide qu'elle avait prévu de passer sur les meubles.

Elle entendit ses pas sur les marches du perron. Le cœur cognant à tout rompre, elle se dirigea vers le vestibule. Trace se tenait sous son porche, il était au courant pour Joss et allait le voir pour la première fois.

Son instinct protecteur se déchaînait. Si quelque chose de mal arrivait à son fils, ce serait sa faute. Mais peut-être avait-elle encore le temps de s'enfuir avec lui par la porte de derrière…

Si elle faisait cela, elle ne vaudrait pas mieux que son père.

Rassemblant son courage, elle ouvrit la porte. Et eut du mal à reconnaître Trace. Lui d'habitude si bronzé était d'une pâleur à faire peur.

Seigneur, qu'avait-elle fait ?

La détresse se lisait dans les yeux de Chrissie mais, pour le moment, Trace n'en avait cure.

Il ne parvenait toujours pas à la croire. Et, à supposer qu'elle dise vrai, comment avait-elle pu lui cacher si longtemps l'existence de cet enfant ? C'était impardonnable.

En tout cas, s'il était bien le père de Joss, Chrissie toucherait le jackpot car ses parents lui offriraient une fortune en échange du précieux rejeton.

Sauf qu'il ne les laisserait pas faire.

Et Chrissie n'était probablement pas non plus du genre à monnayer son enfant. Mais savait-il encore reconnaître une femme vénale, après toutes ces années passées au bout du monde ?

Depuis l'annonce de Chrissie, il avait accumulé une telle tension en lui que son cou et ses épaules lui faisaient mal. Sa tête semblait sur le point d'exploser.

Que ferait-il si elle disait la vérité ? Que lui dirait-il ?

Pour l'heure, il avait envie d'ignorer la femme qui se tenait sur le pas de la porte et de se ruer dans la chambre de l'enfant. Quelque chose lui disait qu'il saurait au premier coup d'œil s'il était le sien. Un père était capable de sentir ces choses-là, non ?

— Je t'avais demandé un quart d'heure, dit Chrissie, les bras croisés sur sa poitrine.

Ses cheveux étaient mouillés. Elle n'avait pas menti, elle sortait de la douche. L'odeur de son shampoing lui chatouillait les narines.

Un quart d'heure aurait été trop long. Étrange. Pendant quatre ans, il n'avait rien su de cet enfant. Et, maintenant qu'il était au courant, il n'était pas capable d'attendre dix minutes.

Qu'elle lui en fasse le reproche aurait été malvenu de la

part de quelqu'un qui lui avait caché si longtemps l'existence de celui qu'elle prétendait être son fils.

— Où est-il ?

— Je t'ai dit qu'il dormait.

— Je veux le voir.

Plantée dans l'entrée, elle lui bloquait l'accès au vestibule. Malgré sa posture, la peur se lisait sur son visage.

— Que vas-tu faire ?

Si seulement il le savait.

— Je te préviens, Trace, je ne te laisserai pas faire du mal à Joss.

Il serra le poing.

— Tu me crois capable de faire du mal à un enfant ? Mais pour quel genre de monstre me prends-tu, Chrissie ?

— Chut ! Tu vas le réveiller. Il ne te connaît pas, il ne comprendrait pas ce que tu fais là.

— Il ne se réveille jamais quand tu reçois des hommes ?

Après ce qu'elle lui avait fait, il n'avait aucune raison de la ménager.

— Je ne reçois pas d'hommes.

— À d'autres ! dit-il sarcastique.

— Le seul homme de ma vie est Joss. Depuis toi, il n'y a eu personne.

— En quatre ans, tu n'es sortie avec personne ? dit-il, incrédule.

— Cela dépend de ce que tu entends par « sortir ». Il m'est arrivé de sortir en ville avec des amis, mais je n'ai couché avec personne, sauf il y a une semaine, et c'était avec toi.

Il avait du mal à le croire. Une femme sensuelle et passionnée comme Chrissie n'avait pas pu rester sexuellement inactive pendant si longtemps. Mais savoir si elle mentait sur ce point n'était pas sa priorité du moment.

— Ecoute, la manière dont tu mènes ta vie privée ne m'intéresse pas…

C'était faux. Il avait éprouvé un certain soulagement à la pensée qu'elle n'avait été intime avec personne d'autre.

— Où se trouve la chambre de Joss ?

Se mordant les lèvres, elle s'effaça pour le laisser entrer.

— Suis-moi.

En s'engageant dans le couloir, il remarqua sur le mur la photo d'un petit blondinet tout sourire, visiblement pas intimidé pour un sou par l'objectif de l'appareil.

Ils entrèrent dans une chambre. Une veilleuse ornée de dessins de super héros était allumée. Dans le lit en forme de voiture décapotable rouge, il distingua une petite forme pelotonnée sous les couvertures.

Trace s'agenouilla pour se mettre à hauteur du visage. Il sentait la nervosité de Chrissie derrière lui. Que craignait-elle ? Qu'il s'empare de l'enfant et s'enfuie ?

Le reflet des longs cils se découpait sur la joue potelée du garçonnet. Sa lèvre inférieure était pleine et pulpeuse, comme la bouche de sa mère.

S'agissait-il de son fils ?

Contrairement à ce qu'il croyait, il était incapable de le dire. Son « instinct » paternel restait muet.

Comme il tendait la main pour le toucher, Chrissie voulut l'en empêcher. Il lui lança un regard féroce qui la fit reculer.

Du bout du doigt, il effleura la joue de Joss. L'émotion le submergea. À présent, il en avait la certitude. C'était son fils. À la vue de la photo, il l'avait déjà confusément senti.

Il était en train de caresser la joue d'un petit être qu'il avait conçu. Joss était sa chair et son sang.

À côté de lui, Chrissie sanglotait bruyamment, sans plus se soucier de réveiller l'enfant. Il lui lança un regard furieux pour lui signifier d'arrêter, ce qui ne fit que redoubler ses pleurs.

Le petit garçon remua dans son sommeil. Après une dernière caresse sur ses cheveux, Trace se leva et, prenant Chrissie par le poignet, l'entraîna hors de la chambre.

— Qu'essayais-tu de faire ? demanda-t-il quand ils furent dans la salle de séjour. Tu voulais qu'il se réveille, qu'il te voie en train de pleurer et croie que je t'avais fait du mal ?

L'air horrifié, elle secoua la tête.

— Ça l'aurait traumatisé, dit-il. C'est ce que tu voulais ? Qu'il ait peur de moi dès notre première rencontre ?

— Non ! Bien sûr que non ! Comment peux-tu me soupçonner d'une chose pareille ?

— Comment puis-je te soupçonner ? C'est toi, après m'avoir caché existence de notre fils pendant quatre ans, qui oses me le demander ?

Elle se recroquevilla sous l'accusation.

— Je ne savais pas où tu étais.

— As-tu seulement cherché à me joindre ?

Elle ferma les yeux, elle était l'image même de la culpabilité.

— Non.

— Il t'aurait pourtant suffi de demander mon numéro de téléphone à Bud ou à Agnes.

— Ce qui est fait est fait, Trace. On ne peut pas revenir en arrière. Tu m'avais dit que tu tenais à rester célibataire et sans attaches, j'en ai conclu que tu n'aurais pas envie de savoir, pour Joss. Nous deux, c'était juste une aventure d'un week-end ; nous ne sortions pas ensemble, nous ne nous étions rien promis.

— Es-tu tombée enceinte exprès ?

À peine eut-il prononcé ces mots qu'il les regretta. L'accusation était injuste. Il était au moins aussi coupable qu'elle pour l'oubli du préservatif lors de leur première fois.

— Tu sais très bien que non !

C'était vrai. Il le savait.

— Pourquoi as-tu soudain décidé de m'en parler ?

— J'y pensais en fait depuis longtemps, dit-elle en essuyant ses joues baignées de larmes. Te revoir sous la tente médicale m'a confortée dans ma décision de tout te dire, mais j'avais peur…

Et elle avait raison d'avoir peur. Sa colère était telle qu'elle l'empêchait de raisonner correctement.

— À présent que j'ai trouvé mon fils, je ne vais plus le quitter jusqu'à mon départ pour l'Afrique, s'entendit-il dire. Je reste.

— Ici ? Chez moi ?

Il acquiesça.

— Je ne pense pas que ce soit…

— Je me fiche de ce que tu penses ! Tu m'as privé de mon fils pendant trois ans, trois longues années. Quand il me verra, il me traitera comme un étranger, mais je compte bien y remédier.

Elle s'effondra sur le canapé comme si ses jambes refusaient de la porter, les larmes jaillirent de plus belle.

— J'ai l'intention d'apprendre à le connaître durant les semaines à venir, et tu vas m'y aider.

— Comment suis-je censée t'aider ?

— D'abord, en me traitant comme un invité et en te montrant aimable à mon égard afin que Joss ne sente pas de mauvaises ondes entre nous. Et en lui disant la vérité.

— Tu veux que je lui dise que tu es son père ?

— Tu préfères me faire passer pour un type que tu as levé dans un bar et ramené chez toi ?

L'insulte était délibérée. Il se vengeait comme il le pouvait.

— Il n'y a que deux chambres. Je n'ai pas de place pour te recevoir chez moi, Trace.

Il promena son regard autour de lui.

— Cette maison est un château, comparée aux endroits où j'ai dormi en mission. Tu verras, je ne suis pas difficile.

De toute façon, elle se souciait sans doute comme d'une guigne de son confort. Elle ne voulait pas de lui sous son toit. Mais elle devrait faire avec. Il était bien décidé à passer chaque minute des jours qu'il lui restait au pays en compagnie de son fils pour apprendre à le connaître et se faire accepter de lui. Pour l'heure, il ne voyait pas au-delà de cet objectif.

— Mais je…

— Je reste, que cela te plaise ou non. Et j'exige que tu lui dises qui je suis.

— Mais…

— À son réveil, demain, tu lui annonceras que je suis son père.

— Laisse-moi au moins quelques jours pour…

— Non. Le temps m'est compté, Chrissie. Dans deux semaines, je pars en Afrique.

— Oh.

— Je garderai Joss pendant que tu iras travailler. Au fait, tu es de garde demain ?

Rester seul avec Joss le lendemain risquait de poser un problème, l'enfant ne serait pas encore habitué à lui.

— Non. Je suis de repos pour les quatre jours à venir.

— Alors c'est parfait. La transition se fera en douceur.

Il se refusait à penser à son départ. Quand reviendrait-il aux États-Unis ? Dans six mois ? Dans un an ? Voire davantage…

— Je ne veux pas qu'il reste seul avec toi.

— Je ne te demande pas ton avis.

Inflexible, il la regarda pleurer. En d'autres circonstances, il aurait tenté de la réconforter. Mais cette femme lui avait volé trois ans de la vie de son fils. Elle ne méritait aucune pitié.

10.

— D'accord, dit Chrissie en désespoir en cause. Tu peux dormir sur le canapé. Je vais te chercher un oreiller et une couverture.

Trace secoua la tête.

— Le canapé, c'est pour toi.

— Comment cela ?

— Réfléchis. Si Joss se lève au milieu de la nuit, il sera terrifié à la vue d'un inconnu dans le salon. Je vais prendre ta chambre ; et toi, le canapé.

Le découragement la saisit. Au point où elle était, elle pouvait bien lui prêter son lit.

— Je n'ai pas eu le temps de changer les draps cette semaine.

— J'ai survécu à pire que des draps sales.

C'était sa faute, songea-t-elle, consternée. En passant ce coup de fil à Trace aujourd'hui, elle avait signé sa propre perte. Elle ne s'attendait bien sûr pas à ce qu'il vienne chez elle le soir même, mais elle se doutait qu'il n'en resterait pas là.

Ou avait-elle cru s'exonérer de sa faute en soulageant sa conscience ? Cru qu'il se contenterait de savoir qu'il avait un fils sans chercher à le connaître ? Pensé que sa petite vie pourrait continuer comme avant ?

— Que vais-je dire à ma mère pour expliquer que je n'ai plus besoin d'elle pour garder Joss ?

— La vérité. Que tu m'as privé de mon fils depuis sa naissance et que je tiens désormais à passer du temps avec lui.

Sa mère n'avait jamais demandé de précisions sur la manière dont Joss avait été conçu, et Chrissie s'était bien gardée de lui en donner. Elle avait toujours eu l'impression d'avoir déçu sa mère, elle n'était pas à la hauteur des ambitions qu'Iris Tomberlain nourrissait pour elle. Une fois, une seule, celle-ci lui avait demandé qui était le père de Joss. Chrissie avait fondu en larmes en lui disant qu'il était parti et qu'il ne fallait pas compter sur lui ; et Iris n'avait pas insisté.

Comment Iris réagirait-elle en découvrant que le père indigne avait pris ses quartiers chez elle ? Et que, loin d'être indigne, il comptait jouer un rôle dans la vie de son fils ?

Quel rôle au juste ?

— Combien de temps vas-tu rester ?

— Je te l'ai dit. Jusqu'à mon départ.

Comment Joss allait-il réagir face à ce père qui venait faire un petit tour dans sa vie avant de disparaître de nouveau ?

— Tu ne peux pas entrer dans sa vie puis t'en aller comme s'il n'existait plus. Il ne comprendrait pas.

Il la foudroya du regard.

— Ai-je laissé entendre un seul moment que telle était mon intention ?

Non. Elle était de mauvaise foi. Elle se défendait comme elle le pouvait.

L'instinct de survie.

— Quelles sont au juste tes intentions ?

Sa voix tremblait. Comptait-il emmener Joss avec lui ? C'était impossible. On n'avait jamais vu de médecin humanitaire avec un enfant dans ses bagages.

Dc toute façon, il n'avait pour le moment aucun droit sur Joss.

— Apprendre à connaître mon fils…

Il ne disait jamais « notre » fils.

— Et gagner sa confiance, dit-il. Et tu as tout intérêt à nous faciliter la tâche.

Cela sonnait comme une menace.

Il ressortit sous le porche. Elle se précipita à la fenêtre pour le voir se diriger vers un luxueux 4x4 et prendre un sac sur le siège passager.

— Je te manquais déjà ? demanda-t-il, sarcastique, en la rejoignant.

Elle ne prit pas la peine de répondre.

À mi-chemin dans le couloir, il se retourna vers elle.

— Tu as besoin de prendre des affaires dans ta chambre avant que je me couche ?

Ce n'était pas une plaisanterie. Il allait vraiment prendre son lit. Ses raisons semblaient tenir la route — Joss risquait de prendre peur en le voyant dans la salle de séjour —, mais elle n'était de toute façon pas en état d'en juger. La présence de Trace sous son toit lui faisait perdre tous ses moyens.

— Oui.

Elle le devança et rangea à la hâte le linge de corps qui pendait sur le dossier d'un fauteuil en osier. Puis elle prit un oreiller et une couverture, et inspecta la chambre du regard. Son lit *queen size* trônait au milieu de la pièce, surmonté d'étagères où s'alignaient ses livres et ceux de Joss.

Il y avait du désordre, des vêtements traînaient sur les chaises, et elle n'avait pas eu le temps d'ôter la poussière de la semaine. Mais tant pis. Trace s'imposait sous son toit, elle n'allait pas en plus lui dérouler le tapis rouge !

Elle se retourna et le vit sur le seuil, en train de la regarder. En dépit des circonstances, son cœur se mit à battre plus vite.

Qui aurait pensé que Trace serait là ce soir, à la porte de sa chambre ? Même dans ses rêves les plus fous, elle n'aurait pas pu l'imaginer.

Malgré leur différend, elle avait conscience de sa prestance, de l'envergure de ses épaules, de la beauté de son regard. Cet homme était éblouissant. Et il était aussi son pire ennemi puisqu'il risquait de faire éclater son tendre cocon familial.

— La salle de bains est au bout du couloir, dit-elle sèchement. Et je te prierais de ne pas fouiller dans mes tiroirs.

Un rire sardonique lui répondit.

— Ne t'inquiète pas, Chrissie. Le contenu de tes *tiroirs* ne m'intéresse pas.

Elle avait l'impression qu'ils ne donnaient pas le même sens au mot « tiroirs ». Essayait-il de lui faire passer un message ? Dans le doute, elle l'interpréta comme tel.

Il était là pour leur fils. Pas pour elle.

Trace se réveilla aux aurores. Il avait très peu dormi. Une partie de lui-même se sentait coupable d'avoir pris la chambre de Chrissie. Mais si Joss s'était levé au milieu de la nuit, pour aller boire un verre d'eau à la cuisine par exemple, et qu'il l'avait trouvé allongé sur le canapé, il en aurait été traumatisé.

Un petit de trois ans était-il capable de se lever tout seul la nuit ? Aucune idée. Il savait soigner les enfants, mais n'avait jamais partagé leur quotidien.

Il ne demandait qu'à apprendre. Joss était son enfant.

La prudence aurait voulu qu'il demande un test ADN de recherche en paternité. Pourtant, quand il s'était agenouillé la veille au soir au chevet du garçonnet, cette pensée ne lui avait pas traversé l'esprit. À cet instant, il n'y avait pas eu de doute pour lui, c'était son fils.

Parce qu'il voulait y croire.

Cela défiait toute logique pour un homme qui n'avait jamais voulu d'enfant.

Des émotions contradictoires s'étaient déchaînées en lui toute la nuit, la colère, le sentiment de trahison, la peur, mais aussi l'émerveillement de savoir qu'il avait un fils.

Il repoussa les couvertures et se leva. En entrant dans la salle de séjour, la panique le saisit à la vue du canapé vide. Chrissie s'était-elle enfuie avec Joss ?

Il courut vers la chambre d'enfant, ouvrit la porte et s'arrêta, interdit. Chrissie était allongée dans la voiture-lit, Joss dans ses bras. Tous deux dormaient. À la lumière pâle de l'aube, il nota la ressemblance entre la mère et le fils ; ils avaient la même blondeur, le même teint de porcelaine, la même bouche.

Fasciné par le tendre tableau, il s'assit sans faire de bruit dans le rocking-chair.

Malgré la colère qu'il éprouvait contre Chrissie, il ne pouvait pas imaginer de meilleure mère pour son enfant.

Il n'avait pas cessé de penser à elle durant toutes ces années, particulièrement lorsqu'il était à l'hôpital, à se remettre de ses blessures. Pendant ce temps-là, elle élevait leur fils.

La colère enfla de plus belle. Comment avait-elle pu garder le silence si longtemps ? Et continuer à lui dissimuler la vérité la semaine précédente ?

Chaque moment qu'ils avaient passé ensemble, chaque sourire, chaque regard, chaque caresse de Chrissie avaient été un mensonge. Tous les souvenirs qu'il gardait de ce week-end étaient irrémédiablement ternis par sa trahison.

Pourquoi avait-elle finalement décidé de lui révéler l'existence de leur fils ? Son explication ne l'avait guère convaincu.

Il savait si peu de chose d'elle. À en juger par sa petite maison, elle n'était pas riche.

Comme son regard se reportait sur elle, il se rendit compte qu'elle était réveillée. Elle le fixait, ses yeux verts grands ouverts. Ils s'observèrent mutuellement un instant. Avec ses cheveux emmêlés et ses lèvres pleines, elle était belle comme le péché.

Haine et attirance se disputaient en lui. S'il lui parlait, il risquait de se répandre en récriminations. Mieux valait quitter la pièce.

Elle le rejoignit dans le couloir.

— Trace…

— Comment as-tu pu agir ainsi ?

— On ne va pas revenir là-dessus. Je te l'ai expliqué hier soir. Comment aurais-je pu deviner que tu voulais savoir ?

— Joss est mon fils. Bien sûr que je voulais savoir !

— Tous les hommes ne le souhaitent pas. Ecoute, Trace, je n'ai pas envie de me disputer avec toi.

— Il fallait y penser avant de me voler mon fils !

— Moi aussi, je pourrais t'en vouloir. Si tu avais cherché à me joindre il y a quatre ans, tout aurait été différent.

— Ça va être ma faute, maintenant ! dit-il en haussant le

ton. N'essaie pas de me faire culpabiliser. Je n'ai rien à me reprocher, moi, je ne savais pas que tu étais enceinte.

— Quand j'ai vu que tu ne m'appelais pas, je me suis sentie…

— Maman ?

Ils tournèrent tous les deux la tête vers le petit garçon qui venait de sortir dans le couloir. Vêtu de son pyjama de super héros, le cheveu en bataille, il les regardait à tour de rôle. C'était la première fois que Trace voyait ses yeux. Ils étaient de la même couleur que les siens.

— Mon bébé !

Chrissie se précipita vers lui pour le soulever dans ses bras et l'embrasser. Posant une main potelée sur la joue de sa maman, Joss se tourna vers Trace pour l'observer d'un air méfiant.

— Qui c'est, le monsieur ?

— C'est un ami de maman.

Trace se sentit de nouveau trahi. La veille, il avait demandé à Chrissie de révéler la vérité à Joss, et elle avait semblé s'y résoudre. Il ne voulait pas que son fils le traite comme un étranger.

Il avait perdu assez de temps comme cela. Soit elle révélait à Joss qu'il était son père, soit il le ferait lui-même.

— Doucement, mon chéri, dit Chrissie.

Joss lui tirait les cheveux et enfonçait les genoux dans sa taille. Il faisait cela quand il était fatigué ou nerveux.

C'était la première fois qu'elle recevait à la maison un homme qui ne faisait pas partie de la famille. Elle se mettait à la place de son fils qui voyait cet inconnu se disputer dans le couloir avec sa mère.

Le regard de Trace s'était durci. La veille, quand il l'avait mise en demeure de dire la vérité à son fils, elle s'était engagée à le faire. Mais comment annoncer de but en blanc à un enfant qu'un homme qu'il ne connaît ni d'Ève ni d'Adam est son père ?

— Joss, dit-elle en s'efforçant de réprimer le tremblement de sa voix. Ce monsieur s'appelle Trace et c'est un ami très spécial de maman. Il va habiter chez nous quelque temps. Peux-tu lui dire bonjour ?

Sans répondre, Joss se détourna et enfouit son visage dans son cou.

Des larmes brillaient dans les yeux de Trace. Il semblait déchiré par ce rejet.

Elle en avait mal pour lui. À la supplique qu'elle lut dans son regard, elle comprit qu'il l'appelait au secours. C'était à elle de prendre les choses en main.

— Joss, tu te souviens de l'histoire de papa ours qui est parti faire un voyage en montgolfière et qui revient dans sa famille après maintes aventures ? Eh bien, c'est le cas de Trace. Nous sommes sa famille. Trace est ton papa, mon chéri. N'est-ce pas merveilleux ?

La tête toujours cachée dans son cou, Joss murmura quelque chose.

— Que dis-tu, mon chéri ?

Il ne le répéta pas. Et c'était tant mieux car elle croyait bien avoir entendu : « J'veux pas d'un papa. »

Un sourire forcé aux lèvres, elle jeta un coup d'œil à Trace.

— Joss, tu veux bien montrer ton train électrique à Trace ? Il aime beaucoup les trains.

— Tu as un train ? dit Trace. J'adorerais le voir marcher.

Aucune réponse.

— Ton train fait *tchou-tchou* ? insista Trace.

Bien essayé, mais Joss était décidé à ne pas adresser la parole à cet inconnu. Elle avait beau lui avoir dit qu'il s'agissait de son père, pour lui, il restait un inconnu.

Joss releva la tête pour jeter un regard furtif à Trace puis se blottit de nouveau contre elle. D'habitude, il n'était pas timide avec les inconnus, mais avoir entendu Trace élever la voix contre elle semblait l'avoir mal disposé envers lui. Peut-être prenait-il Trace pour un « méchant ».

C'était en partie sa faute. Elle n'aurait pas dû se laisser intimider par Trace la veille au soir. Il aurait dû aller à l'hôtel et lui laisser le temps de parler à Joss.

Bien sûr, il aurait mieux valu dire la vérité à celui-ci dès le départ. Et à Trace aussi.

Elle avait beaucoup à se faire pardonner.

— Maman, j'pourrais avoir des pancakes pour le petit déjeuner ?

— Bien sûr, mon poussin. Trace, tu veux bien nous aider ? Joss va nous aider aussi, il n'a pas son pareil pour préparer la pâte à pancakes.

11.

Joss resta collé à Chrissie toute la journée, ce qui ne lui ressemblait guère. Au lieu de courir dans la maison et de faire le fou comme à son habitude, il avait demandé qu'elle le porte comme s'il était encore un bébé.

Bien entendu, elle se réjouissait de toutes les occasions de câliner son fils, mais son comportement cachait de l'inquiétude.

Partout où elle allait, il la suivait, dans la buanderie, dans la cuisine, et même dans la salle de bains. Et il ignorait royalement Trace, malgré les nombreuses tentatives de ce dernier pour rompre la glace. Quand Trace lui parlait, Joss tournait la tête dans l'autre direction et se murait dans le silence.

Le soir venu, au moment de se coucher, Trace annonça à Chrissie qu'il allait dormir sur le canapé.

— Je n'ai plus aucune raison de te priver de ta chambre.

— Si tu veux, je peux encore passer une nuit avec Joss.

— Non, il vaut mieux que vous repreniez vos habitudes, comme avant.

Il s'éloigna en direction de la salle de séjour.

— Je suis désolée, Trace, dit-elle soudain.

S'il n'avait pas ralenti le pas, elle aurait pu croire qu'il ne l'avait pas entendue. Puis il disparut dans la pièce sans se retourner.

Elle poussa un long soupir.

Sans doute la tenait-il pour responsable de la situation. Et il avait raison.

Trois jours passèrent ainsi. Le dernier jour de congé de Chrissie, ils décidèrent d'emmener Joss au Tennessee Aquarium.

Bien que Trace eût passé pratiquement tout son temps en leur compagnie, excepté pour quelques séances de jogging, Joss gardait toujours ses distances avec lui. Lui d'habitude si amical et souriant avec tout le monde fuyait Trace comme s'il avait la peste. Quand il était obligé de le côtoyer, à table par exemple, il observait à son encontre un mutisme presque cruel.

Croyait-il cet invité qu'on lui présentait comme son père animé de mauvaises intentions ? Son instinct d'enfant lui soufflait-il de protéger sa maman contre cet homme ?

— Je suis impatient de voir les pingouins. Pas toi, Joss ?

Quand Trace voulut détacher Joss du siège bébé, celui-ci se débattit comme un beau diable en réclamant Chrissie. Finalement, ce fut elle qui déboucla sa ceinture et le fit descendre de voiture.

Ignorant la main que lui tendait Trace, il prit la sienne.

Chrissie sentit le regard noir que Trace lui lançait.

« Tout cela est ta faute », semblait-il lui dire.

La culpabilité l'envahit. Elle méritait son mépris.

Mais qui aurait pensé que Joss, ce petit garçon si gentil, réagirait ainsi envers son père ?

— J'peux aller me baigner ? demanda-t-il en tentant de l'entraîner vers le bassin où s'ébattaient les enfants.

— Après les pingouins, mon chéri ; ton papa veut les voir. Tu te souviens de la dernière fois où nous sommes venus ici ? Il y avait des raies manta géantes. Tu crois que ton papa les aimera ?

Joss adorait l'aquarium, surtout les activités qui permettaient aux visiteurs de plonger la main dans l'eau et de « caresser » les animaux. Comme tous les enfants, il avait un faible pour les dauphins, et les otaries faisaient également partie de ses animaux préférés.

En début d'année, Chrissie avait pris un abonnement qui leur permettait de venir autant de fois qu'ils le désiraient. La passion de Joss pour le monde aquatique ne s'était pas démentie.

Jusqu'à aujourd'hui.

— J'veux pas aller voir les raies manta ! J'veux aller me baigner !

Trace croyait sans doute qu'elle avait gâté pourri leur fils, mais elle espérait qu'il lui accorderait des circonstances atténuantes. Un gamin avait le droit de se montrer un peu caractériel quand un père surgi de nulle part débarquait dans sa vie.

Pourtant, elle n'aimait pas qu'il fasse des caprices.

— On va d'abord montrer les pingouins à ton papa puis tu pourras aller te baigner. Si tu es sage.

Les yeux de Joss, copies conformes de ceux de Trace, prirent une expression butée.

— Il a qu'à aller les voir tout seul ! De toute façon, on ne veut pas de lui.

Trace accusa visiblement le choc.

— Bien sûr qu'on veut de lui, dit Chrissie qui ne pouvait laisser passer cela. Excuse-toi tout de suite.

— J'm'escuse, marmonna le garçonnet sans conviction.

Trace ne semblait pas non plus convaincu par ses excuses. Elle se mettait à sa place ; sa déception était à la mesure de ses espoirs. Mais peut-être essayait-il trop fort de se faire accepter par son fils. Il aurait peut-être mieux valu qu'il le laisse venir à lui. Face à un père tendu comme un arc, Joss ne se sentait pas à son aise.

À moins que son stress à elle ne déteigne sur lui. Ils étaient liés par un amour fusionnel, et Joss absorbait, telle une éponge, tout ce qu'elle ressentait.

Trace acheta son billet puis ils gravirent l'immense escalier roulant.

— Tu crois que les otaries vont vouloir jouer aujourd'hui ? demanda-t-elle à Joss pour lui arracher un sourire.

Le regard du petit garçon s'illumina à la mention des otaries, puis il parut se rappeler qu'il avait décidé de bouder en présence de Trace.

Gronder Joss ne ferait que le braquer davantage. C'était elle qui les avait mis dans cette situation, à elle de les en sortir.

Les otaries étaient d'humeur joueuse. Chaque fois qu'elles

frôlaient l'épais mur en verre qui permettait de les observer sous l'eau, Joss poussait un cri ravi.

— Regarde celle-là, maman ? On dirait qu'elle veut me faire des bisous !

— Je crois qu'elle t'aime bien, en effet.

— J'suis sûr qu'elle me reconnaît.

— Peut-être bien. C'est mignon, ces petites bêtes, n'est-ce pas ? dit-elle en se tournant vers Trace.

— Adorable, dit-il en se penchant pour observer l'animal.

Ce faisant, il posa la main sur l'épaule de Joss qui, miracle, ne se déroba pas.

Ils allèrent ensuite voir les loutres, les dauphins, les éléphants de mer. Puis entrèrent dans la serre aux papillons. Un grand monarque vint se poser sur la main de Trace.

— Regardez, murmura-t-il.

On aurait dit qu'il parlait bas pour ne pas effrayer le papillon. Celui-ci ne bougea pas quand Trace s'accroupit pour le transférer sur le doigt de Joss.

De crainte de rompre la magie du moment, Chrissie se garda de tout commentaire. Les deux têtes blondes, celles du père et du fils, se touchaient presque. Le papillon semblait coopérer.

Fier comme Artaban, Joss sourit.

— Prends-moi en photo, maman.

Elle sortit son portable. Trace s'était écarté pour ne pas être dans le cadre.

— Mets-toi derrière Joss, que je prenne une photo de vous deux.

Il obéit. Très émue à l'idée de prendre une photo de son fils avec son père, elle en prit une demi-douzaine. Quoi qu'il arrive, elle les conserverait précieusement, et Joss ferait de même plus tard, elle en était certaine.

Avoir partagé le papillon rapporta quelques bons points à Trace. Joss ne bouda plus de toute la matinée. Certes, il refusait toujours de tenir la main de son père, mais il lui adressait de temps en temps la parole, notamment quand ils approchèrent du pont surplombant la rivière aux alligators.

— Je n'en vois aucun, dit Trace en se grattant la tête et en prétendant ne pas voir le reptile qui était allongé dans l'eau près de la berge.

— Là-bas, dit Joss en pointant le doigt dans la direction.

Trace s'accroupit près de son fils.

— Où cela ?

— Mais là-bas ! répéta Joss. Tu peux pas le rater, il est énorme !

— Ah oui ! Maintenant, je le vois.

— Il a de grosses dents triangulaires, dit Joss.

— C'est pour mieux me manger.

— Trace, dit Chrissie d'un ton réprobateur.

C'était une plaisanterie, bien sûr, mais elle ne trouvait pas la remarque de bon goût, d'autant que Joss risquait de la prendre au pied de la lettre.

— Quoi ? Tu n'as pas envie qu'il me mange ? Avoue que tu me pousserais bien dans la rivière si tu étais sûre de ne pas être vue, dit-il en sourdine à sa seule intention.

L'idée lui arracha un sourire. Cela résoudrait certainement son problème, mais il aurait été dommage de le donner en pâture à ces bestioles maintenant qu'il commençait à nouer un lien avec leur fils.

Ils descendirent à l'étage inférieur pour aller « caresser » les raies manta puis finirent la visite par la boutique de souvenirs.

— J'peux avoir un jouet, maman, s'il te plaît ?

— Pas aujourd'hui, mon chéri. On t'a acheté le pingouin en peluche la dernière fois. Sois raisonnable.

— J'veux un dauphin.

— Non, Joss. Tu as déjà beaucoup de jouets.

Deux coffres pleins dans sa chambre.

— J'veux un dauphin !

Son petit ange était en boucle.

— Pas aujourd'hui.

— Pourquoi pas ?

La question avait été posée par Trace.

— Parce qu'il ne faut pas céder à tous ses caprices. Nous

venons ici très souvent, il est exclu de repartir chaque fois avec un jouet. Joss le sait très bien.

Son fils ne grandirait pas en croyant que tout lui était dû et qu'il lui suffisait de claquer des doigts pour avoir ce qu'il voulait.

Trace se pencha vers Joss.

— Si tu veux le dauphin, je te l'achèterai. Et une otarie aussi, ou un de ces ours polaires, dit-il en désignant une immense peluche.

Les yeux de Joss se tournèrent aussitôt vers elle. Du haut de ses trois ans, il devait confusément sentir que ce père surgi de nulle part essayait de saper l'autorité de maman.

La colère monta en elle. Quand elle disait non à Joss, ce n'était pas pour que quelqu'un d'autre lui dise oui. Son coquin de fils essayait à l'occasion d'attendrir sa grand-mère pour obtenir gain de cause, mais il savait pertinemment que maman avait le dernier mot.

Soucieuse de ne pas se disputer avec Trace devant Joss, elle composa prudemment dans sa tête l'avertissement qu'elle comptait lui adresser.

« J'ai dit non, c'est non. C'est moi qui décide, je suis le parent… »

Mais lui aussi, il l'était.

Sur un coup de tête, elle lui avait passé un coup de fil pour lui révéler l'existence de leur fils, et elle mesurait à présent pleinement les conséquences de son geste.

Désormais, elle ne serait plus la seule à prendre les décisions concernant l'éducation et l'avenir de Joss. Trace aurait son mot à dire.

S'il voulait acheter toute la boutique à Joss, il en avait le droit.

Cette fois, il ne s'agissait que d'un jouet. Mais que se passerait-il s'ils étaient d'avis contraires sur des questions essentielles ? S'il prenait systématiquement le contre-pied de ce qu'elle décidait ? Si Trace accordait à Joss tout ce qu'il voulait en lui donnant à elle le mauvais rôle, son fils ne finirait-il pas par la détester ?

Elle ne supporterait pas que son gentil petit garçon lui lance des regards hostiles et refuse de lui prendre la main en criant « on veut pas de toi ! » comme il l'avait fait tout à l'heure avec son père.

Cette pensée lui donna la chair de poule. Ses mains devinrent moites, sa respiration s'accéléra.

Elle ouvrit la bouche pour répondre à Trace, mais aucun son ne sortait de sa gorge. La panique s'empara d'elle.

— Non, parvint-elle à articuler.

Et elle entraîna Joss vers un présentoir de livres sur les requins.

Son monde était en train de s'écrouler. Elle n'avait qu'une envie, prendre la fuite avec son fils.

Mais elle n'était pas comme son père. Jamais elle ne volerait Joss à Trace.

Perplexe, Trace observa Chrissie qui, figée devant le présentoir de livres, tenait Joss par la main. Pourquoi cette histoire de jouets la bouleversait-elle tant ?

Trace désirait laisser un souvenir de lui à Joss. Chaque fois que son fils jouerait avec sa peluche, il penserait un peu à lui.

Il se rapprocha d'eux.

— Je vais t'acheter ton dauphin, dit-il à Joss. Je vous retrouve à l'extérieur.

Chrissie resta le dos tourné et ne dit rien, mais Joss le regarda. Ce que Trace vit dans ses yeux l'étonna. C'étaient des larmes.

— J'veux plus le dauphin, dit-il en secouant la tête. J'ai déjà trop de jouets.

Il reprenait les mots de Chrissie.

Seigneur, que se passait-il ? Voyant que sa maman était contrariée, essayait-il de lui faire plaisir ?

— On peut rentrer, maintenant ? demanda le garçonnet.

— Oui, mon grand.

En silence, ils se dirigèrent vers le parking. De nouveau, Joss n'avait d'yeux que pour sa maman. Trace n'existait plus.

La déception le disputait en lui à la colère. Chrissie était-elle en train de manipuler son fils pour l'obliger à garder ses distances avec lui ? Qu'il ait rompu la glace avec Joss la chagrinait-il, voulait-elle revenir à la guerre froide ?

Il ne l'aurait pas crue capable d'un tel calcul, mais peut-être était-elle prête à tout pour garder son fils pour elle toute seule.

12.

— Aujourd'hui, c'était plutôt une bonne journée, n'est-ce pas ? demanda Chrissie à Trace en sortant de la chambre de Joss.

Ils venaient de mettre le petit garçon au lit. Trace avait voulu lui lire une histoire de son livre de contes préféré, mais Joss avait insisté pour que ce soit elle qui le fasse.

— Pas de mon point de vue, répondit Trace dès qu'ils furent dans la salle de séjour. Pourquoi ne m'as-tu pas laissé lui acheter cette peluche ?

La question la prit de court.

— Tu es encore bloqué là-dessus ?

— Bien sûr. Je voulais qu'il garde un souvenir de moi.

S'il le présentait ainsi…

— Je suis désolée. Je n'y ai pas pensé. Tout ce que je voyais, c'est qu'il faisait un caprice et qu'il ne fallait pas céder. Lors de notre avant-dernière visite à l'Aquarium, je l'avais prévenu que si nous achetions un jouet, il ne fallait rien espérer la fois d'après ; et il avait été d'accord.

Assis chacun à un bout du canapé, ils restèrent un instant à se regarder en chiens de faïence. La situation commençait à peser à Chrissie. Il s'invitait chez elle, bouleversait son quotidien et ne ratait pas une occasion de déterrer la hache de guerre.

— Si nous essayions de parler calmement, pour changer, dit-elle.

— Parler de quoi ?

— De toi, par exemple. Je ne sais pas grand-chose à ton sujet, hormis que tu es médecin humanitaire et qu'Agnes est ta marraine.

— Que veux-tu savoir ?

— Parle-moi de ton père.

— Ce n’est pas un sujet que j’aime aborder.

— Pourquoi ne t’entends-tu pas avec lui ? demanda-t-elle sans se laisser décourager.

— Parce que c’est un homme mégalomane et richissime qui pense qu’il peut contrôler les autres grâce à son argent.

— Peut-être a-t-il raison de le penser.

— Sans doute, et c’est bien triste. Personne n’ose lui tenir tête, de peur d’être viré ou de saboter sa carrière. Mon père a le bras long.

— Mais toi, tu as osé… C’est pour le fuir que tu t’es engagé auprès de Médecins du Monde ?

— Non.

Il avait répondu trop vite. Les pièces manquantes du puzzle commençaient à se mettre en place.

Le silence se prolongea.

— Quelles sont tes intentions, Trace ? demanda-t-elle finalement.

— Te concernant, toi ? Je n’en ai aucune. Je t’ai dit qu’il ne fallait pas compter sur moi pour une relation sérieuse, *a fortiori* le mariage.

Avait-il besoin d’être aussi brutal ?

— Je ne te parle pas de moi mais de Joss…

Surtout, ne pas lui montrer qu’il l’avait blessée.

— Que comptes-tu faire à son sujet ?

— Eh bien, pour commencer, je vais passer la journée de demain avec lui pendant que tu seras au travail.

— Je ne pense pas que ce soit une bonne idée. Ma mère a proposé de venir le garder avec toi. En cas de problème, elle sera là pour t’aider.

— Quel problème veux-tu qu’il y ait ?

Ses yeux caramel s’écarquillèrent comme s’il pensait soudain à quelque chose.

— Tu ne crois tout de même pas que je ferais du mal à mon fils ?

— Pas intentionnellement.

— Ce qui signifie ?

— Tu veux tellement te faire aimer de lui que tu ne raisonnes plus lucidement. Or la lucidité est, avec le contrôle de soi-même et la patience, l'une des qualités maîtresses de tout parent qui se respecte.

Elle regretta aussitôt sa remarque. À qui la faute s'il n'avait pas pu s'exercer durant ces trois ans à devenir un bon père ?

Le visage de Trace vira au cramoisi.

— Je trouve normal pour un père de vouloir se faire aimer de son fils, de vouloir être son ami.

— Ce n'est pas ton rôle d'être son ami, Trace. Tu es son père.

— Je ne le suis que depuis quatre jours, alors tu m'excuseras si je ne maîtrise pas encore l'exercice ! dit-il avec humeur. Toutes ces années, mon sixième sens ne m'a pas plus averti que la mère de mon fils de mon nouveau statut !

Il se leva et se dirigea vers le vestibule.

— Je vais aller courir, ça va me calmer. Mais ne te réjouis pas trop vite, je reviens. Et je compte bien garder mon fils demain. Tu n'auras qu'à me laisser tes instructions sur un bout de papier pour que je sache ce qu'un « bon » père est censé faire.

Sur cette dernière pique, il sortit en claquant la porte derrière lui.

Trace se retourna sur le canapé. Difficile de rester allongé alors que Chrissie s'affairait dans la maison avant de partir pour l'hôpital. De toute façon, il ne dormait pas, autant se lever.

Il venait de se redresser quand elle entra dans la salle de séjour.

À la vue de son torse nu, elle devint rose pivoine.

— Euh…

Elle s'arrêta et sembla perdre tous ses moyens.

— Un problème ?

— Tu ne devrais pas dormir nu.

— J'ai gardé mon boxer, dit-il en soulevant la couverture.

Elle détourna le regard.

— Encore heureux.

— Pourquoi es-tu si gênée ?

— Tu sais pourquoi, répondit-elle d'un ton accusateur.

Le sang se mit à filer plus vite dans ses veines.

— Tu aimes ce que tu vois ?

— À quoi joues-tu ? Tu sais que tu es beau, tu n'as pas besoin de mes compliments.

Peut-être que si.

— Ma cicatrice ne te rebute pas ? Certaines femmes en auraient peur.

Le regard de Chrissie descendit vers la bande élastique du boxer, là où apparaissait le haut de la longue boursouflure rougeâtre.

— Ce que je pense de toi n'a aucune importance, Trace. Ce qui compte, c'est que tu prennes bien soin de notre fils aujourd'hui. Ma mère va arriver peu après son réveil.

Il soupira.

— Je t'avais dit que je n'avais pas besoin de ta mère.

— Pour faire à manger à Joss, tu seras bien content qu'elle soit là. Bon, tu as mon numéro de portable, je t'ai noté sur un post-it ceux de maman et de Savannah, au cas où tu aurais besoin de quelque chose avant que maman arrive.

— C'est ridicule d'avoir demandé à ta mère de venir. J'aurais pu me débrouiller seul.

— Baby-sitter, c'est un métier. Elle va te montrer les ficelles. Promets-moi d'appeler en cas de problème.

— En cas de problème grave. Que Dieu nous en préserve.

Comme il se levait, la couverture tomba au sol et les joues de Chrissie virèrent à l'écarlate. Soit elle était devenue prude en dix jours, soit il lui faisait vraiment de l'effet. Elle lui en faisait aussi, et il ramena la couverture à lui pour le cacher.

— Je suis sûr que Joss et moi allons passer une excellente journée malgré la présence de ta mère. Je ne t'appellerai pas une seule fois à la rescousse, tu verras.

Une heure plus tard, il n'en était plus aussi sûr. Iris n'était pas encore là et Joss, qui s'était réveillé plus tôt que prévu, refusait de manger le petit déjeuner qu'il lui avait préparé. Après avoir tenté en vain de le cajoler pour qu'il avale une cuillerée de céréales, il décida de ne pas insister. Joss mangerait quand il aurait faim. Entre-temps, Trace avait reçu deux textos de Chrissie qui lui demandait si tout allait bien. « Impeccable », avait-il répondu. Il n'allait tout de même pas l'inquiéter pour si peu.

Puis Joss se mit à pleurer en réclamant sa maman. Ne parvenant pas à l'apaiser, Trace décida de l'emmener dans le jardin pour le distraire. Mais les pleurs s'intensifièrent.

— Tout à l'heure, pendant que tu dormais, j'ai dressé une liste des activités à faire aujourd'hui, lui dit Trace en s'efforçant de prendre un ton enjoué. Nous pourrions aller à la gare et monter dans un train, qu'en penses-tu ?

L'idée ne provoqua guère d'enthousiasme chez son fils. C'était à n'y rien comprendre. Joss avait une véritable passion pour les trains, il aurait dû sauter de joie.

Comme il refusait de faire de la balançoire, ils rentrèrent dans la maison. Là, il traîna comme une âme en peine en réclamant de plus belle sa maman puis se plaignit d'avoir mal au ventre en dédaignant toujours le bol de céréales.

Convaincu que le mal de ventre était imaginaire, Trace décida d'emmener Joss se promener. Un soupir aux lèvres, il alla chercher le « sac magique », que Chrissie emportait à chacune de leurs sorties et qui contenait tout ce dont Joss avait besoin.

Il en vérifia le contenu — une tenue de rechange, un paquet de biscuits, un rouleau d'essuie-tout, et quelques articles de pharmacie dont un flacon de lotion antiseptique et du sparadrap — auquel il ajouta deux briquettes de jus d'orange sorties du réfrigérateur ainsi que quelques barres de céréales. Cela devrait suffire puisqu'il comptait acheter de quoi déjeuner au Chattanooga Choo-Choo Hôtel d'où partirait le train. La veille, ils étaient passés devant ce bel édifice en briques rouges, et Chrissie lui avait expliqué que monter à bord des wagons multicolores constituait l'une des sorties préférées de leur fils.

La veille toujours, en prévision d'une promenade avec Joss, il avait fait l'acquisition d'un siège auto pour son 4x4 car il n'avait pas l'intention de rester bloqué entre quatre murs avec son fils. Chrissie ne voulait de toute évidence pas qu'il l'emmène hors de la maison puisqu'elle ne lui avait pas laissé son siège. Mais, la sécurité de Joss étant assurée, Trace estimait avoir le droit de l'emmener où bon lui semblerait.

Malheureusement, Joss ne se montra guère coopératif au moment de monter dans la voiture. Il s'assit dans le gravier de l'allée en disant qu'il voulait sa maman pendant que Trace s'escrimait à fixer le siège bébé sur la banquette arrière du 4x4.

— Ta maman est au travail, tu le sais bien. Elle rentre ce soir.

Patience. Joss ne le connaissait que depuis quelques jours, il fallait lui laisser le temps de s'habituer.

— Toi et moi, nous allons monter dans un train et nous amuser entre garçons.

— J'veux pas m'amuser ! J'veux maman !

— Maman travaille. Mais, tu vas voir, on va vivre une super aventure.

Tout valait mieux que de rester à la maison sous le regard réprobateur d'Iris qui avait sans doute une opinion peu flatteuse de lui. Chrissie lui avait-elle seulement dit la vérité, à savoir qu'elle ne l'avait pas mis au courant de l'existence de Joss ?

Dès leur arrivée au Choo-Choo Hôtel, il enverrait un texto à Iris pour la prévenir.

— J'ai mal au ventre, dit de nouveau Joss. Et j'ai soif.

Ce n'était pas étonnant, il avait refusé de boire son lait chocolaté. Trace poussa un énième soupir. Courage. La journée ne pouvait qu'aller en s'améliorant, comme la veille, à l'Aquarium. Une fois que Joss serait à bord du train, il oublierait sa mauvaise humeur et s'en donnerait à cœur joie. Et cela leur ferait des souvenirs mémorables à tous les deux.

— Quand tu seras assis dans ton siège, je te donnerai du jus d'orange et une barre de céréales.

Joss avait-il le droit de manger en voiture ? Sûrement. À trois ans, il était capable de manger tout seul et, s'il en mettait un peu partout, un coup d'aspirateur et ce serait réglé.

Une fois le siège dûment fixé, il souleva Joss et l'y installa. Trace n'était pas au bout de ses peines avec la ceinture mais, enfin, il parvint à attacher son fils, et se redressa.

De la sueur perlait à son front. Chapeau aux parents qui faisaient ça quatre fois par jour !

— J'peux avoir mon jus d'orange ?

Trace sortit la briquette du sac. Joss saurait-il percer l'opercule avec la paillette ou était-ce Chrissie qui s'en chargeait pour lui ?

Dans le doute, il détacha la paillette en plastique.

— Je vais te l'ouvrir.

Joss secoua la tête.

— J'en veux plus.

S'exhortant à la patience, Trace remit la briquette dans le sac.

— Ce sera pour plus tard, quand ta soif sera revenue.

À leur arrivée au Choo-Choo Hôtel, Joss refusa de marcher et Trace dut le prendre dans ses bras pour aller acheter leurs billets à la caisse.

Las, Joss se mit à gigoter comme un beau diable.

— J'veux pas que tu me portes ! J'veux rentrer à la maison ! J'ai mal au ventre !

Seigneur, aidez-moi. Et aidez cet enfant à me faire confiance.

— C'est ce qui arrive quand on ne mange pas son petit déjeuner, répondit Trace de sa voix la plus douce. Tu veux un peu de jus d'orange maintenant ?

La mine toujours renfrognée, le petit garçon hocha légèrement la tête.

Cette fois, ce serait peut-être la bonne. Calant Joss contre sa hanche, Trace sortit la briquette du sac et la lui tendit. Le petit garçon le regarda comme s'il semblait attendre quelque chose.

Ah oui, la paillette ! Il perça l'opercule, ce qui n'était pas facile d'une seule main et tendit la briquette à Joss qui but quelques gorgées.

— Merci, dit-il en lui rendant la boisson.

Maintenant qu'elle était ouverte, impossible de la remettre dans le sac. Trace la garda à la main.

Après avoir acheté les billets, il la poserait quelque part, ce qui lui libérerait une main pour envoyer le texto à Iris.

— Tu veux bien marcher un peu maintenant ?

— D'accord.

Malheureusement, Joss traînait des pieds. Il avançait si lentement et avec une telle mauvaise volonté que Trace regretta de ne plus le porter. Tout du même, il y avait du progrès. Quelques jours plus tôt, Joss n'aurait jamais accepté de lui tenir la main. À la vue de la locomotive, il se dérida même un peu.

Trace s'était réjoui trop vite. Les choses allèrent en empirant dès que le train démarra. Joss se mit à pleurer à chaudes larmes en réclamant sa maman, et Trace sentit peser sur lui les regards méfiants des autres passagers. Le prenaient-ils pour un pervers ? Pour un kidnappeur d'enfant ?

— Joss, dès que la promenade en train sera terminée, nous irons voir ta maman.

Les sanglots ne se calmèrent pas pour autant, ils secouaient le petit corps de l'enfant. Aussi n'y eut-il rien d'étonnant à ce qu'il restitue le jus d'orange sur ses vêtements, et sur le T-shirt et le short de Trace.

Le liquide jaunâtre dégoulinait le long de ses jambes. Bon sang, il ne s'était pas rendu compte que Joss en avait bu autant.

Son fils le regarda d'un air à la fois horrifié et craintif, comme s'il s'attendait à être grondé.

Trace sentit son cœur se gonfler d'amour. Il aurait voulu serrer Joss contre lui pour le rassurer.

— Ne t'inquiète pas, mon grand. Tu as vomi parce que tu étais bouleversé. Essaie de te calmer.

Il sortit le rouleau d'essuie-tout du sac pour essuyer délicatement le visage puis les vêtements de son fils. La tenue de rechange serait bien utile. Dès qu'ils seraient de retour à la gare, il emmènerait Joss se changer aux toilettes.

Les larmes coulaient toujours sur les petites joues potelées.

— Allons, tout va bien, dit de nouveau Trace en lui caressant le front.

La peau était brûlante.

La peur l'envahit. La dernière fois qu'il avait eu aussi peur, c'était pendant un cauchemar dans lequel ses collègues et des civils innocents étaient tués par une bombe.

Soudain, Joss plaqua les deux mains sur le côté droit de son ventre et hurla comme sous l'effet d'une intense douleur.

Non. Faites que je me trompe. Par pitié.

Alors que son fils souffrait peut-être d'une appendicite, il avait traité ses plaintes à la légère et les avait attribuées à un caprice. Comment allait-il l'expliquer à Chrissie ?

Une pensée atroce lui traversa l'esprit.

Pourvu que ce ne soit pas une péritonite.

Seigneur, j'ai autrefois laissé mourir Kerry. Faites que je ne sois pas responsable de la mort de mon fils.

Il ne s'en remettrait pas.

Durant sa pause de la matinée, Chrissie bavardait avec Savannah à la cafétéria du rez-de-chaussée quand son portable sonna.

Sans doute la réclamait-on à l'étage pour une urgence. Non, c'était sa mère.

— Allô, maman ! Tout va bien à la maison ?

— Ils n'y sont pas, répondit Iris. Et la voiture de Trace n'est pas dans l'allée. Il est parti avec Joss. Cet homme a enlevé ton fils, Chrissie !

Son sang se glaça dans ses veines.

Elle avait laissé Trace quelques heures seul avec Joss, et il en avait profité pour commettre l'impensable.

Fallait-il alerter la police pour signaler le kidnapping de son fils ?

Malgré sa panique, elle essaya de raisonner de manière sensée. Avant toutes choses, il fallait appeler Trace. Peut-être avait-il une explication parfaitement logique à lui fournir. Peut-être avait-il emmené Josh au parc ou chez le marchand de glaces… Mais, dans ce cas, pourquoi ne lui avait-il pas laissé un texto pour la prévenir ?

— Maman, ce n'est peut-être pas ce que tu crois. Je vais appeler Trace pour savoir pourquoi ils ne sont pas à la maison. Dès que je l'aurais eu, je reviens vers toi. Entre-temps, garde ton calme.

Elle mit fin à la communication et croisa le regard inquiet de Savannah. Sans dire un mot, celle-ci se leva pour lui entourer les épaules de son bras.

D'une main tremblante, Chrissie essuya les larmes de ses yeux. Mais avant qu'elle ne puisse appeler Trace, son portable sonna de nouveau. C'était lui !

— Trace, où es-tu ?

— Il va s'en sortir.

Ces mots ne la rassurèrent guère, ni la sirène qu'elle entendait en fond sonore.

— Joss a un problème ? Où êtes-vous ? Ma mère vient de m'appeler pour me dire que vous n'étiez pas à la maison. Qu'as-tu fait ? Je savais qu'il ne fallait pas te laisser seul avec mon enfant, que tu ne saurais pas t'en occuper correctement ! Il est tombé de la balançoire ? Tu l'as laissé sortir dans la rue ? Il s'est fait renverser par une voiture ? Que lui est-il arrivé à cause de toi ?

13.

Trace, qui se sentait déjà coupable, frémit en entendant les questions de Chrissie.

Comment avait-il pu ignorer les symptômes de Joss, lui, un médecin ? Persuadé qu'il s'agissait d'un prétexte inventé par le petit garçon pour ne pas passer du temps avec lui, il n'avait pas cru ce qu'il lui disait.

Autrefois, Kerry était morte alors qu'il était censé veiller sur elle. S'il lui avait accordé davantage d'attention, il aurait vu que son état se dégradait ; et les médecins auraient pu ralentir l'avancée du cancer et prolonger de quelques mois son espérance de vie.

Occupé à cajoler un Joss réfractaire, il avait complètement oublié d'appeler Iris pour la prévenir du changement de programme. Résultat, celle-ci avait sonné le branle-bas de combat. Il comprenait que Chrissie ait paniqué en apprenant qu'il avait quitté la maison avec leur fils.

Hélas, ce qu'il avait à lui dire n'allait pas la rassurer.

— Nous sommes dans une ambulance, en route pour l'hôpital, celui où tu travailles. Je crois que Joss souffre d'une appendicite — il faudra attendre le résultat du scanner abdominal pour le confirmer. À son réveil, ce matin, il s'était plaint de douleurs au ventre, mais je n'y ai pas prêté attention et je l'ai emmené au Choo-Choo Hôtel pour lui offrir une promenade en train — je pensais que cela lui ferait plaisir. La douleur s'est aggravée là-bas et j'ai appelé les secours.

— Comment as-tu pu emmener Joss en promenade alors qu'il avait mal ? Tu es complètement inconscient ?

Il laissa Chrissie l'accabler de reproches. Il les méritait.

— Jamais, je n'aurais dû te confier Joss. Jamais.

Chrissie et Trace étaient assis dans la salle d'attente des urgences. Les traits tirés, Trace semblait au supplice, mais elle n'en avait cure.

Quand elle avait vu son petit garçon allongé sur le lit brancard, à moitié inconscient sous l'effet des antidouleurs, son désespoir n'avait eu d'égal que sa colère — le désespoir de voir son fils souffrir ainsi, et la colère contre celui qui n'avait rien fait pour lui éviter cette souffrance.

La panique due à l'appel de sa mère, à l'idée que Trace avait enlevé Joss, la rendait sans doute plus virulente encore dans ses accusations contre Trace.

Iris et Savannah se trouvaient à quelques mètres d'eux. Iris se reprochait amèrement de n'être pas arrivée à temps à la maison pour empêcher Trace de sortir avec Joss. En croisant Trace dans le hall de l'hôpital, elle lui avait lancé un regard plein de haine, comme s'il avait été le diable.

La voix de la raison soufflait à Chrissie que l'appendicite couvait depuis un certain temps et qu'elle se serait déclarée de toute façon, avec ou sans Trace. Au lieu de se produire la semaine précédente ou la veille, le hasard avait voulu que l'inflammation se déclare ce matin alors que Joss se trouvait sous la garde de Trace…

Mais elle ne voulait pas le savoir. Trace avait de lui-même reconnu n'avoir pas pris les plaintes de Joss au sérieux. Son petit garçon avait souffert inutilement pendant des heures à cause de l'inconséquence de son père. Sans doute avait-il gémi, pleuré, sans que Trace ne s'alarme.

Après une attente qui lui parut interminable, le médecin, le Dr Rodriguez, vint enfin les chercher pour les conduire dans son bureau.

Que se passait-il ? Pourquoi ne leur disait-on pas tout de suite que l'opération s'était bien passée ?

— Comment va Joss ? demanda-t-elle dès que le médecin eut refermé la porte.

— Il y a eu rupture de l'appendice, dit-il, grave. Votre fils a fait une péritonite. L'opération n'a pas encore eu lieu car il aura besoin d'une transfusion sanguine au cours de l'intervention. Or il est d'un groupe sanguin rare et nous sommes à court de poches de sang compatible. Connaissez-vous votre groupe sanguin ?

— Je suis B+, dit-elle, effondrée par la nouvelle.

Pour avoir souvent fait don de son sang, elle connaissait son groupe. Et pour être mère, celui de son fils.

— Je suis O rhésus négatif, dit Trace.

Son sentiment de culpabilité s'accentuait encore. Non seulement il n'avait pas su déceler à temps les symptômes de son fils, ce qui avait causé la péritonite, mais c'était sa faute si l'opération était retardée puisque Joss avait hérité de son groupe sanguin.

Trace était donneur universel, c'est-à-dire qu'il pouvait donner son sang à n'importe qui. Par contre, l'inverse n'était pas vrai, il ne pouvait recevoir que le sang d'une personne strictement compatible. Cela avait failli lui coûter la vie au Yémen, après ses blessures. Il avait manifestement transmis cette spécificité peu enviable à son fils.

— Prélevez-moi autant de sang que vous voudrez.

Il était prêt à se faire saigner à blanc pour sauver Joss, prêt à tout pour se racheter, pour effacer la douleur du visage de Chrissie.

En ce premier jour passé seul avec son fils, il n'avait pas été capable de veiller sur lui correctement. Il jeta un coup d'œil aux yeux rougis de Chrissie. Si leur fils ne s'en sortait pas, elle ne le lui pardonnerait jamais.

Il ne se le pardonnerait jamais.

Dès que Joss fut transféré en salle de réveil, Chrissie et Trace reçurent la permission d'aller le voir.

Trace sentait les regards intrigués des infirmières sur lui. Ici, tout le monde savait que Chrissie était mère célibataire. Pourtant, il était là, surgi de nulle part, et prétendait être le père de Joss. Il lui avait même donné son sang.

Parce qu'il était le père de Joss. Il n'avait pas eu besoin de tests ADN pour le savoir. Joss avait ses yeux. Preuve ultime, ils étaient du même groupe sanguin.

— Joss, mon bébé, maman est là, répétait Chrissie en tenant la main de son fils.

Ils attendaient qu'il émerge de l'anesthésie. Après de longues minutes, les cils de l'enfant frémirent.

— Maman, murmura-t-il d'une voix faible. J'ai mal au ventre.

Trace sentit sa gorge se nouer. Combien de fois Joss avait-il prononcé ces mots ce matin ? Au moins une bonne vingtaine. Il était alors persuadé que c'était de la comédie. Décidé à prouver qu'il était capable de bien s'occuper de son fils, il avait fait exactement le contraire.

— Ne t'inquiète pas, mon poussin, dit-elle. Tu as eu une petite opération pour enlever ce qui te faisait mal. Tu as encore un peu mal, c'est normal, mais ça devrait aller mieux bientôt.

Les paupières de Joss se refermèrent.

Le Dr Rodriguez vint vers eux.

— Dès qu'il sera complètement réveillé, on lui administrera des antidouleurs, mais il risque d'avoir encore mal pendant quelques jours. C'est un petit garçon très courageux, il a dû souffrir le martyre avant la rupture de l'appendice.

Trace encaissa. C'était sa faute. Parce qu'il avait été trop borné pour envisager, ne serait-ce qu'un instant, que Joss puisse dire la vérité.

Il secoua la tête, consterné. Comment avait-il pu être aussi stupide ? Aussi égoïste ?

À cause de lui, son fils aurait pu mourir.

Il aurait mieux valu qu'il n'ait pas été au courant de son

existence. Si Iris avait eu la garde de Joss ce matin, elle aurait immédiatement fait le nécessaire pour le transporter à l'hôpital ; l'appendicite n'aurait pas évolué en péritonite.

Trace allait partir en Afrique dans moins de deux semaines. Jamais il n'aurait dû venir à Chattanooga. Il valait mieux retourner là où il serait utile plutôt que de rester dans un endroit où l'on ne voulait pas de lui et où il ne faisait que semer le chaos.

— Où est mon papa ?

Chrissie se retourna. Trace n'était nulle part dans la salle. Seule l'infirmière était là, en train d'entrer des données dans l'ordinateur du poste de réveil.

— Il était là il y a quelques minutes, mon chéri. Il s'inquiète beaucoup pour toi, tu sais.

Sans doute était-il allé prendre un café.

Une heure plus tard, toujours pas de signe de Trace.

Quand vint le soir, elle comprit qu'il ne reviendrait pas. Elle laissa des messages sur sa boîte vocale, mais il ne la rappela pas. Ni le lendemain ni le surlendemain quand Joss put rentrer à la maison.

Une semaine plus tôt, le petit garçon n'avait jamais rencontré son père. À présent, il ne cessait de demander de ses nouvelles. Trace lui manquait de toute évidence ; Chrissie ne savait que lui dire.

Trace était-il parti pour de bon ? Elle savait que son départ pour l'Afrique était plus ou moins dans une semaine.

La colère grandissait en elle à l'idée qu'il soit parti sans dire au revoir, au moins à son fils. Il était venu, avait fait un petit tour, le temps que Joss s'attache à lui, puis il s'en était allé sans un regard en arrière.

S'il croyait s'en sortir ainsi, il se trompait. Elle allait remuer ciel et terre pour le retrouver avant son départ et lui dire ce qu'elle pensait de son comportement.

— Trace, je crois que tu fais une erreur en renonçant à Joss, lui dit son père. Ta mère et moi, nous voulons connaître notre petit-fils. Un jour, il héritera de ma fortune.

Comme si c'était un argument décisif. Trace jeta un regard à Bud et Agnes. Amis intimes des Stevens, ils assistaient au repas dominical dans la villa d'Atlanta.

— Chrissie et Joss n'ont que faire de ta fortune, répondit Trace. Et ils sont bien mieux sans moi.

— Trace, je n'aime pas me mêler des affaires des autres, dit Bud, mais je crois que ton père a raison. Il faut que tu fasses partie de la vie de ton fils.

— Non, j'ai bien réfléchi, il vaut mieux que je ne le revoie plus.

La dernière fois qu'il avait voulu être partie prenante de la vie de son fils, il avait failli le tuer.

— De toute façon, je pars bientôt pour une mission de six mois.

— Personne ne t'y oblige. Tu pourrais choisir de rester.

— Nous voudrions que tu restes, dit sa mère. Nous avons toujours souffert de ton absence.

Pourquoi, mais pourquoi, avait-il accepté ce dîner chez ses parents, d'autant plus en présence de Bud et d'Agnes qui faisaient chorus avec eux ?

Parce que, Chrissie et Joss exceptés, c'étaient les quatre personnes qui comptaient le plus à ses yeux.

Parce qu'ils l'aimaient. Et qu'il les aimait en retour.

Mais il avait pris ses distances avec eux depuis la mort de Kerry. Rien n'avait pu le consoler de la disparition de celle-ci, surtout pas les cadeaux somptuaires de son père. Il avait achevé de couper le cordon ombilical quand il était parti faire ses études.

C'était un schéma récurrent dans son existence. Il avait toujours voulu mettre de la distance entre lui et ceux qu'il aimait. Pourquoi ? Parce qu'il avait peur d'aimer ?

Le portable d'Agnes sonna.

— Excusez-moi, dit-elle en quittant la table pour passer dans la pièce voisine.

Elle revint quelques minutes plus tard, le visage grave.

— Trace, c'était Chrissie. Joss a besoin de toi.

— Quoi ?

Il se leva d'un bond, inquiet. Ce matin, quand il avait téléphoné au Dr Rodriguez pour prendre des nouvelles de son fils, tout allait bien, sa convalescence se déroulait sans problème. Une infection postopératoire se serait-elle déclarée depuis ?

— Joss a besoin de toi, répéta sa marraine. Apparemment, il a un groupe sanguin très rare, et en cas de…

Elle laissa la phrase en suspens. Elle évitait le regard de Trace, ce qui ne fit qu'accentuer ses craintes.

Il appelait le Dr Rodriguez tous les jours, il lui avait donné son numéro de portable pour le joindre en cas de problème. Que s'était-il passé ? Pourquoi le médecin ne l'avait-il pas contacté ?

Il allait devoir appeler Chrissie. Si Joss avait besoin de son sang, il se rendrait aussitôt à Chattanooga.

Son père se leva.

— Je fais venir l'hélicoptère. Une voiture t'attendra à l'aérodrome de Chattanooga.

— Je… Oui, ce serait une bonne idée, papa.

Une pensée lui traversa l'esprit. On lui avait prélevé son sang il y avait quelques jours, on ne le laisserait pas en redonner de sitôt. Mais son père était également O négatif.

— Papa, il faut que tu viennes avec moi.

— Moi ? Tu es sûr ?

— Joss risque d'avoir besoin de toi là-bas. Pour une transfusion sanguine.

— Dans ce cas, ne perdons pas une minute.

Le téléphone de Chrissie sonna.

— Allô !

— Il est en chemin.

— Merci, Agnes.

Chrissie l'avait simplement appelée pour lui demander si Trace était toujours à Atlanta et, si oui, à quelle adresse. Mais Agnes s'était engagée à le convaincre de faire le déplacement à Chattanooga. Comment ? Elle ne l'avait pas précisé.

— Son père sera avec lui.

— M. Stevens ? Mais pourquoi ?

— Euh… Je crois que Trace a mal compris quelque chose que je lui ai dit…

La voix d'Agnes témoignait de son embarras.

— Agnes, qu'est-ce que tu lui as dit, au juste ?

— Pour être sûre qu'il aille te voir, il fallait frapper fort. J'ai mentionné son groupe sanguin en laissant entendre que Joss aurait peut-être besoin d'une transfusion, sans prononcer le mot.

— Tu as fait quoi ? Je ne savais pas que tu lui mentirais. J'imagine son angoisse, maintenant. Oh ! non, Agnes !

— La fin justifie parfois les moyens, Chrissie. Il sera bientôt chez toi.

— Il vient parce qu'il s'inquiète pour Joss.

Trace n'avait que faire d'elle, ce qu'elle pouvait accepter même si cela faisait mal. Son empressement à venir prouvait au moins qu'il serait toujours là pour leur fils.

— S'il te plaît, Agnes, appelle-le pour rétablir la vérité. Dis-lui que Joss va bien, qu'il est en pleine forme.

— Le portable ne passera pas dans l'hélico. Tu n'auras qu'à lui dire toi-même, il devrait être chez toi d'une minute à l'autre.

— Ils ont pris un hélicoptère ?

— Je viens de te le dire. Celui de son père.

— Mais si Trace pense que Joss a besoin d'une transfusion, il se rendra peut-être directement à l'hôpital ?

Le rire d'Agnes résonna au bout de la ligne.

— Tu me sous-estimes, ma chérie. Le chauffeur qui les attend à l'aérodrome a ordre de les conduire directement chez toi. J'ai l'impression que Trace et toi allez avoir beaucoup de choses à vous dire.

— Et comment veux-tu qu'on se les dise en présence de son père ?

— Il va bien falloir que quelqu'un garde Joss pendant que vous vous expliquerez. Papy Stevens se fera un plaisir de le faire.

— Tu es sûre ? Trace me l'a décrit comme un homme d'affaires impitoyable qui ne pense qu'à lui-même.

— Certains le voient ainsi.

— Mais pas toi ?

— Non. C'est un homme qui a un bon fond, il est fou de joie à la perspective de rencontrer son petit-fils. Excuse-moi, il faut que je te laisse. J'ai un autre coup de fil à passer.

Après avoir raccroché, Chrissie pensa à ce qu'elle allait dire à Trace. Ce n'était pas difficile, elle allait laisser parler son cœur et lui avouer qu'il leur avait manqué, qu'elle savait au fond d'elle-même qu'il n'était pas responsable de l'appendicite de son fils, qu'elle l'avait accusé à tort, à cause de ses propres démons, de sa peur irrationnelle qu'il kidnappe Joss.

Sans doute la taxerait-il d'égoïsme, mais elle ne voulait pas qu'il retourne en mission pour sauver le monde. Sa place était auprès d'elle et de leur fils.

Une voiture s'engagea dans l'allée. Elle se précipita pour ouvrir car Joss risquait de se réveiller si on sonnait à la porte.

Trace sortit d'une limousine noire et se pencha à la portière pour dire quelque chose à un homme assis sur la banquette arrière, son père, sans doute. L'homme lui répondit, assez longuement. Puis Trace mit le cap vers elle. Contre toute attente, il ne semblait pas angoissé, mais plutôt désemparé, et étrangement soulagé.

— Chrissie, dit-il en montant les marches du porche.

— Joss va bien, dit-elle aussitôt. Agnes a inventé toute une histoire.

— Je sais. Mon père vient de me le dire. Elle l'a appelé pour lui avouer son petit stratagème.

— Ce n'est pas moi qui lui ai demandé de mentir, dit Chrissie. Je voulais juste lui demander ton adresse à Atlanta, c'est elle qui a proposé de te convaincre de venir ici. Je pensais qu'elle emploierait son pouvoir de persuasion.

— Cette chère Agnes a plus d'un tour dans son sac. Elle

ne perd rien pour attendre. Mais parle-moi de Joss. Comment va-t-il ?

— Très bien. Il a joué comme si de rien n'était aujourd'hui.

— Où est-il ?

— Il dort. Il était fatigué, alors je l'ai fait dîner de bonne heure et mis au lit.

— Je peux le voir ?

— Bien sûr. Tu lui as manqué, Trace. Il te réclame tous les jours.

Trace était heureux d'apprendre que son fils le réclamait.

— Que lui as-tu dit ?

— Que tu avais dû rentrer à Atlanta pour ton travail, répondit Chrissie.

Il lui savait gré de ne pas avoir monté Joss contre lui.

— À moi aussi, tu m'as manqué, Trace.

— Pourquoi ?

— Pourquoi pas ? répondit-elle, un sourire tremblant aux lèvres.

— Je pars la semaine prochaine.

Elle hocha la tête comme si elle comprenait.

— Ton père reste dans la voiture ?

— Ne t'en fais pas pour lui, il travaille sur son ordinateur.

Elle accompagna Trace dans la chambre de Joss. À la lumière de la veilleuse, Joss dormait paisiblement, entouré de ses peluches. D'après ses joues roses, il était en pleine santé.

Mais voir son fils ne suffisait pas à Trace.

Il s'assit au bord du lit et lui effleura la joue du bout du doigt.

Le petit garçon ouvrit les yeux, et Trace se sentit coupable de l'avoir réveillé.

— Papa ?

Son cœur se serra. C'était la première fois que Joss l'appelait ainsi.

— Je suis là, mon grand.

— Où tu étais ?

— À Atlanta.

— Je pourrai y aller avec toi la prochaine fois ?

« Bien sûr », avait-il envie de répondre. Sauf qu'il n'en avait pas le droit. La dernière fois qu'il s'était trouvé seul avec Joss, celui-ci avait failli mourir. La dernière fois que Kerry avait été placée sous sa garde, elle était tombée dans le coma puis elle était morte.

— Jamais je ne pourrais t'enlever à ta mère. Tu lui manquerais trop.

— Elle pourrait venir avec nous, dit Joss en bâillant. J'suis sûr qu'elle aimerait Atlanta.

Trace n'en était pas aussi sûr.

Les yeux de Joss se refermèrent, et il se rendormit aussitôt, comme seuls savent le faire les enfants.

Trace se leva pour sortir. Debout sur le seuil, Chrissie pleurait. Il la prit doucement par les épaules pour l'entraîner dans la salle de séjour.

— Joss t'aime, Trace. Il faut que tu fasses partie de sa vie.

— Je ne sais pas, Chrissie. Tu as vu ce qui est arrivé la dernière fois que je me suis occupé de lui…

— Ce n'était pas ta faute. Ce jour-là, sous le choc, je t'ai dit des choses que je ne pensais pas.

— Je sais que tu veilleras sur lui, Chrissie, dit-il, le cœur lourd. Tu es une mère extraordinaire.

— Alors, c'est décidé, tu vas repartir ?

— C'est mieux ainsi.

— Et si je te supplie de rester ?

— À cause de ce que Joss disait ?

Elle secoua la tête.

— Non. À cause de nous. De ce que je ressens pour toi et de ce que tu ressens pour moi.

Ne confirme pas.

— Il n'y a pas de « nous », Chrissie. Tout ce que nous avons partagé, ce sont deux week-ends, deux parenthèses enchantées qui n'ont rien à voir avec la réalité.

— C'est faux, Trace, dit-elle en se redressant. Dès que je t'ai vu il y a quatre ans, j'ai su que tu étais l'homme de ma vie…

Une nouvelle assurance se lisait dans ses yeux.

— Je t'aime et je sais que tu m'aimes aussi.

Sur ce, elle se haussa sur la pointe des pieds pour l'embrasser.

Chrissie avait les oreilles qui bourdonnaient. Qu'était-elle en train de faire ? Elle n'aurait pas dû embrasser Trace.

Si, lui dit une petite voix. Si le monde était bien fait, elle devrait pouvoir l'embrasser tous les jours jusqu'à la fin de sa vie.

Hélas, il ne lui rendit même pas son baiser. Se pouvait-il qu'elle se trompe ? Que ses sentiments ne soient pas partagés ?

Soudain, il l'embrassa, avec ferveur et passion.

— Je ne vous mérite pas, toi et Joss, dit-il entre deux baisers.

— Pourquoi ?

— Parce que je fais du mal à tous ceux que j'aime.

— Tu dis cela pour l'appendicite de Joss ? Mais c'est faux. Au contraire, tu as appelé les secours et fait tout ce qu'il fallait pour l'aider.

— Quand j'ai enfin mesuré la gravité de son état. Et il n'y a pas que Joss, Chrissie. J'ai laissé mourir Kerry.

Elle écarquilla les yeux. Kerry ? La fille d'Agnes et Bud ?

— Je croyais qu'elle était morte d'un cancer.

— Elle était au stade terminal. Bud et Agnes se relayaient jour et nuit à son chevet. Un jour où ils devaient s'absenter, ils m'ont chargé de cette tâche. Kerry m'a parlé un peu puis elle a fermé les yeux. Je croyais qu'elle dormait, mais elle était en train de mourir.

— Ce n'était pas ta faute, Trace.

— Si. Elle a basculé dans le coma sans que je ne fasse rien pour l'en empêcher. Pareil pour Joss, il s'est plaint pendant des heures d'avoir mal au ventre avant que je daigne enfin le prendre au sérieux. Je suis une menace pour ceux que j'aime, Chrissie. Vous vous porterez bien mieux sans moi. Je t'enverrai de l'argent régulièrement…

— Je ne veux pas de ton argent ! C'est toi que je veux. Dans ma vie, dans ma maison, dans mon lit.

— Je… Pourquoi ?

Il résistait encore, mais une petite flamme venait de s'allumer dans ses yeux.

— Tu es sourd ? Je t'ai dit que je t'aimais, tout à l'heure.

— Tu ne dis pas cela pour que je reste avec Joss ?

Pour qui la prenait-il ?

— Tu me crois capable de te manipuler ainsi ?

— Non, bien sûr. Excuse-moi, Chrissie, je ne sais pas quoi te dire.

Simplement que tu m'aimes aussi.

Malheureusement, il ne le disait pas.

— J'avais juste besoin de t'avouer mes sentiments, dit-elle en s'efforçant de retenir ses larmes.

Il était temps de dire la vérité, toute la vérité.

— Si j'avais tellement peur que tu m'enlèves Joss, c'était parce que mon père m'a kidnappée, autrefois. C'est pour cette raison que je t'ai accusé de tous les maux quand nous étions à l'hôpital. En réalité, j'ai toujours su que tu étais un homme bien à qui je pouvais faire confiance.

— Ma chérie, j'ignorais, au sujet de ton père. Je suis désolé d'avoir, sans le vouloir, réveillé ce terrible souvenir. En ce qui concerne Joss, je n'aurais pas dû l'emmener au Choo-Choo Hôtel sans ton accord. Tu avais raison d'être en colère.

— Je comprends pourquoi tu as agi ainsi. Tu voulais profiter d'être seul avec ton fils pour créer un lien. Ma paranoïa t'en avait empêché, les jours précédents.

— Joss t'appartient, Chrissie. Est-ce ce que tu voulais m'entendre dire ? Tu es sa mère et il a besoin de toi.

— Joss t'appartient aussi, si tant est qu'un enfant appartienne à ses parents. J'avoue que, quand tu es parti sans un mot, je t'en ai beaucoup voulu. Joss a autant besoin de toi que de moi. C'est ce qui m'a poussée à entrer en contact avec Agnes pour obtenir ton adresse. Puis ma colère est retombée, j'ai fait mon introspection et compris que je te faisais injustement payer les méfaits de mon père, dit-elle en essayant ses larmes. Pardonne-moi d'avoir douté de toi, Trace. Je regrette qu'Agnes ait inventé cet horrible subterfuge pour te faire venir ici.

— Moi, je ne le regrette pas. Car j'ai plusieurs choses à te dire…

Sans doute allait-il l'accabler de reproches, lui dire qu'elle avait été stupide, méfiante à l'excès, dissimulatrice…

— D'abord, je t'aime, dit-il en lieu et place. Jusqu'à présent, je ne m'étais pas autorisé à te l'avouer. Penser à toi est ce qui m'a permis de tenir durant toutes ces années à l'étranger. Je suis désolé de ce que ton père t'a fait. Ta mère et toi, vous avez dû vivre l'enfer. Jamais, je ne vous ferai endurer cela, ni à Joss ni à toi.

Son regard exprimait une sincérité totale.

— Joss est un petit garçon magnifique, dit-il. Et c'est normal. Telle mère tel fils.

Il l'embrassa de nouveau, en prenant cette fois tout son temps.

— Suis-je en train de rêver ? demanda-t-elle en résistant à l'envie de se pincer. Tu es vraiment là avec moi ?

— Affirmatif !

— Qu'allons-nous faire maintenant ?

— Dis-moi ce que tu voudrais.

— Eh bien, je voudrais que tu restes pour toujours avec moi et Joss. S'il n'y avait que moi, je te suivrais dans les zones en guerre où tu vas exercer ; mais je ne peux pas soumettre notre enfant à un tel danger.

— Ça tombe bien car je n'ai l'intention d'aller nulle part.

— Comment cela ?

Un fol espoir venait de naître en elle, mais peut-être avait-elle mal compris.

— Je ne vais pas resigner avec Médecins du Monde. Il n'est plus question de me priver des gens que j'aime des mois durant, voire des années. Je veux voir mon fils grandir et me réveiller chaque matin au côté de ma femme. À condition que tu acceptes de m'épouser…

— Si j'accepte ? Oui, mille fois oui !

Ils échangèrent un tendre baiser.

— Chattanooga et Atlanta ne sont pas si éloignés. Nous pourrions avoir un pied-à-terre dans les deux villes pour que Joss puisse passer du temps avec tous ses grands-parents, sans oublier ses grand-parrain et grand-marraine.

— Excellente idée, dit-elle, le cœur vibrant d'allégresse. Au fait, fais-moi penser à remercier Agnes la prochaine fois que nous la verrons.

Ils rirent de bon cœur.

— Mes parents vont gâter Joss comme il n'est pas permis, dit Trace. Et il ne leur suffira pas.

— Tu veux dire… ?

— Ils vont vouloir d'autres petits-enfants.

— Moi, je n'y suis pas opposée. Et toi ?

— Il y a encore quelques semaines, l'idée m'aurait terrifié, dit-il. Mais, désormais, je suis prêt à fonder une famille avec toi, et à donner des frères et sœurs à notre fils.

— Alors, que dirais-tu de nous y mettre tout de suite ? demanda-t-elle en lui offrant ses lèvres.

Épilogue

— Ah non, je te défends de soulever ce carton de prospectus ! dit Agnes.

Chrissie se redressa, sans s'être pourtant vraiment baissée. Ces jours-ci, son corps, ventre de femme enceinte oblige, refusait de coopérer.

— On croirait entendre mon mari !

— J'ai entendu parler de lui, dit Trace en entrant sous le chapiteau. Un homme remarquable, paraît-il. Ça va ?

— Très bien.

— Tu n'es pas trop fatiguée ?

— Trace, la soirée n'a même pas encore commencé.

Ils se trouvaient sous la tente médicale de la fête de bienfaisance de l'A.P.C.

— À mon avis, tu aurais dû sauter ton tour cette année et rester tranquillement chez mes parents avec Joss.

— Et empiéter sur son précieux temps avec papy mamy ? Ils m'en auraient tous voulu. Cela fait des semaines que tes parents veulent l'emmener à l'Aquarium d'Atlanta. Ils vont même coucher sur place !

— Grâce à mon père qui connaît le directeur. C'est bien la première fois que je suis content qu'il fasse jouer ses relations.

Sa voix n'avait pas la moindre nuance d'amertume. Depuis leur vol en hélico pour se porter au secours de Joss, Trace et son père s'étaient beaucoup rapprochés.

Au lieu de sauver Joss, ils l'avaient sauvée, elle. Sauvée d'une vie qu'elle aurait passée à se languir de Trace.

— Tu crois qu'ils gâteront autant nos autres enfants ? demanda-t-il.

— Parce que tu ne comptes pas t'arrêter là ? demanda-t-elle, la main posée sur son ventre.

— Bien sûr que non. Quand on aime, on ne compte pas !

Qui eût cru que Trace voudrait un jour devenir père de famille nombreuse ?

L'amour faisait décidément des miracles.

BLANCHE

Retrouvez prochainement, dans votre collection

BLANCHE

L'hiver du Dr Stella, d'Allie Kincheloe - N°1636

SÉRIE : LE PROJET NOËL - 3/4

Stella jubile. Sélectionnée pour participer au Projet Kensington, elle séjournera au Canada jusqu'à Noël, afin d'y tourner un documentaire médical. Seule ombre au tableau : le Dr Aiden Cook, chargé de l'accueillir à Toronto, se montre glacial à son égard. Pire encore, il ne lui cache ni son agacement de la voir débarquer dans son service, ni le désir qu'elle lui inspire malgré tout…

Coup de foudre à Stockholm, de Scarlet Wilson

SÉRIE : LE PROJET NOËL - 4/4

Néonatalogiste de renom, Cora vit au rythme de son bipeur depuis des années. Aussi est-elle ravie d'avoir été choisie pour former une équipe du City Hospital de Stockholm aux techniques avant-gardistes qu'elle a développées à Londres. Ce voyage sera une expérience professionnelle formidable et ajoutera une corde à son arc… à moins que Cupidon ne se charge de lui décocher la flèche de l'amour ?

Une pédiatre au château, d'Alison Roberts - N°1637

Pour le Dr Euan McKendry, Noël est synonyme de mauvais souvenirs ! Mais cette année c'est chez lui, au château de Ravenswood, que seront accueillis des petits malades, et il lui faudra faire preuve d'un minimum de gaieté ! Un défi qu'il relève bientôt avec l'aide du Dr Abby Hawkins. Auprès de cette pédiatre solaire qui découvre la neige pour la première fois, Euan est gagné par une émotion nouvelle et troublante…

Le papa idéal, d'Annie O'Neil

Trahie par son fiancé, la chirurgienne Rebecca Stone compte panser ses plaies à Bali. Si elle ignore de quoi son avenir sera fait, elle est certaine d'être vaccinée contre l'amour. Seulement voilà, sa rencontre avec le Dr Noah Cameron vient bouleverser ses résolutions. Le beau médecin, devenu le tuteur de ses nièces orphelines, est aussi doué au travail qu'attentionné avec les enfants. L'homme idéal ?

HARLEQUIN

Leur mission : sauver des vies.
Leur destin : trouver l'amour.

HARLEQUIN
www.harlequin.fr

BLANCHE

HARLEQUIN

Un chirurgien envoûtant, de Sue MacKay - N°1638

Sublime. Voilà le premier mot qui vient à l'esprit de Georgina pour décrire Blake. De retour en ville, le meilleur ami de son frère a bien changé en une décennie ! Pas question pour autant de se laisser distraire par le chirurgien. Georgie ne croit plus en l'amour et a tout intérêt à ignorer les battements désordonnés de son cœur en présence de Blake…

Ce tendre miracle, de Shelley Rivers

Quand la sage-femme Gila dit « oui » au Dr Leo Wright, elle s'imagine passer auprès de lui une vie remplie d'amour. Hélas, un drame les sépare alors même que Gila se découvre enceinte… Quel choc pour elle d'apprendre, quelques mois plus tard, que son nouveau collègue à l'hôpital n'est autre que son époux ! Maintenant que tous deux sont sur le point d'être parents, ont-ils une chance de sauver leur couple ?

Rencontre à Silver Pass, de Tina Beckett - N°1639

SÉRIE : DESTINS CROISÉS À SILVER PASS - 1/2

Mira a vécu toute sa vie à Silver Pass, la station de sports d'hiver tenue par son père, dans laquelle elle est médecin. Elle a tout pour être comblée – ou presque, car il manque un homme à ses côtés. Hélas, déçue par l'amour, elle a fait une croix sur ce rêve. Pourtant, sa rencontre avec le Dr Jack Perry, un médecin californien aussi beau que maladroit sur des skis, va mettre à mal sa résolution…

Un troublant regard, d'Amalie Berlin

SÉRIE : DESTINS CROISÉS À SILVER PASS - 2/2

Enfin de retour à Silver Pass ! Ellory est contente de retrouver son poste de masseuse-kinésithérapeute à l'hôtel de la station. Quand, à la suite d'un avis de tempête, on lui demande de prendre en charge l'arrivée des secouristes à l'hôtel, elle accepte immédiatement. Mais pourquoi le responsable de la mission, le Dr Anson Graves, la traite-t-il avec tant de froideur ? Agacée, Ellory s'efforce d'ignorer le trouble insensé que provoque en elle cet homme arrogant…

Leur mission : sauver des vies.
Leur destin : trouver l'amour.

HARLEQUIN
www.harlequin.fr

BLANCHE

HARLEQUIN

Cette promesse à honorer, de Janice Lynn - N°1640

Deux mois… Soixante jours très exactement d'amour et de passion intense que McKenzie vient de partager avec son irrésistible collègue, le Dr Lance Spencer. Une idylle qui la ravirait au plus haut point… si elle ne la précipitait pas vers le plus grand des dangers : l'engagement. Ne s'est-elle pas juré de vivre de simples aventures sans lendemain ? Aussi, la mort dans l'âme, se résout-elle à rompre avec Lance…

Un ennemi trop attirant, d'Annie Claydon

Lorsque Jon, son nouveau colocataire, pose les yeux sur elle, Chloe se sent fondre. Et le fait qu'il tienne sa petite nièce dans ses bras ajoute encore à son charme. Bien sûr, ce représentant de la gent masculine beau, intelligent et généreux, semble parfait en tout point – mais il n'en reste pas moins un homme. Un homme qui ne peut que la blesser, Chloe en sait quelque chose. Pour ne pas céder à la tentation, une seule solution s'impose : tenir Jon à distance.

Leur mission : sauver des vies.
Leur destin : trouver l'amour.

HARLEQUIN
www.harlequin.fr